ALPHAS RACHE

RENEE ROSE
LEE SAVINO

Übersetzt von
STEPHANIE KOTZ

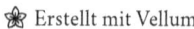 Erstellt mit Vellum

HOLEN SIE SICH IHR KOSTENLOSES BUCH!

Tragen Sie sich in meine E-Mail Liste ein, um als erstes von Neuerscheinungen, kostenlosen Büchern, Sonderpreisen und anderen Zugaben zu erfahren.

https://geni.us/jungfrauunddervampir

LEE SAVINO: KOSTENLOSE NOVELLE

*H*ol dir ein kostenloses Exemplar von Gezeugt von den Berserkern und Eine Berserker-Geburt, indem du dich für meinen Newsletter anmeldest.

Der dritte Teil von Daegans, Brennas und Samuels Geschichte. Lies den ersten Teil in **Verkauft an die Berserker** *und den zweiten in* **Gepaart mit den Berserkern***. Diese Novelle ist kostenlos, ein Geschenk.*

https://BookHip.com/PKRMGC

1

KAPITEL 1

*R*afe Mondlicht schimmert auf der schwarzen Oberfläche des Comer Sees. Die Villen und ihre Anwesen liegen schweigend da, während ich an Zypressen und penibel gestutzten Buchsbäumen vorbei zu meinem Ziel schleiche.

„Alpha Eins, bist du in Position?" Channings Stimme ist nur ein Flüstern in meinem kleinen Ohrhörer.

„Noch nicht", brumme ich in das winzige Mikrofon, das in meinen Kragen eingenäht ist. Ich habe nichts außer einem dehnbaren, schwarzen Bodysuit an, der es mir erlauben wird, mich in einen Wolf zu verwandeln, sollte es nötig werden. Wenn alles nach Plan verläuft, werde ich das nicht tun müssen.

In der Zwischenzeit sehe ich wie ein Einbrecher aus, was passend ist. Heute Nacht bin ich ein Dieb und mein Opfer ist die Villa aus dem achtzehnten Jahrhundert, die in die Bergseite gebaut wurde.

Gabriel Dieters italienische Villa verfügt über ein mehrschichtiges Sicherheitssystem. Die erste Sicherheitsmaßnahme ist die Lage an einem abgeschiedenen Bereich des

Comer Sees. Es gibt nur eine Straße, die zum Grundstück führt, und diese wird schwer bewacht. Die Wachen sind allerdings Menschen und irgendwie hat Oberst Johnson von ihrer nächtlichen Route erfahren. Er ist der Befehlshaber der Gestaltwandler und hat diese Mission abgesegnet. Ich habe zwei Minuten, um mich an ihnen vorbei zu stehlen und hinab zum See zu gelangen. Die Wachen habe ich bereits passiert, weshalb jetzt die Zeit zum Schwimmen gekommen ist.

Das Wasser plätschert gegen die Felsen und begrüßt mich mit seinem sanften Schlaflied. Ich gleite ins Wasser und knirsche mit den Zähnen, weil es so kalt ist. Mein Wolf mag Wasser nicht sonderlich. Werwölfe sind schwer und Schwimmen ist nicht einfach. Ich schwimme mit gleichmäßigen Zügen und halte mich an das seichte Wasser, bis sich die ummauerte Festung von Dieters Haus vor mir befindet. Wenn ich wieder an Land gehe, werde ich mich kräftig schütteln und das Wasser wie ein Wolf in alle Richtungen spritzen. Bisher habe ich keine Methode gefunden, mit der ich mich effizienter abtrocknen kann.

„Nähere mich dem Haus", flüstere ich ins Mikrofon. Ich renne los, springe und drehe mich, während ich über die Mauer segle. Leise lande ich auf meinen Füßen.

„Brauchen wir die Ablenkung?", fragt Channing.

„Nein." Eine Ablenkung an der Grenze von Dieters Grundstück würde die Wachen anlocken, jedoch in erhöhten Sicherheitsmaßnahmen resultieren. Je weiter ich kommen kann, ohne Dieter darauf aufmerksam zu machen, dass sein Sicherheitssystem ausgetrickst wurde, desto besser.

„Achtung", brummt Channing in mein Ohr, doch ich drehe mich bereits um. Mein Wolf roch die Neuankömmlinge: Wachhunde mit kräftigen Körpern rennen in meine Richtung. Rottweiler. Ich knurre, blecke die Zähne und überlasse es meinem Wolf, sie zu begrüßen. Die Hunde bleiben sofort stehen, als ihnen bewusst wird, dass sie auf ein größeres Raubtier getroffen sind. Etwas an meiner Alpha-Ausstrahlung sorgt dafür, dass ihre Urinstinkte ihre Ausbildung überwältigen. Sie fordert sie heraus und beruhigt sie zugleich. Sie legen die Köpfe zur Seite, um ihre Hälse zu zeigen, und weichen zurück, als ich nach vorne laufe.

Ich renne über den dunklen Rasen zum Haus. In diesem Gebiet gibt es keine Bewegungssensoren, vermutlich weil sie nicht wollen, dass die Hunde sie auslösen. *Fehler.* Ich umkreise das Haus, bis ich mich unter dem glänzenden Glasanbau der Villa befinde, der einzigen modernen Note an der jahrhundertealten Architektur. Gabriel Dieters Büro.

In der Steinmauer finde ich kleine Kerben für meine Zehen und klettere an der senkrechten Hausseite hoch, bis ich auf dem Dach bin. Hier kann ich näher zu der Glaskuppel laufen. „Fast drin", berichte ich. An meinem Gürtel ist ein Glasschneider befestigt, aber als ich über das gedeckte Dach schleiche, erspähe ich ein geöffnetes Fenster an einem der Türme aus dem achtzehnten Jahrhundert. Ich erklimme den kleinen Turm, wobei ich blind klettere und meine Finger vorsichtig nach Haltegriffen suchen. Eine Brise steigt vom See auf und kühlt meine entblößte Haut. Nachdem ich bis zu dem geöffneten Fenster geklettert bin, klammere ich mich an den Stein. Äußerst vorsichtig drücke ich gegen das uralte Glas. Und es öffnet sich tatsächlich vollständig.

Unfassbar.

Ich schlüpfe durch das geöffnete Fenster und trete in den Gang. „Ich bin drin."

Beklommenheit kribbelt mein Rückgrat hinauf, während ich auf leisen Sohlen durch den Flur zu Dieters Büro laufe. Dieter ist ein paranoider Scheißkerl. Unseren Berichten zufolge schläft er jede Nacht in einem Schutzraum. Sein bevorzugtes Zuhause ist ein Fort in den Schweizer Alpen. Wir versuchten, ihn dort auszuspionieren, aber irgendwie erfuhr er davon und jagte uns eine halbe Armee auf den Hals. Danach tauchte er unter und versteckte sich in einem Loch, dass so tief war, dass nicht einmal Oberst Johnsons Quellen ihn finden konnten. Bis zur letzten Woche, als wir Berichte erhielten, dass er sich momentan hier aufhält, auf seinem Anwesen am Comer See. Dieser Ort ist nicht so sicher wie seine Villa in den Bergen, gehört jedoch seit Jahrhunderten seiner Familie. Er muss hier ein Treffen mit jemandem arrangiert haben – vermutlich mit einem Kriegsherrn oder Terroristenanführer oder einem ähnlichen Kunden, der hofft, Dieters illegale Waffen zu kaufen.

Ich verdränge das Unbehagen meines Wolfs. Das Einzige, das größer ist als Dieters Paranoia, ist seine Arroganz. Er wollte sich wahrscheinlich hier mit seinem Kunden treffen, um ihn zu beeindrucken. Dieser Gang ist mit Artefakten von unschätzbarem Wert gesäumt. Es gibt so viele von ihnen, dass sie ein kleines Museum füllen könnten. Ich schleiche an riesigen Gemälden in Goldrahmen vorbei, griechischen Statuen und einer Ming-Vase. Dieser Kerl häuft Schätze an wie ein Drache. Wer weiß, welche anderen Wertgegenstände in dem Gewölbe unter diesem Haus gelagert werden?

Meine Mission ist einfach. In Dieters Büro einbrechen, den Beweis für seinen nächsten Waffenhandel mitnehmen und einige Wanzen anbringen. Die beste Zeit dafür ist, wenn er sich in seinem Haus befindet, sich in Sicherheit wähnt und denkt, alles sei in bester Ordnung.

Ich bleibe in dem Flur vor der Bürotür stehen und lausche, ob sich mir Wachen nähern. Dieters Security ist hervorragend, aber nicht so gut, dass sie einen Werwolf aufhalten könnte. Mein besseres Gehör, Nachtsicht und Geruchssinn verschaffen mir einen Vorteil.

„Ich bin beim Büro", murmle ich in mein Mikrofon. „Es sind keine weiteren Schutzmaßnahmen zu erkennen." Kein Fingerabdruck- oder Augenscanner, nichts. Ich lege eine

Hand auf die Klinke und die Tür schwingt problemlos auf. „Die Tür ist nicht abgeschlossen."

„Notiert. Die Sicherheitskameras melden nichts Beunruhigendes. Geh vorsichtig weiter", meldet sich eine neue Stimme. Lance, aus der Sicherheit seines neuen Zuhauses. Er ist bis auf weiteres von Missionen ausgeschlossen, bestand allerdings darauf, über Funk mit uns in Verbindung zu bleiben.

Die Tür knarzt leise, als sie vollständig aufschwingt, es bleibt jedoch alles leise. Irgendwo im Haus schläft Gabriel Dieter in seinem Schutzraum. Wenn alles gut läuft, wird er erst am Morgen nach dem Aufwachen feststellen, dass etwas fehlt.

Der Weg vor mir ist mit roten Lasern gefüllt. Es sind hunderte, die den ganzen Raum durchkreuzen und sich mehrfach schneiden. Kein Wunder, dass die Tür nicht abgeschlossen war. Kein menschlicher Dieb könnte sich durch dieses Labyrinth schlängeln.

Doch ich bin kein Mensch.

Ich weiche in den Gang zurück, hole Anlauf und springe. In einem Manöver, das ich wochenlang geübt habe, segle ich mit dem Kopf voran so hoch über die Laser, dass ich die Decke streife. Mein Sprung endet in einer Rolle, die mich hinter den riesigen Schreibtisch befördert. Ich lande in der Nähe einer Wand und erstarre, jeder Muskel ist angespannt. Stille. Hinter mir liegt der rote Wald aus Lasern, die keinen Alarm ausgelöst haben. Einen halben Meter rechts von mir befindet sich ein kleiner Tresor auf einem Sims, der in die Wand eingebaut wurde.

Ich habe es geschafft. „Ich bin beim Tresor."

„Roger", raunt Lance.

Ich schiebe mich zu dem Tresor und schalte das spezielle Schwarzlicht ein, das in den Kragen meines Bodysuits eingenäht wurde. Als ich das Licht über das Zahlenfeld des

7

Tresors bewege, zeigen sich Dieters Fingerabdrücke als blaue und lila Schmierer auf den Tasten. Ich lese Lance die relevanten Zahlen vor.

„Auf dem Schreibtisch liegen keine Papiere?"

„Nein."

Das Licht im Büro geht an. Ich wirble herum und blinzle gegen die plötzliche Helligkeit an.

„Willkommen in meinem Haus, Rafe Lightfoot."

Gabriel Dieter sitzt in der Ecke auf einem antik aussehenden Stuhl, der vermutlich so alt ist wie das Haus. Der Mistkerl hat doch tatsächlich einen Morgenrock an. Roter Samt mit einer schwarzen Seidenhose und perlenbesetzten Hausschuhen. Nicht jedem steht der Hugh Hefner Look, aber Dieter kann ihn problemlos tragen. Er hat dichte schwarze Haare und eine bronzefarbene Haut. Zudem besitzt er die Arroganz eines Filmstars.

Der Mistkerl hat eine Sonnenbrille auf. Im Haus. In der Nacht.

Die Laser sind verschwunden. Ein Sprung und ich könnte meine Zähne in seinem Hals versenken. Doch er hält eine Pistole mit einem verlängerten schwarzen Lauf in der Hand. „An deiner Stelle würde ich das nicht tun", sagt er in fehlerfreiem, akzentlosem Englisch.

Mein Funkgerät erwacht plötzlich knisternd zum Leben. „Im Büro ist Licht an."

„Hallo, Lance", ruft Dieter von der anderen Zimmerseite aus. Nur mit einem Gestaltwandlergehör hätte er mein Funkgerät hören können, weshalb er vermutlich bloß geraten hat. Ich schweige, bleibe auf der Hut und wäge meine Optionen ab.

„Du hast ganz schön lange gebraucht, um hierher zu gelangen", meint Gabriel. „Ich habe dir praktisch den roten Teppich ausgerollt." Er neigt den Kopf zur Seite. „Hast du meine Hunde getötet?"

„Nein."

Er schnalzt mit der Zunge. „Heutzutage ist es so schwer, gute Tiere zu finden."

„Ich habe sie betäubt", lüge ich. „Das Mittel sollte seine Wirkung mittlerweile verloren haben." Ich werde nicht zulassen, dass Dieter seine Hunde tötet, weil er sie für wertlos hält. Ich spreize die Hände, um ihn abzulenken. „Du hast mich also gefangen. Was jetzt?" Wenn er mich erschießt, wird das wehtun, ich sollte allerdings fliehen können. Einige Kugeln werden einen Gestaltwandler nicht ausschalten.

„Jetzt bringe ich dir eine Lektion bei. Ich wusste, dass du nach deiner kleinen Spionageoperation in der Schweiz weitergehen würdest, aber dieser Einbruch geht dann doch etwas zu weit."

„Hast du gedacht, du könntest AK-47er an Kriegsherren verkaufen und wir würden nichts dagegen unternehmen?"

„Hmm", er tut so, als würde er darüber nachdenken. „Ich frage mich, was ich dir anbieten könnte, damit du diese kleine Mission abbrichst?"

Ich unterdrücke das Knurren, das in meiner Kehle aufsteigt. „Nichts."

„Geld, Gold, Juwelen–"

„Keine Chance", unterbreche ich ihn.

„Die Namen der Leute, die deine Familie getötet haben?"

Meine Muskeln werden zu Stein. „Was weißt du darüber?" Meine Stimme klingt heiser.

„Du wärst überrascht, wie viel ich über dich weiß, Rafe Lightfoot. Ich weiß, dass du und dein Bruder Lance als Teenager zu Waisen wurden. Ich weiß, dass du Rache willst."

Mir dreht sich noch der Kopf von diesen Informationen, als er hinzufügt: „Oh und herzlichen Glückwunsch. Wie ich höre, hat dein Bruder eine Menschenfrau geschwängert." Dieters Lippen verziehen sich zu einem trägen Lächeln. Es ist das Gruseligste, was ich jemals gesehen habe. „Vielleicht sollte ich ihnen einen Besuch abstatten."

Das Knurren bricht aus mir hervor, bevor ich es aufhalten kann. „Lass ihn in Ruhe."

„Vielleicht werde ich dir das anbieten", sagt Dieter mit einem krokodilähnlichen Grinsen. „Wenn du mich in Ruhe lässt, werde ich den Gefallen erwidern."

„Ich reagiere nicht gut auf Drohungen", entgegne ich mit zornerfüllter Stimme.

„Es reicht. Ich habe dich einige Zeit toleriert. Wie würde es dir gefallen, mitten in der Nacht aufzuwachen, um einen ungebetenen Gast zu begrüßen?" Er beugt sich nach vorne. „Wie sicher ist eure kleine Lodge in der Nähe des Wolf Mountains?"

Ich drehe den Kopf und spreche in mein Funkgerät: „Seht nach Lance, jetzt."

„Roger", bestätigt Channing. „Mission abgebrochen. Abholung in dreißig."

In der Ferne höre ich das Geräusch eines Helikopters. Meine Mitfahrgelegenheit ist fast da.

Ich öffne meine Lippen weit und zeige meine Zähne bei einem wölfischen Grinsen. Nach Dieters Gesichtsausdruck zu urteilen, ist mein Lächeln so verstörend wie seines. „Nun, das hat Spaß gemacht, aber ich muss gehen." Ich täusche nach rechts in Richtung des Fensters an.

Ein Schuss erklingt und ich ducke mich nach links, wobei ich den Tresor von der Wand reiße. Über mir zerbricht Glas. Ich hebe den Tresor über meinen Kopf und schütze mich so vor dem Regen aus Glassplittern. Dieter brüllt.

„Hat jemand Takeout bestellt?", ruft Channing über mir und gackert wie ein Psychopath. Der Helikopter schwebt über der zerbrochenen Glaskuppel. Ich springe und erwische die Leiter, die auf mich wartet. Den Tresor drücke ich dabei fest an die Brust. Channing ist direkt über mir. Wir klettern beide nach oben in den Helikopter. Channing kommt schnell voran, doch ich habe mit dem unhandlichen Gewicht des Tresors zu kämpfen.

Weitere Schüsse erklingen und durchbrechen die Nacht. Unter uns steht Dieter in den mit Glas übersäten Trümmern seines Büros. Die Sonnenbrille ist ihm vom Gesicht gefallen, das zu einer Fratze der Wut verzerrt ist, während er mit der Pistole auf mich schießt.

Kugeln krachen in mich und sorgen beinahe dafür, dass ich den Griff um die Seilleiter verliere. Feuer explodiert in meinem Körper, gefolgt von einer Supernova aus Schmerz. Ich lasse den Tresor fallen.

„Fuck, nein!", schreie ich.

„Halte durch, Sarge", dröhnt Lances Stimme in meinem Ohr.

„Er wurde getroffen! Flieg, flieg, flieg", brüllt Channing Teddy, unseren Piloten, an. Der Helikopter fliegt davon. Kalte Luft strömt an mir vorbei, während wir über den See fliegen. Ich knirsche mit den Zähnen und halte mich fest.

„Ich hab dich", ruft Channing mir zu und beginnt, die Leiter hochzuziehen. Mein Sichtfeld verschwimmt und mein Kopf schwebt über den pochenden Qualen meines Körpers. Die Sekunden werden zu Jahren. Schließlich packt Channing meine Arme. Ich unterdrücke ein Brüllen und bewege meine erstarrten Glieder, um ihm dabei zu helfen, mich in den Helikopter zu zerren.

Mein Körper ist eigenartig taub. Ich kann nur noch auf dem Boden des Hubschraubers zusammenbrechen und um Luft ringen.

„Der Scheißkerl wusste, dass wir kommen", berichte ich. Channing hilft mir unterdessen, mich flach hinzulegen, und reißt meinen Anzug auf, wodurch er blutige Schusswunden in meiner Brust freilegt. „Er hat auf mich geschossen."

„Was du nicht sagst", knurrt Channing. Er greift nach einer Kugel, zischt und reißt seine Hand weg. „Silber."

Weißes Feuer brennt über meine Rippen. Meine Lippen sind taub. Das Gift bewegt sich durch meinen Körper.

„Fuck", bringe ich zähneknirschend hervor.

„Fuck", pflichtet mir Channing bei und zieht Handschuhe an. Von dem Schmerz wird mir schwindlig, als er anfängt, seine Finger in mein Fleisch zu bohren. Wir müssen die Kugeln rausholen; ansonsten können meine Gestaltwandler-Heilfähigkeiten nicht ihre Arbeit tun und das Silber wird mich langsam, aber sicher vergiften.

Nach einem Jahrtausend aus unvorstellbaren Schmerzen ist Channing fertig. „Fünf Kugeln", berichtet er. Ich höre, wie sie gegeneinander klirren, als er sie in einen Beweisbeutel fallen lässt.

„Ende gut, alles gut, Sarge", sagt Lance durch das Funkgerät. Sein gleichmütiger Tonfall verrät mir, dass er erleichtert ist. „Lebe, um an einem anderen Tag zu kämpfen."

„Verdammt richtig." Ich erlaube meinem Körper, sich zu entspannen. Meine Körpertemperatur steigt, als meine Gestaltwandler-Heilung einsetzt. Nach einigen Minuten kann ich mich jedoch aufsetzen.

Channing reicht mir eine Wasserflasche und ich bedanke mich bei ihm.

„Silberkugeln", sagt er und schüttelt den Kopf. „Du weißt, was das bedeutet."

„Ja." Ich trinke die halbe Flasche und spritze mir den Rest ins Gesicht und auf die Brust. „Gabriel Dieter kennt unser Geheimnis." Irgendwie hat der Waffenhändler herausgefunden, dass wir Gestaltwandler sind. Die Frage ist, wie?

KAPITEL 2

*A**dele*

    Ich stehe in Taos auf dem Gehweg, habe die Hände in meine Jackentaschen gesteckt und blicke traurig auf das Schaufenster meines Ladens. Die glänzenden, goldenen Buchstaben des Schildes verkünden in einer wunderschön geschwungenen Schrift: „The Chocolatier". Ich erinnere mich an den Tag, als das Schild aufgehängt wurde – wie stolz ich war. Wie viele Stunden ich mir wegen des Logos für meinen süßen kleinen Laden den Kopf zerbrach, um sicherzugehen, dass es genau richtig war.

Jetzt ist das Schaufenster der *The Chocolatier* dunkel. Seit die Polizei ihre Suche nach Hinweisen auf den Tod meines Geschäftspartners eingestellt hat, bin ich nicht mehr im Laden gewesen. Mein Vermieter hat ein Schloss an die Tür gehängt, wodurch er all meine Ausrüstung und Bestand beschlagnahmt hat. Wie sich herausstellte, hatte Bing die Miete nicht bezahlt. Ich stellte jeden Monat Schecks für den Vermieter aus, doch mein Geschäftspartner zerriss sie, weil er stattdessen das Bankkonto leerte.

Wegen des Räumungsbefehls, der an die Eingangstür

RENEE ROSE & LEE SAVINO

geklebt wurde, rumort es in meinem Magen. Ich habe ihn immer wieder gelesen und kann es noch immer nicht fassen. Ich laufe jeden Morgen zum Laden, als ginge ich zur Arbeit und jedes Mal, wenn ich bei der Bank um die Ecke biege, trifft mich der Anblick meines geschlossenen und verwaisten Ladens von neuem wie ein Schlag in die Magengrube.

Vier Jahre der Arbeit weg. Fort. Vorbei. Und ich habe dafür nichts außer einem leeren Geschäftskonto, einem Haufen überfälliger Rechnungen und einem Schaufenster, das mit Absperrband bedeckt ist, vorzuzeigen.

Wenigstens werde ich nicht mehr des Mordes verdächtigt.

„Adele!" Auf der anderen Straßenseite ruft jemand meinen Namen. Sadie Diaz, eine meiner besten Freundinnen, winkt und läuft zu mir. Ich hatte gehofft, niemandem zu begegnen, den ich kenne, dafür ist Taos allerdings zu klein.

Außerdem gehört Sadie zu meiner Clique. Wir gehen durch dick und dünn. Und sie sieht heute in einem knallroten Caban und weißen Schal, der mit gelben Enten verziert ist, sehr niedlich aus. Ihre blaue Wintermütze sieht wie etwas aus, was eines ihrer Vorschulkinder gestrickt haben könnte. Stricken Vorschulkinder? Ich weiß nicht, ob man Sechsjährigen Stricknadeln in die Hand geben sollte, aber ich bin keine Expertin.

„Hey du", sagt Sadie. Sie läuft geradewegs zu mir und umarmt mich, was ich erwidere. Sie riecht immer nach Zuckerplätzchen.

„Hey, Süße", entgegne ich. „Machst du einen Spaziergang?"

„Ich bin auf dem Weg zur Post, um Briefmarken zu kaufen." Sie dreht sich um und betrachtet mein Schaufenster ernst. „Adele, es tut mir so leid."

„Es ist alles okay." Ich straffe die Schultern. Ich habe mein tapferes Gesicht aufgesetzt doch Sadie durchschaut es. Mitgefühl lässt ihre Züge weicher wirken.

„Irgendwelche Neuigkeiten von der Polizei?", fragt sie.

„Nein." Ich schiebe meine Hände tiefer in die Jackentaschen und beginne, die Straße entlang zur Post zu laufen. Sadie läuft neben mir her. „Was wirst du jetzt tun?"

„Einige Catering-Aufträge annehmen", antworte ich leichthin. „Mich mit Arbeit beschäftigen. Wenn die Ermittlung vorbei ist, bin ich bereit, wieder zu eröffnen." *Ich brauche nur zehntausend Dollar für die Miete. Keine große Sache.*

Der Winterwind nimmt zu und weht eine alte Ausgabe der *The Taos News* über den Gehweg und an mir vorbei. Ich strecke den Fuß aus und halte sie mit dem Stiefel fest. Die Titelstory erzählt von der tragischen Geschichte des Christopher „Bing" Ford, der im Alter von einunddreißig Jahren erschossen wurde. Ich kenne den Artikel auswendig – ich las ihn, bevor er gedruckt wurde. Der Journalist hat mich in Absatz zwei zitiert: „Christopher Ford war ein Sohn, Bruder, Geschäftspartner und Freund. Er wird vermisst werden." Und dann noch einmal in Absatz vier: „Als Miteigentümerin von *The Chocolatier* kann ich bestätigen, dass die Mitarbeiter und ich keine Ahnung hatten, dass unser Lagerhaus Teil eines illegalen Drogenschmuggelrings war. Wir kooperieren ohne Vorbehalte mit der Polizei."

Mémère, du hattest recht. Meine Oma hat mir stets gesagt, dass ich Männern nicht trauen soll.

Ich hebe die alte Zeitung auf und zerknülle sie zu einem Ball, den ich in den Mülleimer stopfe.

Sadie beobachtet mich mit zusammengezogenen Augenbrauen.

„Ich komme schon klar." Ich kehre zurück, um mich bei ihr unterzuhaken.

„Natürlich kommst du klar. Es ist nur einfach beschissen."

„Ja."

„Und es ist fast Dezember. Ich weiß, dass die Geschenke-Saison eine große Einnahmequelle für dich ist."

„Es ist okay." Ich wedle mit der Hand. „Wenn alles gut läuft, werde ich bald wieder eröffnen." Ich erzähle ihr nicht, dass die Chancen, dass es gut läuft, gen null gehen. Ich habe kein Geld, keinen Zugang zu meinem Laden und der Industrieküche, und keine Vorräte. Der Laden lief gut. Er schrieb schwarze Zahlen, doch Bing unterschlug jeglichen Bargeldüberschuss, den wir hatten.

Ich habe es meinen Eltern nicht erzählt. Sie haben nur darauf gewartet, dass dieses Geschäft Pleite geht.

Ich grinse, damit ich nicht mit den Zähnen knirsche, Sadie kann ich allerdings nicht täuschen.

Sie beugt sich nach vorne, um mir ins Gesicht zu blicken. „Bist du dir sicher?"

„Wenn's der Herrgott so will." Nicht einmal Mémères alte Sprüche können mich aufheitern.

Wir laufen eine Weile schweigend nebeneinander her. Als wir an der Bäckerei vorbeikommen, winke ich der Eigentümerin Brooke, die draußen ist und die Treppe fegt. Sie nickt kaum merklich, bevor sie wieder in ihren Laden eilt, als wäre ich Giftmüll und das Versagen meines Geschäfts ansteckend.

Als wir die Post erreichen, dreht sich Sadie zu mir um. „Du weißt, dass du uns fragen kannst, wenn du irgendetwas brauchst. Egal was." Sie schluckt. „Ich weiß, du würdest nie fragen, aber ich habe etwas Geld gespart…"

Oh Gott. Ich halte eine Hand hoch, um sie zu unterbrechen. „Dazu besteht kein Bedarf."

„Adele…"

„Ich meine es ernst, Sadie. Es ist schlimm, aber es ist nicht so schlimm." Ich würde lieber nackt über zerbrochenes Glas rollen, als Geld von meinen Freundinnen anzunehmen.

„Ich will dir helfen", sagt sie. Sadie ist ein Goldstück, allerdings überraschend stur. „Das wollen wir alle. Weißt du noch, als du nicht genug Personal hattest und eine Bestellung für zweitausend weiße Schokoladentrüffel mit Erdbeersahnefüllung reinbekamst? Und es der Abend vorm Valentinstag war?"

„Natürlich erinnere ich mich daran. Du, Char und Tabitha seid die ganze Nacht aufgeblieben, um mir zu helfen. Und ich konnte es mir nicht leisten, euch zu bezahlen, weshalb ich uns ein Jahr lang an jedem dritten Sonntag des Monats Blinis gebacken habe." Jetzt kann ich im Schlaf Blinis machen.

„Wir haben das durchgestanden", sagt Sadie bestimmt. „Du musstest zuvor schon Herausforderungen überwinden und du hast sie jedes Mal gemeistert."

„Ja", erwidere ich. Der Winterwind fühlt sich an, als würde er durch meine Jacke schneiden. Sadie hat recht – ich habe immer darum gekämpft, mein Geschäft am Leben zu halten. Doch ich habe es satt, zu kämpfen. Es fühlt sich an, als würde ich immer wieder einen riesigen Felsbrocken einen Hügel hinauf rollen. Anstatt des Felsbrockens ist es jedoch ein Betonwindbeutel.

Ich erzähle das Sadie und sie lacht nicht. „So muss es nicht sein. Wir wollen dir helfen. Wenn nicht mit Geld, dann mit unserer Zeit. Du kannst uns mit Backwaren bezahlen."

„In Ordnung, abgemacht. Wenn ich Hilfe brauche, gebe ich euch Bescheid." Ich drücke sie fest. Wir verabschieden uns und ich trotte den Weg zurück, den ich gekommen bin. Ich bleibe vor meinem Schaufenster stehen und sauge den Anblick in mir auf. Anschließend schließe ich die Augen und stelle mir den Laden so vor, wie ich ihn in Erinnerung behalten möchte – mit angeschaltetem Licht und ohne Absperrband und mit einem konstanten Strom Kunden, der durch die Tür hereinkommt. In Gedanken höre ich den Rat meiner Mémère.

Erschaffe in deinem Kopf ein Bild von dem, was du willst, und halte daran fest, auch wenn es schwierig wird. Du wirst das, was du willst, schaffen, wenn du daran glaubst.

„In Ordnung, Mémère", sage ich laut. „Ich glaube daran. In der Zwischenzeit brauche ich einen Plan."

Ich wende mich von meinem Laden ab, ohne ihn noch einmal anzuschauen. Das ist das letzte Mal, dass ich ihn besuche, bis ich bereit bin, *The Chocolatier* wieder zu eröffnen. Ich muss Miete zahlen und habe kein Geld dafür, weshalb es an der Zeit ist, meinen Stolz zu schlucken und nach einem Job zu suchen, der mir über die Runden helfen wird. Ich weigere mich, dieses Geschäft zu verlieren und zuzugeben, dass meine Eltern recht hatten. Ich bin eine ausgebildete Köchin und Unternehmerin. Ich wäre für jedes Geschäft ein Gewinn, wenn ich sie davon überzeugen kann, mich mitten im Winter einzustellen. Taos ist eine Touristenstadt und zu dieser Jahreszeit sind Jobs rar gesät.

Ich weiß von einem Restaurant, das eine offene Stelle hat. Ein Jammer, dass es meinem Erzfeind, Rafe Lightfoot, gehört. Dem Kerl, der mich beschützte, als mich Bings Feinde verfolgten, weil sie dachten, ich hätte seine Drogen oder Geld. Er erzählte mir, dass ich jetzt in Sicherheit bin, da das Kartell Bing tötete. Dennoch bestand er darauf, ein Alarmsystem in meinem Haus zu installieren, und befahl mir, es zu benutzen.

Was nett ist, schätze ich, aber auch herrisch. Doch so ist Rafe: Herrisch, arrogant, ein Besserwisser. Früher war er beim Militär, weshalb ihn seine besten Freunde „Sarge" nennen. Er denkt, er kann jeden herumkommandieren. Keine anständige, unabhängige Frau würde für einen Kerl wie ihn arbeiten wollen. Zu seinem neuen Restaurant zu fahren und um einen Job zu bitten, ist das Letzte, was ich tun will. Wenn ich das nicht tue, muss ich jedoch meine Freundinnen um Hilfe bitten.

Ich seufze und rutsche in meinen Truck. Wie Mémère

sagen würde: *Niemand backt gerne kleine Brötchen.*

* * *

Rafe

Ich stehe auf der großen Holzveranda der umfunktionierten Skilodge, die jetzt meinem Rudel als Hauptquartier und Zuhause dient. Das direkte Licht der Mittwintersonne hat den Schnee stellenweise geschmolzen. Ich trete vorsichtig von einem schneefreien Fleck zum nächsten, um die Eisflächen zu meiden. Ich bin barfuß und oberkörperfrei. Außer einer Jogginghose habe ich nichts an, aber ich spüre die Kälte nicht.

Als ich die Brüstung erreiche, lehne ich mich dagegen und entspanne mich, während ich die Aussicht genieße. Wir befinden uns in einem dichten Wald. Der vorherige Besitzer baute die Veranda allerdings klugerweise auf einem kleinen Felsvorsprung, der die schneebedeckten Berge und das Tal überblickt. Über meinem Kopf befindet sich der babyblaue Himmel, an dem keine einzige Wolke zu finden ist.

Mein Wolf liebt die dichte Ansammlung von Kiefern. Der Anblick beruhigt ihn. Wir sind in diesen Bergen in Sicherheit, versteckt im Wald. Und für dieses Gespräch will ich jegliche Beruhigung, die ich kriegen kann.

„Er wusste, dass wir kommen würden", spreche ich in mein Handy. „Dieter wusste es. Er wartete mit einer speziellen Pistole. Er schoss auf mich und die Kugeln brannten. Wir haben sie zu Ihnen geschickt, damit sie untersucht werden können, sind uns jedoch ziemlich sicher, dass sie aus Silber sind."

Am anderen Ende der Leitung herrscht Schweigen, während Oberst Johnson diese Information verarbeitet. Der Wind weht über mein Ohr und ich wende mich ab, um das Handy davor zu schützen.

„Wie fühlen Sie sich, Sergeant?", fragt der Oberst.

„Mir geht's gut." Ich spanne meine Rückenmuskulatur an und spüre die nachhaltende Wundheit, aber keinen Schmerz. Der kalte Wind fühlt sich gut auf meiner nackten Haut an. Gestaltwandler halten die Kälte besser aus als Menschen. Was für sie eiskalt ist, fühlt sich für uns gut an. „Channing holte die Kugeln raus und ich heilte schnell."

„Das ist gut." Sein barscher Tonfall verrät mir, welch große Sorgen er sich gemacht hat.

Ich mache mir keine Sorgen wegen Kugeln – nicht einmal wegen Silberkugeln. Ich will wissen, was Dieter über meine Familie herausgefunden hat.

Was könnte ich dir anbieten, damit du diese kleine Mission abbrichst? Geld, Gold, Juwelen – die Namen derjenigen, die deine Familie getötet haben?

Woher wusste er von meiner Familie? Bessere Frage: Könnte er mir wirklich die Mittel für meine Rache liefern? Ich habe mein ganzes Leben lang nach Antworten gesucht. Hat Dieter die Antworten?

„Er weiß alles, Oberst. Er wusste, dass wir kommen würden und dass wir Gestaltwandler sind. Er wusste, wer ich war. Er wusste sogar vom Mord an meinen Eltern. Es muss eine undichte Stelle geben."

Es erklingt ein knarzendes Geräusch, als sich Johnson auf seinem Bürostuhl zurücklehnt. Ich kann ihn mir in seinem schwach beleuchteten Büro in den Tiefen des Pentagons vorstellen. Er ist einer der hochrangigsten Offiziere, der im Geheimen auch ein Gestaltwandler ist. „Das hatte ich befürchtet", grunzt er. „Deswegen habe ich Sie ermutigt, sich früh aus dem Militär zurückzuziehen. Zu viele Leute in der Befehlskette, zu viele Gelegenheiten, dass jemand Ihre Akte in falsche Hände geben könnte. Zu viele Augen auf den Missionen."

Ich feixe. „Ich dachte, Sie wollten das, damit Sie uns auf

Geheimoperationen schicken können, in die das Militär nicht verwickelt werden will."

„Hören Sie", knurrt er. „Nicht hier. Zu viele Ohren. Ich werde über Dieter in Erfahrung bringen, was ich kann. Quellen sagen mir, sein Reichtum nimmt zu, was bedeutet, dass sein letzter Waffenhandel profitabel war. Wir haben die Kryptobörse im Blick, die er für große Transaktionen bevorzugt."

Ich schneide dem Handy eine Grimasse. Es klingt, als wolle uns Johnson von der Mission abziehen. „Was ist mit einer Überwachung?"

„Auf keinen Fall. Keine weiteren Missionen. Nicht, bis wir mehr Informationen haben."

Ein lautes Knurren löst sich in meiner Brust. Mein Wolf erträgt die Vorstellung nicht, herumzusitzen, während die Spur kalt wird. Vor allem nach dem, was Dieter über meine Familie sagte. „Sir…"

„Das ist ein Befehl", fällt mir Johnson ins Wort.

Ich erinnere ihn nicht daran, dass ich nicht mehr seinem Befehl unterstehe. Er ist der Kunde, nicht mein befehlshabender Offizier.

Als würde er meine Gedanken erraten, sagt er: „Nehmen Sie keinen Kontakt zu ihm auf. Ich meine es ernst, Sergeant."

An den blauen Himmel gewandt fletsche ich die Zähne. Oberst Johnson zu verärgern, indem ich es trotzdem tue, wäre vermutlich zwecklos. Dieter ist so reich, dass er seine eigene private Miliz gründen könnte. Wir sind nur ein einziges Mal näher an ihn rangekommen, weil er es uns erlaubte. Was für ein ärgerlicher Gedanke.

„Ich weiß, Sie wollen ihn zu Fall bringen. Niemand will das mehr als ich", fügt Johnson leise hinzu.

Ich stoße einen Luftschwall aus, der in der eiskalten Luft zu Rauch wird. „Ja, Sir." So sehr ich es auch hasse, unterzutauchen ist die beste Methode, um mein Rudel zu beschüt-

RENEE ROSE & LEE SAVINO

zen. Ich werde ihr Leben nicht bei einem Himmelfahrtskommando aufs Spiel setzen.

Das Beste, das ich tun kann, ist uns alle in Taos zusammenzuhalten. Mein Wolf wird bereits ganz verrückt, weil er versucht, auf meine Wolfgestaltwandler-Freunde und ihre verletzlichen Menschengefährtinnen aufzupassen. Ich fühle mich nicht nur für die Sicherheit von Charlie und Sadie verantwortlich, sondern auch für die Frauen in ihrem engeren Freundeskreis. Wie beispielsweise ihre hübsche Freundin Adele. Sie gehört nicht zum Rudel, weshalb mich ihre Probleme nicht interessieren sollten, aber aus irgendeinem Grund, ließ ich alles stehen und liegen, um ihr bei ihren jüngsten Problemen zu helfen. Jetzt, da sich das Kartell zurückgezogen hat, kann ich etwas freier atmen. Doch warum interessierte mich das überhaupt?

Dass das Rudel immer größer wird, treibt mich in den Wahnsinn.

Zum Oberst sage ich: „Halten Sie mich auf dem Laufenden."

„Werde ich tun. Passen Sie auf sich auf, Sergeant."

Ich lege auf und strecke mich. Die Bewegung zieht an meinen Muskeln und ein leichtes Ziepen strahlt von den Stellen aus, wo mich die Kugeln trafen. Bald werden die Wunden vollständig verheilt sein und nur eine bittere Erinnerung an das Treffen mit Dieter zurücklassen. Ich beabsichtige, nie zu vergessen, was er mir angetan hat, genauso wenig wie die Drohung, die er gegen meinen Bruder und seinen ungeborenen Welpen ausgesprochen hat. Er ist nicht nur für mich, sondern jeden Gestaltwandler eine Bedrohung.

Genauso wie die Mörder meiner Eltern.

Ich werde nicht ruhen, bis sie alle – Dieter, diejenigen, die meine Familie töteten – tot sind. Das ist das Einzige, wofür ich lebe.

Ich gehe wieder nach drinnen und bleibe in der geöff-

neten Tür stehen, durch die ich vorhin frische Luft herein-
lassen wollte. Es gab noch einen anderen Grund, aus dem ich
auf die Veranda trat, um mit dem Oberst zu reden. Channing
versuchte erneut, zu kochen, und die Küche stinkt nach
verbranntem Brokkoli. Der Brandgeruch war so stark, dass
mein Wolf würgen musste.

Der Gestank hängt noch in der Luft. Für einen Menschen
wäre der Geruch schwach und vergänglich. Für einen
Gestaltwandler ist er wie ein Schlag auf die Nase.

Als ich nach drinnen laufe, schlendert Lance aus dem
Computerraum. Er wohnt jetzt bei seiner Gefährtin Charlie,
arbeitet untertags jedoch für Black Wolf Security, wenn er
nicht in Wolfgestalt ist und seine Gefährtin auf ihrer Post-
runde stalkt.

Mein kleiner Bruder hebt zum Gruß das Kinn und
bekommt eine Wolke des verbrannten Essens in die Nase.

„Gott, das ist schrecklich." Lance drückt sich einen
Unterarm ans Gesicht.

„So schlimm ist es gar nicht", murrt Channing.

Lance deutet auf ihn. „Die United Nations haben angerufen. Das nächste Mal, wenn du kochst, klagen sie dich eines
Kriegsverbrechens an."

Deke hebt eine Hand. „Ich werde vor Gericht aussagen."
Der normalerweise stoische Wolf hat eine ausdruckslose
Miene aufgesetzt. Dass er einen Witz macht, ist ein
Zeichen dafür, wie sehr ihn seine Gefährtin Sadie verän-
dert hat.

„Ha, ha, sehr witzig." Channing zeigt ihnen beiden den
Mittelfinger. „Wenn ihr mich nicht in der Küche wollt,
warum kocht ihr dann nicht?"

„Ich hatte letzte Woche Küchendienst", antwortet Deke.

Channing verschränkt die Arme vor der Brust. „Ja und du
hast uns fünf Tage hintereinander Speck und Eier
vorgesetzt."

„Mmm", schmatzt Lance. „Frühstück zum Abendessen. Abendstück."

„Mein Wolf kommt mit diesem Scheiß nicht klar", sagt Channing. „Ich brauche Abwechslung. Ich habe einen sehr empfindlichen Gaumen."

„Dein Wolf ist letztes Mal, als wir laufen waren, in einen Müllcontainer gesprungen und hat Müll gefressen", entgegnet Lance und Channing stürzt sich auf ihn.

Deke packt Channing, bevor er zu weit geht, und ich halte Lance mit einem geblafften Befehl zurück: „Das reicht! Ich hatte gerade ein Gespräch mit dem Oberst."

Die entspannte, spielerische Stimmung der drei Soldaten verpufft, als sie sich zu mir umdrehen.

„Was hat er gesagt?", fragt Lance, von dessen vorherigem scherzenden Grinsen keine Spur mehr zu sehen ist.

„Johnson sucht noch immer nach der undichten Stelle", erzähle ich. „In der Zwischenzeit sollen wir die Füße stillhalten."

„Was?", explodiert das Rudel. „Was ist mit Dieter?"

„Bis auf Weiteres auf Eis gelegt. Absolut keine Alleingänge. Johnson hat das klar gemacht."

Channing flucht und tritt gegen den Küchenmülleimer. Es ist kein kräftiger Tritt, aber er ist ein Wolf, weshalb der Metalleimer durch die Luft fliegt.

Deke fängt ihn auf und starrt die Delle in der Seite finster an.

„Oh Mann, Channing", ächzt Lance. „Das ist der dritte diesen Monat."

„Sorry. Das ist beschissen." Mit seinen zerzausten Haaren und der finsteren Miene sieht Channing wie ein Dreijähriger aus, dem man einen Lutscher verboten hat. Aber ich verstehe ihn.

„Es ist beschissen", bestätige ich. „Mir wäre nichts lieber, als grünes Licht für eine Mission zu erhalten. Am liebsten würde ich Dieters Tür eintreten und ihn einbuchten. Aber wir wissen noch immer nicht, warum oder woher Dieter diese Silberkugeln hatte. Wir müssen eine längerfristige Strategie verfolgen."

Sie murren noch etwas mehr, doch ich weiß, dass sie die Botschaft verstehen. Ich räuspere mich. „Noch etwas. Wir riegeln die Lodge von jetzt an ab. Niemand kommt ohne meine Zustimmung ins Hauptquartier oder verlässt dieses."

Bei dieser Nachricht merkt Lance auf. Sein Wolf ist im Beschützermodus, denn er und seine Gefährtin erwarten ein Kind. „Was ist die Bedrohung?"

„Dieter wusste von dir", informiere ich ihn. Ich habe diese Information zurückgehalten, weil er genug mit dem Versuch zu tun hatte, seine Gefährtin zurückzugewinnen. „Und unserer Familie, unserer Vergangenheit. Er fragte mich, ob ich Rache will."

Lance wirbelt herum und tritt gegen den Mülleimer, den Deke gerade aufgestellt hat. Der Eimer fliegt durch den Gang. Das ist fürchterlich für den Boden, erzeugt jedoch einen befriedigenden Laut.

„Müssen wir unsere Gefährtinnen hierherholen?", will Deke wissen. Sein ganzer Körper ist angespannt. Er sieht aus, als sei er bereit, sofort aus der Eingangstür und zu Sadies Reihenhaus zu rennen.

„Im Moment noch nicht. Wenn ich mehr Informationen erhalte, werdet ihr es als Erste erfahren. Fürs Erste benachrichtigt mich einfach, wenn ihr kommt oder geht. Habt immer euer Handy bei euch. Und keine Besucher. Eure Gefährtinnen sind offensichtlich nach wie vor willkommen." Ich schaue zu Lance und Deke.

Ich habe mich noch immer nicht an die Vorstellung gewöhnt, dass die Hälfte unseres Rudels eine Gefährtin hat. Wir haben uns von einem kleinen, engverbundenen Team aus Soldaten zu... etwas ganz anderem verwandelt. Etwas,

was eher einem Rudel ähnelt. Einer Familie, was meinen Wolf wahnsinnig macht wegen des Bedürfnisses, die schwächeren, verletzlicheren Mitglieder zu beschützen – zwei Menschenfrauen und ein ungeborener Welpe. Ich meine, fuck, was wenn es Lance gewesen wäre, auf den mit Silber geschossen wurde, und was, wenn er es nicht überlebt hätte? Er hätte das Kind, das er noch nicht einmal kennengelernt hat, als Waise zurückgelassen.

Undenkbar. Aber ich muss darüber nachdenken und mich auf alle Eventualitäten vorbereiten. Es ist meine Aufgabe, meine Rolle. Das ist es, was mich zum Alpha macht.

„Keine weiteren Gemüsemorde mehr", sage ich zu Channing. „Ich hole etwas vom *Grille*." Der größte Vorteil daran, ein Restaurant zu besitzen – kostenloses Takeout. Und jetzt können wir im Großhandel Steak und Bier kaufen.

„Was essen wir morgen?", will Deke wissen. Er hat den Mülleimer zurückgeholt, der mittlerweile so verbeult ist, dass er nutzlos ist.

„Ich werde mir etwas überlegen." Ich bedeute ihm, dass er mir den Mülleimer zuwerfen soll, und als er es tut, fange ich ihn auf und knülle ihn zu einer Kugel zusammen. Nicht der eleganteste Nutzen meiner Gestaltwandlerkraft, aber es ist befriedigend. Ich stelle mir vor, dass das Metall Gabriel Dieters Kopf ist.

Als ich fertig bin, ist der Mülleimer ein Klumpen verdrehten Metalls, der zu nichts taugt, außer vielleicht einem schweren Briefbeschwerer.

„Ich könnte mein Glück mit Speck und Eier versuchen", sinniert Channing.

Ich werfe ihm die zerknüllte Kugel an den Kopf. Er fängt sie mühelos auf und ich deute streng mit dem Finger auf ihn. „Kein Kochen mehr, Soldat. Nichts anderes als Toast. Das ist ein Befehl."

KAPITEL 3

A^{*dele*}

*A**dele* Ich parke vor dem *Grille* und neige meinen
Rückspiegel so, dass ich etwas Lipgloss auflegen kann. Rafe
Lightfoot geht mir mit seinem Feldwebel-Gehabe und
Selbstvertrauen zwar auf die Nerven, aber ich habe bemerkt,
wie er mich an den Abenden gemustert hat, an denen meine
Mädelsgruppe mit seiner Truppe unterwegs war. Ich habe
seinen knackigen Hintern viele Male bewundert. An den
seltenen Gelegenheiten, bei denen sich unsere Augen treffen,
knistert es leicht zwischen uns. Wir können einander zwar
nicht ausstehen, doch es besteht eine gewisse Chemie
zwischen uns. Und ich schätze, wenn ich schon so tief sinke,
dass ich ihn um einen Job bitte, kann ich genauso gut die
einzige Waffe benutzen, die mir noch geblieben ist.

Ich springe aus meinem alten Pickup Truck und arrangiere meinen Schal neu, sodass mich der kalte Wind, der von
den Taos Bergen pfeift, nicht so heftig trifft. Im *Grille* ruft
eine Blondine in den Zwanzigern mit dem typischen Hippie-
Körnerfresser-Taos Aussehen: „Willkommen, ich bin gleich
bei Ihnen." Daraufhin saust sie in die Küche. Der Abendes-

senandrang beginnt gerade erst – die Hälfte der Tische ist besetzt und die Leute essen die üblichen Burger und Pommes, die das *Grille* anbietet.

Argh. Das ist absolut nicht meine Welt – nicht, dass ich es verurteile. Ich liebe einen guten Burger. Aber Rafe braucht keinen Küchenchef, er braucht einen Gardemanger. Ich weiß nicht, warum er jemals angedeutet hat, dass ich hier arbeiten könnte.

Außer er will nur eine Gelegenheit, mich herumzukommandieren. Der große, dominante Idiot.

Das hier wird nicht funktionieren. Ich mache auf meinen hochhackigen Stiefeln kehrt und laufe direkt gegen eine große, breite Brust.

„Adele." Rafe packt meine Ellbogen, um mich zu stützen, als ich von seinem unnachgiebigen Körper abpralle.

Ich bin aufgebrachter, als es bei einem solchen Missgeschick nötig wäre. Das liegt jedoch nur daran, dass meine Nerven bereits angespannt waren, weil ich Rafe um einen Job bitten wollte, und jetzt, da ich beschlossen habe, dass ich den Job doch nicht will, fühle ich mich irgendwie ertappt.

„Rafe", bringe ich hervor. *Sei nicht nervös. Stell ihn dir nackt vor.*

Das Problem ist, dass ich mir Rafe bereits viel zu oft nackt vorstelle.

Er hält mich noch immer an den Ellbogen fest und steht viel zu dicht bei mir. Rafe besitzt nicht das gute Hollywood-Aussehen seines Bruders Lance, der vor kurzem meine Freundin Charlie geschwängert hat. Seine Haare sind dunkler. Seine Augen sind grün. Lance ist charmant auf diese gelassene, lockere Art. Rafe ist das Gegenteil. Kein Charme. Definitiv nicht gelassen. Er hat eine Schroffheit und Wildheit an sich, wegen der es sich schrecklich gefährlich anfühlt, in seiner Nähe zu sein.

Gefährlich, intensiv und… aufregend.

Er ist die Sorte Kerl, den man lieber auf seiner Seite haben möchte anstatt als Feind. Letzte Woche, als mein Geschäftspartner tot aufgefunden, Charlie entführt und ich von der Polizei zu einer Befragung abgeholt wurde, erlebte ich am eigenen Leib, wie gut es ist, einen einflussreichen Kerl wie ihn auf meiner Seite zu haben.

Also stehe ich bereits in Rafes Schuld.

Das ist etwas, was ich hasse. *Traue keinem Mann...*

„Ich... ähm... ich wollte gerade gehen."

„Das wolltest du?" Seine Brauen senken sich und sein Blick gleitet über mich. „Es sieht so aus, als wärst du gerade erst hier angekommen." Seine Augen heften sich auf meine hochhackigen Stiefel. „Läufst du mit denen im Schnee?"

„Ja?" Warum ließ ich das wie eine Frage klingen? Etwas an seinen mürrisch verzogenen, schwarzen Augenbrauen macht mich unsicher. Ich räuspere mich und probiere es noch einmal. „Ja, natürlich."

„Du musst vorsichtiger sein. Diese Stiefel sind nicht gut im Schnee." Und da ist es, das Nervigste an Rafe. Er kommandiert jeden herum. Dass er immer in Militärhosen oder einem armeegrünen Henley-Shirt herumläuft, verringert die Feldwebel-Aura auch nicht. Genauso wenig die Art und Weise, wie er dasteht und auf alle herabsieht, wie ein General, der seine Truppen inspiziert und uns alle für mangelhaft erachtet. Ich denke, es ist klasse, dass er eine Karriere beim Militär hatte – als ich ihm das erste Mal begegnete, dankte ich ihm für seinen Dienst – doch er ist nicht mein Chef!

Ich bin versucht, das laut zu verkünden und mit dem Stiefel aufzustampfen, als sei ich vier Jahre alt. Dadurch würde er mich allerdings auch nicht ernster nehmen. Oder mir einen Job geben.

„Triffst du dich hier mit jemandem?", erkundigt sich Rafe.

„Nein. Ähm, ja. Äh..." Ich schüttle den Kopf. Ich stehe hier unter Zugzwang und weiß nicht, ob ich fliehen oder flehen soll. Keines von beidem übt einen großen Reiz auf mich aus.

Natürlich macht er es mir nicht leicht. Er lässt meine Ellbogen los, um die Hände in die Hüften zu stemmen, als stecke ich in Schwierigkeiten und müsse ihm jetzt Rede und Antwort stehen.

Scheiß darauf. Ich kann nicht für ihn arbeiten.

„Nichts. Vergiss es. Ich muss gehen." Ich versuche, an ihm vorbeizulaufen, aber er tritt mir in den Weg.

„Warte mal eine Sekunde. Warst du hier, um mich zu besuchen? Oder ist etwas vorgefallen?" Er lässt seinen Blick finster durch das Restaurant schweifen, als müsste er irgendeinen mysteriösen Übeltäter identifizieren, der unhöflich zu mir war.

Mist. Vielleicht sollte ich ihn um einen Job bitten. Ich meine, er ist hier und besteht darauf, dass ich mich erkläre.

„Rafe, ich…"

Beim Klang seines Namens schnellt sein Blick wieder zu meinem, verhakt sich mit diesem und konzentriert sich darauf. Als ich mir nervös den Lipgloss von den Lippen lecke, senkt sich sein Blick auf meinen Mund. Ein hungriger Ausdruck legt sich auf sein Gesicht.

Gott, ich habe auch Hunger. Und nicht auf Essen.

Jedes Mal, wenn ich in der Nähe dieses Kerls bin, setzt zwischen meinen Beinen ein langsames Pochen ein. Sein großer Körper, hart und mit kräftigen Muskeln besetzt, seine dunklen Haare und Augen… Ich schaue zu ihm auf und kann mir viel zu leicht vorstellen, wie es wäre, unter ihm zu liegen. Er würde mich vermutlich herumkommandieren und *im* Bett genauso herrisch und dominant sein wie außerhalb.

Und wäre das nicht wundervoll?

Nein, nein, nein. Ich will Rafe auf gar keinen Fall nackt und über mir haben, während er mir sagt, was ich tun soll. Das wäre schrecklich.

Gott, mein Höschen ist klatschnass. Zeit, dieses Gespräch wieder in die richtigen Bahnen zu lenken. Ich brauche eine Sekunde, um mich daran zu erinnern, wie sehr mich Rafe nervt, und recke das Kinn.

„Willst du die Wahrheit wissen?", frage ich. „Ich bin hergekommen, um zu fragen, ob du, ähm, noch immer Hilfe brauchst. Du weißt schon, in der Küche. Ich, äh, werde *The Chocolatier* im Moment nicht wieder eröffnen können."

Rafe wird reglos und seine Brauen nähern sich besorgt einander an.

Es ist eine viel stärkere Reaktion, als ich von ihm erwartet habe. Ich weiß nicht, was ich gedacht habe, dass er tun würde – mir eine Abfuhr erteilen oder mir sagen, dass ich eine Bewerbung ausfüllen soll. Stattdessen nimmt er meine Hand und zieht mich tiefer ins *Grille*. „Komm mit", sagt er barsch.

Mein Herz beginnt, zu hämmern, weil wir Händchen halten. Das ist komisch, oder? Chefs halten nicht die Hände ihrer Angestellten. Meine Gedanken purzeln wild durcheinander und verknoten sich.

Er führt mich zu einem Büro hinten im Laden, wo er meine Hand loslässt und die Tür schließt. „Zieh deine Jacke aus." Er schlüpft aus seiner ledernen Bomberjacke.

Typisch Rafe – keine Einladung, sondern ein Befehl.

Ein Teil von mir will ihm widersprechen, nur um ihm zu zeigen, dass er hier nicht das Sagen hat, doch andererseits… hat er hier das Sagen. Und ich bin hier und bettle ihn an. Alarmierender ist jedoch, dass ich mich mit ihm darüber streiten will, ob ich meine Jacke anlasse oder ausziehe. Wenn mich so eine Kleinigkeit bereits auf die Palme bringt, wie in aller Welt soll ich da für den Mann arbeiten?

Ich schlüpfe aus meiner Jacke und erlaube ihm, sie mir abzunehmen und sie über seine an die Rückenlehne des Bürostuhls zu hängen. Er bleibt stehen, weshalb ich das auch tue. „Also, was ist los?" Er verschränkt die Arme vor seiner gigantischen Brust.

Ich weiß ehrlich nicht, warum sich meine Nippel deswegen unter meinem Pullover zusammenziehen. Es ist nicht heiß. Es ist herrisch und anmaßend und viel zu sehr Alphamann.

Okay, ja, es ist ziemlich heiß. Gäbe es einen Kalender der Sondereinsatztruppe, wobei sie natürlich nie mitmachen würden – wäre er mein Dezember. Er trägt nichts außer einem kurzärmeligen T-Shirt, weshalb mir eine volle und prachtvolle Sicht auf all die Muskeln an seinen Armen und Brust gewährt wird. Ich wage einen Blick auf seine Bauch-muskeln. Nein, die kann ich unter dem Shirt nicht sehen. Ein Jammer.

„Hör zu, ich bin nicht hergekommen, um meine Geschäftsprobleme mit dir zu besprechen. Ich brauche nur einen Job", erkläre ich ihm vermutlich mit etwas zu viel Giftigkeit in der Stimme für jemanden, der um einen Gefallen bittet.

„Okay." Er nickt und betrachtet mich, spricht allerdings nicht weiter.

„Okay, du wirst mir einen Job geben?"

Er nickt noch einmal, es ist allerdings kein sonderlich überzeugendes Nicken, und ich bin mir nicht sicher, ob mir die berechnende Art gefällt, auf die er mich betrachtet.

„Hier im *Grille* habe ich genug Personal, aber wir brau-chen einen Privatkoch oben in der Lodge." Er deutet mit dem Daumen in Richtung des Bergs.

Privatkoch. In der Lodge. Die große wunderschöne Lodge in den Bergen, wo Rafe mit seiner Militärgruppe lebt. Ich war dort schon einige Male zu Besuch, weil Sadie einen aus Rafes Crew datet, Deke. Ich habe mich natürlich nie gefragt, wie Rafes Schlafzimmer aussieht oder ob er nackt schläft.

Ein Job im *Grille* ist eine Sache. Dort würde ich Rafe gele-

gentlich sehen, er wäre jedoch nicht mein direkter Vorge-
setzter.

„Im Sinne eines einmaligen Catering-Jobs?", hake ich
nach. Damit käme ich klar.

„Nein, ein regelmäßiger Job."

Schlechte Idee. Es wäre unmöglich, Rafe aus dem Weg zu
gehen.

Ich öffne den Mund, um abzulehnen, als er sagt: „Die
Stelle bringt zweitausendfünfhundert Dollar pro Woche ein
und du müsstest sofort anfangen."

Ich schließe den Mund und lasse meinen erhobenen
Finger sinken. Verdammt. Mit zweitausendfünfhundert
Dollar pro Woche wäre ich schnell aus den Schulden raus.
Nach der ersten Woche könnte ich dem Vermieter eine
Anzahlung geben – das sollte ihn überzeugen, dass er mir die
Schlüssel zurückgeben kann, oder dass er zumindest nicht
meine gesamten Geräte und Bestand verkauft.

Jetzt verschränke ich die Arme vor der Brust. Und nicht
nur, weil meine Nippel kribbeln. „Wie genau würde mein Job
denn aussehen? Für dich und deine Truppe kochen? Wie
viele von euch müssen versorgt werden?"

Rafe fährt sich mit einer Hand über das Gesicht, als wäre
das ein wunder Punkt. „Drei bis fünf von uns, je nach dem
wer da ist. Lance ist bei Charlie eingezogen, aber sie
kommen manchmal zum Essen vorbei. Sadie natürlich auch",
antwortet er.

Der Gedanke, für meine Freundinnen zu kochen, heitert
mich auf. Ich bin Kreolin. Kochen ist dort, wo ich
herkomme, eine Form der Liebe.

„Alle drei Mahlzeiten? Mittagessen und Abendessen?"

Rafe betrachtet mich. Seine Augen funkeln, als wäre er
begeistert von der Vorstellung, mich auf diese Weise unter
der Fuchtel zu haben.

Das weckt den Wunsch in mir, ihm gegen das Schienbein zu treten, zu zischen und zu fauchen wie eine Katze. Kurz bevor er mich auf diesem großen Holztisch fixiert und…

Nein. Das kommt nicht infrage. Nie, nie, niemals.

„Mittag- und Abendessen würden reichen", antwortet er. „Du könntest kommen, das Abendessen kochen und das Mittagessen für uns im Kühlschrank deponieren."

„Also einmal am Tag Essenszubereitung, kochen und servieren bei euch zu Hause. Sieben Tage die Woche?"

„Vier. Wir essen an manchen Nächten gerne außerhalb oder bestellen uns etwas."

Vier. Vielleicht kann das funktionieren. Wenn ich *The Chocolatier* wieder eröffnen kann, könnte ich weiterhin für Rafe arbeiten, bis ich wieder auf die Beine komme. Der Zeitaufwand wäre gar nicht so schlimm, wenn ich die Mahlzeiten klug plane.

„Ich würde die Lebensmittel natürlich bezahlen", fährt er fort. „Du kannst über das *Grille* für viele Dinge eine Großbestellung aufgeben."

Ich strecke die Hand aus. „Deal."

Rafes Lächeln ist bedächtig und durchtrieben. Er lässt sich Zeit damit, seine Hand auszustrecken, um meine zu schütteln, und als er meine Hand schließlich nimmt, schießen elektrische Funken mein Rückgrat hoch und runter.

„Wie bald kannst du anfangen?" Er lässt meine Hand los und lehnt sich mit der Schulter an die Wand. Plötzlich ist er ganz lässig. „Ich bin hier, weil Channing heute Abend unser Essen verbrannt und das ganze Haus mit dem Gestank verpestet hat. Wie sich herausstellt, stinkt Brokkoli noch schlimmer, wenn er verkohlt wurde."

Ich lache trotz allem, teilweise da es mich überrascht, Rafe etwas so locker sagen zu hören – nicht, dass ich ihn sonderlich gut kenne.

„Wie wäre es mit morgen?" Es macht keinen Sinn, länger zu warten. Ich brauche dieses Geld. Dringend.

„Das klingt gut. Ich schreibe dir die Adresse."

„Klar, gib mir dein Handy und ich speichere meine Nummer ein."

„Oh, die habe ich."

Als ich die Stirn runzle, fügt er hinzu: „Ich habe sie mir besorgt, als es mit Charlie so turbulent zuging."

Ich mache einen Hmpf-Laut. Ich bin gleichermaßen verärgert und erfreut darüber, dass Rafe Lightfoot meine Nummer hat. Ehrlich gesagt, hätte ich nicht gedacht, dass ich in seinen Gedanken so hoch rangiere, dass ich dem würdig wäre. Andererseits passt das zu seiner kontrollierenden Persönlichkeit.

„Gibt es irgendetwas, was ich wissen muss? Allergien? Vorlieben, Abneigungen?"

„Wir sind durch und durch Fleischfresser. Nichts von diesem vegetarischen Mist. Wir essen zwar unseren Brokkoli – wenn er nicht verbrannt ist – aber wir brauchen unser Fleisch."

„Ihr braucht euer Fleisch", wiederhole ich zweifelnd. Ich meine, ich bin auch keine Vegetarierin, doch dieser Planet wird von der Fleischproduktion der Menschen zerstört. Brauchen wir wirklich zu jeder Mahlzeit Fleisch? Aber egal, er ist der Boss.

Oh, Gott.

Rafe Lightfoot ist jetzt mein Boss.

Was habe ich mir nur dabei gedacht?

* * *

Rafe

Ich folge Adele aus meinem Büro, wobei ich ihre schlanke Figur in dem enganliegenden Kleid bewundere. Sie bewegt sich mit katzenartiger Eleganz. Tatsächlich ist sie sehr katzenähnlich, diese Frau, was womöglich der Grund dafür ist, dass wir beide uns nicht so gut verstehen.

Mein Wolf will sie dominieren und sie ist bereit, mir die Nase zu zerkratzen.

Die Wahrheit ist, dass mir die Vorstellung viel zu gut gefällt, dass der hübsche Hitzkopf, Adele Fabre, für mich arbeitet. Die freche Feinschmeckerin ist alles andere als mein Typ Frau. Nicht, dass ich einen Typen habe. Oder Zeit für Frauen. Und Zivilisten – aka Menschen – sollten wegen meiner eigenen Regel ohnehin tabu sein.

Doch diese Regel hat offenkundig weder bei Deke noch meinem jüngeren Bruder gegriffen, die sich gerade beide mit Menschen gepaart haben – Freundinnen von Adele.

Nach dem, was im letzten Monat mit ihrem Geschäftspartner und ihrem Laden passiert ist, habe ich mir Sorgen um sie gemacht. Der Mord ihres Partners wurde von der Polizei noch nicht aufgeklärt, aber es scheint offensichtlich zu sein, dass das Drogenkartell dahintersteckte, auf das sich Bing eingelassen hatte. Jetzt, da er tot ist, sollte Adele in Sicherheit sein, doch es gefällt mir trotzdem nicht. Ich würde diese losen Enden gerne für sie verknoten.

Ich sah auch den Räumungsbescheid, der an ihre Tür geklebt wurde, und die Ketten um die Türgriffe. Ich wette, dass bringt sie innerlich um, auch wenn sie sich das niemals anmerken lassen würde.

Die Frau ist stolz. Sehr stolz. Deswegen bot ich ihr keinen Kredit oder Hilfe an. Ich erfand im Grunde genommen spontan die Stelle des Privatkochs. Dabei versuchte ich, zu erraten, wie viel Geld sie braucht, und wie glaubhaft ich ihr die Stelle verkaufen konnte, ohne dass sie mein Vorhaben bemerkte. Einer Sache bin ich mir sicher – wenn sie denken würde, dass sie Almosen kriegt, würde sie mir den Vogel zeigen und sofort gehen.

Sie marschiert vor mir durch das *Grille*. Das Erste, was ich an Adele bemerkte – abgesehen von ihrem fantastischen Geruch und den Kurven unter ihren makellosen Kleidern – war, dass sie eine geborene Anführerin ist. Sie ist diejenige von ihren Freundinnen, die das Kommando übernimmt, andere tröstet und sich wie die Mutterglucke benimmt. Sie tut das so geschickt, dass es die anderen nicht einmal bemerken. Ich allerdings schon. Denn das ist etwas, was ich von Natur aus für mein eigenes Rudel tue. Es ist der Alphadrang – zu führen, zu beschützen. Alle anderen zu dominieren.

Deswegen ist es nie eine gute Idee, zwei Alphas im selben Raum zu haben. Wir würden darum kämpfen, wer das Sagen hat und in dem Machtkampf können Leute verletzt werden. Es gibt nur wenige Leute, deren Anordnungen ich befolge – Oberst Johnson ist einer von ihnen. Doch ich würde niemals auf einen Menschen hören.

Adele ist ein Mensch. Sie kann keinen Kampf mit mir gewinnen, ganz gleich, wie oft sie es auch versucht.

Als würde sie meine Präsenz hinter sich spüren, wirbelt sie mit blitzenden, haselnussbraunen Augen herum. „Folgst du mir?"

„Du hast deine Jacke vergessen", antworte ich höflich und halte das Kleidungsstück hoch, damit sie hineinschlüpfen kann.

Sie streckt ihre Hand danach aus und ich schnalze mit der Zunge. Ein Moment vergeht, in dem sich unsere Augen in einem Machtkampf verhaken.

Ein weiteres Mal gewinne ich. Röte breitet sich auf ihren braunen Wangen aus, doch sie dreht sich um und lässt sich von mir in ihre Jacke helfen. Nur gute Manieren, das bin ich. Ich muss schließlich so tun, als sei ich ein höflicher Mensch. Die Fassade zivilisierten Benehmens ist das Einzige, das meinen Wolf daran hindert, sie in die Arme zu heben und zurück in mein Büro zu tragen, wo ich sie nackt ausziehen und mich in ihrem Geruch aalen könnte.

Stattdessen lasse ich mir Zeit damit, Adeles Kragen geradezurücken und ihren Mantel für sie zuzuknöpfen. Ihr Geruch ist momentan absolut köstlich, denn er ist von ihrer Wut durchtränkt. Es muss eine Qual für sie sein, Befehle von mir entgegenzunehmen.

Es ist eine Qual, vor ihr zu stehen und ihre weiche Haut nicht berühren zu können. Ihre Wimpern sind lang und dunkel und wie ein Fächer auf ihren geröteten Wangen ausgebreitet. Eine braune Locke ist ihrer schicken Frisur entwischt. Ich streiche sie nach hinten, woraufhin Adele außer Reichweite tritt.

Mein Wolf regt sich, bereit für die Jagd. *Immer mit der Ruhe, Junge.*

„Dankeschön", giftet sie. Verdammt, sie ist atemberaubend, wenn sie wütend ist.

„Gern geschehen", erwidere ich, als hätte ich ihr nicht gerade ein weiteres Mal meine Dominanz aufgezwungen. Mit einer Hand in ihrem Rücken führe ich sie durch das Restaurant. Die Augen eines unserer Barkeeper bleiben an Adeles vorbeigehender Gestalt hängen und ich muss all meine Selbstbeherrschung aufbringen, damit ich nicht über die Tische und Bar springe, um ihn auszuschalten. Ich gebe mich mit einem finsteren Alphablick zufrieden. Der Barkeeper fängt meinen Blick auf, schluckt und senkt abrupt den Kopf. Menschen erkennen ein dominantes Raubtier, wenn auch nur unterbewusst.

Ich mache einige schnelle Schritte, um die Tür vor Adele zu erreichen, und halte sie ihr auf.

„Was ist mit dir? Du hast keine Jacke", sagt sie, während sie an mir vorbeiläuft.

„Ich mag die Kälte." Vielleicht wird die Kälte meinem Schwanz die Botschaft vermitteln.

Ich verlangsame meine Schritte und denke an Baseball, kann jedoch nur beobachten, wie Adele in ihren braunen Stiefeln die Treppe hinabhastet, als hätte sie es eilig, von mir wegzukommen. Ihr Zorn umgibt sie wie eine dampfende Wolke Pfeffergeruch. Mein Schwanz ist bereit, aus meiner Kampfhose hervorzubrechen.

Was habe ich getan? Ich habe gerade Adele als Privatköchin eingestellt. Das bedeutet, dass sie in meinem Leben, in meiner Lodge, im Herzen meines Reviers sein wird. Ihre Hände werden mein Essen zubereiten. Ihr Geruch wird überall hingelangen und mich in den Wahnsinn treiben. Und es gibt nichts, was ich dagegen tun kann, weil sie nicht nur ein Mensch ist – jetzt ist sie auch noch meine Angestellte.

Oh zum Teufel.

KAPITEL 4

*D*er Fremde

Er schlenderte durch seine weitläufige Festung und bewunderte die endlosen Schätze, die zur Schau gestellt wurden. Ein Gemälde von Vermeer. Eine Vase der Ming-Dynastie von unschätzbarem Wert. Eine Originalausgabe von Keats Gedicht „Ode auf eine griechische Urne", die zwischen einer Anzahl griechischer Urnen steckt.

Das Schloss war viel prächtiger als sein ehemaliges Zuhause. Er stellte jedoch fest, dass er seine alte Behausung vermisste, wo er seine Schätze in willkürlichen Haufen lagerte und zwischen den Bergen aus poliertem Gold schlief. Wie Ali Baba in der wundersamen Höhle, nur war er kein Dieb unter Dieben. Er war ein König und wurde auch als solcher geehrt.

Er war schon immer ein Einzelgänger. Zufrieden mit seinem Leben, solange er Schätze und eine Armee hatte, die auf Abruf bereitstand. Doch jetzt stellte er fest, dass er sich nach mehr sehnte. Nicht nach mehr Gold oder Juwelen. Etwas Wertvollerem. Etwas Seltenerem.

Eine Sache hatte er in seinem langen, langen Leben gelernt: Reichtum und Macht bedeuteten nichts, wenn man sie mit niemandem teilen konnte. Ohne die Eine, die seinem Leben Bedeutung verleihen konnte. Eine Frau. Seine Frau.

Sie war dort draußen, irgendwo. Eine ganze Truppe an Detektiven suchte für ihn nach ihr. Wie nannten sie diese modernen Jäger noch einmal? Computerhacker? Sie suchten alle nach der Frau, die das schlafende Biest geweckt und sein Herz wieder zum Schlagen gebracht hatte.

Wenn er sie fand, würden die Balzrituale beginnen. Er würde nach der Art seines Volkes um sie werben – indem er seinen Reichtum, Macht und die erstaunliche Erhabenheit, die sich nur einer Person wie ihm selbst geziemte, zur Schau stellte.

Er würde sie finden.

Doch bis dahin musste er einen Zeitvertreib finden. Eine Ablenkung.

Auf seinem Schreibtisch wartete eine Akte auf ihn, die mit dem Namen Rafe Lightfoot *markiert war. Der ehemalige Sergeant, der seine Nase in seine vorherigen Geschäfte gesteckt hatte. In einer Welt, wo ihm niemand ebenbürtig war, kam Lightfoot für ihn einer Herausforderung am nächsten. Ein Feind, der Geheimnisse hatte, die seinen gleichkamen.*

Es würde amüsant werden, Lightfoots Welt zu infiltrieren. Mit seinem Rudel zu spielen. Seinen Frieden zu zerstören aus keinem anderen Grund, als dass Lightfoot ein würdiger Gegner war.

Es war nicht notwendig, würde ihm jedoch eine kurze Ablenkung bieten. Wie sagten die Kinder in diesem modernen Zeitalter? Es wäre ein... Spaß.

Er blätterte die Akte durch, bis er ein Bild von Lightfoot mit seinem Rudel fand. Während er den Bericht las, kratzte er müßig ein X über das Gesicht des guten Sergeanten. Herzlichen Glückwunsch, Alpha Wolf, du hast meine Aufmerksamkeit.

Lasst die Jagd beginnen.

* * *

Rafe

Fünf Stunden von Adeles erstem Arbeitstag in der Lodge sind vergangen und es ist schlimmer, als ich es mir vorgestellt habe.

Zuerst kam ihr Geruch, stahl sich in mein Büro, schlängelte sich um meinen Schreibtisch und füllte mein Zimmer. Süß und subtil mit einem gewissen Biss. In meinem kleinen Arbeitsraum gibt es keine Fenster – mein Büro kann auch als Schutzraum benutzt werden – und es gibt keine Möglichkeit für den Duft, zu entweichen. Ich kann ihn nur einatmen, einen dekadenten Atemzug nach dem anderen.

Als Nächstes kamen die flüsternden Wellen ihrer Stimme und ihres Lachens. Das Geräusch ist leise und ein kleines bisschen rauchig. Und damit kommt die letzte Invasion: Das Bild von Adeles herzförmigem Gesicht, das alle anderen Gedanken verdrängt. Es ist so leicht, sich vorzustellen, wie sie in mein Büro schlendert und sich in meinen privaten Freiraum drängt. Sie wäre wie üblich elegant gekleidet – in einen Rock oder ein Kleid, etwas, was sich leicht nach oben und aus dem Weg schieben ließe. Ihre weichen, dunklen Locken würden um ihr Gesicht fallen. Ihre silbrig braune Haut und ihre langen Wimpern, die ihre unglaublichen Augen rahmen, wären so schön wie eh und je. Ihr Gesicht ist perfekt – wie schafft sie es nur, die ganze Zeit so perfekt auszusehen? Sie arbeitet so hart.

Sie kam mit einem Mittagessen – eine Art italienisches Sandwich namens *Muffuletta*. Ein selbstgebackenes rundes Brot, das mit dutzenden Wurstschichten gefüllt war. Verdammt köstlich. Ich verkroch mich in meinem Büro unter dem Vorwand, beschäftigt zu sein, obwohl ich in Wahrheit die Küche mied. Deke brachte mir das Mittagessen auf einem Teller. Es war mit Petersilie und allem garniert. Die Garnierung roch nach ihr.

Ich verschlang diese Garnierung mit Genuss. Es war das erste Mal, dass ich Petersilie aß. *Ich bereue es nicht.*

Sie ist noch immer hier in der Küche und kocht. Sie ist seit Stunden hier und arbeitet. Mein Wolf dreht in der Zwischenzeit durch. Er will, dass ich aus meinem Büro stürme, in die Küche renne und einen Bissen von ihr nehme.

Das. Kommt. Nicht. Infrage.

Warum fantasiere ich davon, einem Menschen einen Paarungsbiss zu geben? Es ist schon schlimm genug, dass sich Lance und Deke Gefährtinnen genommen haben. Je größer das Rudel wird, desto schwieriger ist es, alle Mitglieder zu beschützen.

Einen Moment lang verschwimmt das weiße Blatt auf meinem hölzernen Schreibtisch. Eine Hütte im Wald, die Tür schwingt auf. Meine Eltern liegen zerfetzt und reglos auf dem Boden, umgeben von grausamen roten Spritzern.

Ein harsches, reißendes Geräusch holt mich zurück. Das leere Blatt Papier liegt in Fetzen vor mir.

Ich greife nach meinem Handy, schreibe Lance und halte die Luft an, bis er antwortet. Ihm geht es gut, seiner Gefährtin geht es gut. Dem Baby geht es gut.

Ich drehe durch wegen all der Leben, die ich beschützen muss.

Ich räume die Papierfetzen auf, dann überprüfe ich ein weiteres Mal meine Nachrichten. Oberst Johnson hat mir befohlen, ihn nicht zu kontaktieren, bis er mich kontaktiert. Je weniger wir miteinander sprechen, desto besser. Ich will unseren Feinden keine Gelegenheit geben, unsere Gespräche nachzuverfolgen.

Wir müssen noch einige Security-Jobs in der Umgebung erledigen, aber ansonsten habe ich unseren Arbeitsplan frei-gehalten, damit wir auf Nachricht warten können, wann wir uns Dieter erneut vorknöpfen werden. Es ist Winter und wir haben ohnehin weniger Arbeit.

Ich logge mich in meinen Computer ein und bezahle einige Rechnungen. *Kopf runter, bleib konzentriert.* Das ist es, was ich tun muss.

Noch ein Lachen erklingt und dringt an meine Tür. Dieses Mal ist es Channings. Beim ersten Geruch von Essen hat er die Küche aufgesucht. Sogar Deke fand einen Grund, um sich in der Nähe aufzuhalten. Und den ganzen Nachmittag haben sie sich unterhalten, sich Witze erzählt und dafür gesorgt, dass sich Adele wie zu Hause fühlt. Es sollte mich nicht stören, doch das tut es.

Wehe, wenn Channing mit Adele flirtet. Ich kann ihn vor meinem inneren Auge sehen, wie er Adele wie ein Idiot angrinst und sich an ihren kurvigen, kleinen Körper drängt…

Der Füller in meiner Hand zerbricht und verspritzt Tinte in alle Richtungen. *Fuck.* Ich wische die Tinte mit dem Ärmel von meinem Computer. Als der Bildschirm sauber ist, reiße ich mir das versaute Henley-Shirt vom Körper und pfeffere es in eine Ecke.

Ein Knarzen erklingt im Gang und Deke streckt den Kopf herein. „Alles okay, Sarge?"

Ich grunze zur Antwort. Er nickt, als wäre es nichts Neues, dass ich oberkörperfrei und miesepetrig hinter meinem Schreibtisch sitze. „Adele hat uns zum Händewaschen geschickt. Das Essen ist bald fertig."

Ich nicke zum Zeichen, dass ich verstanden habe und damit er geht. Als er fort ist, sitze ich einen Augenblick lang da und versuche, mich zusammenzureißen. Ich bin halb nackt. Es wäre eine Kleinigkeit, in die Küche zu marschieren und Adele Channing zu entreißen. Sie mir über die Schulter zu werfen…

Darf. Nicht. Passieren.

Ich reiße eine Schreibtischschublade auf und ziehe ein neues Henley-Shirt heraus. Ich habe immer extra Shirts und

Hosen bei der Hand. Gestaltwandler verbrauchen eine Menge Kleider.

Ich sollte dieses Abendessen auslassen. Doch mein Magen knurrt. Die vergangene Stunde habe ich den würzigen Geruch von etwas Köstlichem gerochen, das auf dem Herd köchelte.

Es sollte in Ordnung sein. Es ist ja nicht so, als wollte ich diese Frau markieren. Aber irgendetwas an ihr treibt meinen Wolf in den Wahnsinn. Mein Wolf will, dass ich sie aufspüre und für mich beanspruche. Sie mit ins Bett nehme. Oder so etwas. Er hat sich noch nie zuvor so benommen.

Seit ich sie sah, habe ich gegen den Drang angekämpft, in ihrer Nähe zu sein. Es gibt keinen Grund, aus dem ich von ihr fasziniert sein sollte, und dennoch bin ich es. Sie hat eine elegante Präsenz und ist zugleich wirklich klein. Ihr Kopf reicht kaum bis zu meinem Kinn. Sie ist ein Mensch. Zerbrechlich. Und trotzdem stellt sie sich mir wie ein Alpha-wolf entgegen. Sie fordert mich ständig heraus. Sie sieht mir provozierend in die Augen und kann meinen Blick länger halten, als es irgendein anderer Mensch in meinem Leben jemals konnte.

Es macht meinen Wolf verrückt und mich zugleich stein-hart. Ich habe mir bereits letzte Nacht zu Gedanken an sie einen runtergeholt. Und jetzt ist sie genau dort, wo ich sie will, in meinem Haus. Es wäre so einfach, sie in die Arme zu heben und hoch in mein Schlafzimmer zu tragen…

Nein. Ich schiebe mich von meinem Schreibtisch weg. Ich werde mich davon nicht bezwingen lassen. Ich werde mich von meiner Schokoladenseite zeigen.

Vielleicht kann ich noch schnell laufen gehen, bevor ich mich hinsetzen und zusehen muss, wie sie den Rest meines Rudels anlächelt…

„Das Essen ist fast fertig!", ruft Adele. „Kommt alle an den Tisch!"

Eine Minute später sitze ich am Kopfende des Tisches, während Deke und Channing zu beiden Seiten von mir sitzen und Adele am Fußende.

Es ist wichtig, dass Rudel regelmäßig gemeinsam essen. Ein Rudel ist eine Familie und meine Wolffreunde stehen mir näher als Brüder. Heute sind nur wir drei hier, aber drei Gestaltwandler können so viel essen, dass man einen ganzen Zug damit füttern könnte. Wenn Adele das jetzt noch nicht versteht, wird sie das bis zum Ende der Mahlzeit tun.

Adele ist in der Küche und hat eine Schürze über ihren schicken Kleidern an. Sie trägt High Heels und ein Kleid mit weißen Punkten und verdammt, sie sieht aus wie eine sexy 50er Jahre Hausfrau.

„Gebt mir nur eine Minute", ruft sie von ihrer Stelle am Herd. Sie hat eine Schöpfkelle in der Hand und rührt damit den Inhalt des größten Kochtopfes um, den ich jemals gesehen habe.

„Nimm dir so viel Zeit, wie du brauchst", sagt Channing. „Perfektion kann man nicht hetzen."

Schleimer.

Channing fängt meinen finsteren Blick auf und senkt seinen auf den Teller vor ihm. Gegenüber von ihm ist Deke sehr still und starrt auf seinen eigenen leeren Teller. Ich fühle mich wie der strenge Patriarch der verkorkstesten Kleinfamilie aller Zeiten.

Adele bemerkt die plötzliche Stille nicht. „Ich habe euch doch gesagt, dass ihr für mich nicht eindecken müsst."

Als sie sich über den Herd beugt, fällt ihr eine dunkelbraune Strähne ins Gesicht und sie steckt sie hinter ihr Ohr. Sie probiert ein wenig aus der Schöpfkelle und leckt sich über ihre vollen Lippen.

Und jetzt bin ich so hart wie ein Brett. Ich verlagere das Gewicht auf meinem Stuhl, doch keine Position ist angenehm. „Du musst essen." Meine Stimme klingt barsch. Ich

47

muss mich wieder unter Kontrolle kriegen. Adele hält mich sonst für ein Arschloch.

Natürlich tut sie das wahrscheinlich schon.

Adele tut so, als hätte ich nicht gesprochen. „Ich wollte euch fragen, wo ihr diese hübsche Skulptur gefunden habt?" Sie deutet auf den Wohnzimmertisch, auf den Channing den zerknüllten Mülleimer gelegt haben muss. „Es sieht irgendwie wie künstlerische Metallarbeit aus."

„Rafe hat sie gemacht." Channing lächelt, sodass seine Grübchen zu sehen sind.

„Wirklich?" Adele dreht sich mit einem übertrieben überraschten Gesichtsausdruck zu mir um. Sie klimpert mit ihren langen Wimpern und reißt die Augen auf. „Ich hätte nicht gedacht, dass du so ein künstlerisches Talent hast."

„Nur, wenn er wirklich wütend ist", erklärt Channing.

„Channing", warnt Deke.

„Es ist alles in Ordnung", grunze ich. „Es wissen nicht viele Leute." Nicht viele Leute wissen, dass ich über Gestaltwandlerkraft verfüge, die einen Metallmülleimer zerknüllen kann, als wäre er eine Papiertüte.

„So faszinierend", schwärmt Adele mit vorgetäuschtem Enthusiasmus. Vielleicht hat sie die unangenehme Stille bemerkt und versucht jetzt, sie zu füllen. Es ist ihr erster Arbeitstag. „Ich habe noch nie eine Metallskulptur wie diese gesehen. Sehr interessante Technik. Ich würde wirklich gerne deine Werkstatt sehen."

„Wir werden dir zeigen, was du willst." Channing bewegt den Kopf auf und ab, grinst und zappelt unter dem Tisch mit den Beinen, als wäre er fünf Jahre alt.

„Dankeschön, Channing." Adele schenkt ihm ein flüchtiges Lächeln.

„Sarge", brummt Deke und ich realisiere, dass ich meine Gabel so fest gepackt habe, dass ich sie verbogen habe. Ich biege sie rasch gerade, bevor Adele an den Tisch kommt.

„Hier, bitteschön." Sie stellt eine Platte mit Reis und noch eine mit selbstgemachtem Maisbrot auf den Tisch. „Gebt das auf eure Teller und ich serviere die roten Bohnen." Sie eilt zurück zur Küche zu einem riesigen Topf.

„Ich habe noch nie einen so großen Topf gesehen." Channing springt auf. „Lass mich dir helfen." Da der Topf so groß ist, braucht es nur einen Bruchteil von Gestaltwandlerkraft, um ihn zu bewegen, aber Adele tut so, als hätte er Krebs geheilt.

„Vielen Dank", ruft sie.

Channing setzt sich mit einem breiten Grinsen auf seiner Hackfresse. Ich will ihm einen Haken auf sein dämliches Kinn mit Grübchen verpassen. Warum finden ihn Frauen so attraktiv? Wenn ich das nur wüsste.

„Haut rein", befehle ich. Wenn Channing anfängt, sich Essen in den Mund zu schaufeln, hört er vielleicht zu reden auf.

Ich nehme mir eine Scheibe Maisbrot und bediene mich, doch außer mir rührt sich niemand. Ich sehe auf. Meine beiden Rudelmitglieder warten höflich und schauen zu Adele, als sei sie der befehlshabende Alpha.

„Oh, bitte." Sie wedelt mit der Hand. „Wegen mir müsst ihr nicht so förmlich sein. Wir können nicht alle auf unsere Manieren achten, wenn wir hungrig sind." Sie schenkt mir das süßeste Lächeln. Ich lockere meinen Griff um die Gabel, bevor ich sie wieder verbiege.

Adele eilt um den Tisch und schöpft scharf riechende rote Bohnen auf unseren Reis. Ich lehne mich auf meinem Stuhl zurück und wende mein Gesicht ab, damit ich keine Wolke ihres Geruchs abkriege, als sie mich bedient. Mein Wolf will sie packen und auf den Tisch legen. Ich könnte mich stundenlang in ihr verlieren…

Bevor ich durchdrehe und nach ihr greife, huscht Adele davon.

Schlecht gelaunt und mit pochendem Schwanz starre ich meinen vollen Teller finster an. „Was ist das?"

„Rote Bohnen", ruft Adele über ihre Schulter.

Ich schaufle einige in meinen Mund. Köstlich. Der Geruch der Gewürze wird hier tagelang in der Luft hängen, mich in den Wahnsinn treiben und an sie erinnern.

„Ich dachte, ich hätte dir gesagt, dass du uns Fleisch kochen sollst", sage ich, weil ich ein Arschloch bin.

„Dort ist Fleisch drin", entgegnet Adele. „Jede Menge Wurst."

„Mjam", sagt Channing, als sei er fünf Jahre alt.

Adele strahlt, als hätte er ihr ein Kompliment gemacht. „Ich weiß, du hast gesagt, dass ihr Kerle Fleisch mögt, aber ich dachte, ich würde euch eine Kostprobe von etwas anderem geben. Eure Geschmackspalette ein wenig erweitern." Ihr Lächeln wird verschmitzt. „Ich kenne mehrere vegane Gerichte, die ihr ausprobieren könnt, wenn ihr gewillt seid…"

„Auf keinen Fall." Ich lege meine Gabel klirrend ab. Sie ist hier nicht der Alpha. Ich bin das. „Ich habe dir gesagt Fleisch. Rotes Fleisch. So etwas wie Steak und Kartoffeln, wobei es nicht so viele Kartoffeln sein müssen."

„Ist notiert", erwidert sie in einem Tonfall, der so kalt wie der Winterwind ist. „Ich schätze, du magst keine roten Bohnen?"

Ich zucke mit den Achseln. „Es ist kein Fleisch." Ich meine das nicht als Beleidigung, doch sie fasst es so auf. Sie fletscht die Zähne wie ein Wolf, bevor sie zähneknirschend verkündet: „Das ist das Rezept meiner *Mémère*." Blitze schießen aus ihren Augen. Sie ist so umwerfend, dass es mir den Atem raubt.

„Ja, Sarge. Was ist dein Problem?", fragt Channing mit dem Mund voll roter Bohnen. „Es ist das Rezept ihrer *Mémère*."

Ich verspüre den wahnsinnigen Drang, seinen Schädel zu zerquetschen, wie ich es mit dem Mülleimer getan habe. Doch Adele tritt nah an mich heran und verdeckt mir die Sicht auf ihn.

„Du willst Fleisch? Auch gut." Ehe ich weiß, was geschieht, beugt sie sich nach vorne und reißt mir den Teller weg. Mit wenigen schnellen Schritten leert sie ihn in den neuen Mülleimer.

Alle am Tisch erstarren.

Adele marschiert zum Kühlschrank und reißt die Tür auf. Sie kehrt mit einem Teller zurück und knallt in vor mich. „Die habe ich nur für dich gemacht."

Es ist ein Haufen gekochter Hotdogs. Zumindest glaube ich, dass sie gekocht wurden. Sie sind kühl, weil sie im Kühlschrank waren.

„Ketchup?" Sie hält eine riesige Flasche hoch.

Ich schaue ihr direkt in die Augen. Sie wird diese Runde nicht gewinnen. „Bitte."

Sie spritzt Ketchup auf den Berg kalter Hotdogs. Es sieht schrecklich aus, aber Adeles hochgezogene Augenbraue ist eine zu starke Provokation. Ich kann nicht kleinbeigeben.

Ich spieße meine Gabel in den obersten Hotdog und beginne, daran zu kauen, als sei er köstlich. Der erste Bissen bleibt in meinem Rachen kleben. Ich muss Wasser trinken, um ihn runter zu würgen, aber schließlich rutscht er weiter. Ein kalter, harter Knoten, der wie zerstörter Stolz schmeckt.

Adele steht über mir, die Faust in die Hüfte gestützt. Ihre Grünen Augen sind eiskalt. „Nun?"

Ich hebe eine zweite schreckliche Gabel und schaue ihr in die Augen. „Mjam."

„Gut. Freut mich, dass ich dich zufriedenstellen konnte." Sie stolziert zurück in die Küche.

Ein hustender Laut, der sich stark nach einem erstickten Lachen anhört, kommt aus Dekes Richtung. Doch als ich ihn finster ansehe, ist sein Gesicht ausdruckslos und er auf seinen Teller konzentriert.

„Nun, ich liebe diese roten Bohnen", durchbricht Channing die unangenehme Stille. „Ich werde die Portion des Sarges essen."

„Oh, es gibt noch viel mehr." Adeles Tonfall ist wieder freundlich.

Channing beginnt, sich mit dem Teller in der Hand zu erheben, woraufhin ihm Adele bedeutet, dass er sitzen bleiben soll.

„Du musst nicht hierbleiben und uns bedienen, weißt du", sagt Channing, bevor ich es sagen kann. Ich bin zu sehr damit beschäftigt, noch einen Hotdog zu schlucken.

„Oh, das gehört zum Spaß dazu." Sie schöpft noch mehr rote Bohnen auf seinen Teller. „Der beste Teil am Kochen ist, den Leuten zuzuschauen, wie sie es genießen. Wo ich herkomme, ist Essen Liebe." Und sie lächelt. An Channing gewandt.

Und er erwidert das Lächeln.

Das Einzige, das meinen Wolf daran hindert, über den Tisch zu springen und ihn fertigzumachen, sind Jahre der Selbstbeherrschung.

Ich werfe meine Gabel auf den Tisch. „Patrouille", blaffe ich Channing an. „Jetzt."

Channing wirft den roten Bohnen auf seinem Teller einen bekümmerten Blick zu, schiebt jedoch seinen Stuhl nach hinten und läuft ohne ein weiteres Wort nach draußen. Er weiß, wie kurz ich davor bin, durchzudrehen.

Ich bin nie kurz davor, durchzudrehen. Was zum Henker stimmt mit mir nicht?

Ein verärgertes Schnauben veranlasst mich dazu, mich umzudrehen. Adele wickelt Channings Teller in Alufolie. Ihre Absätze klopfen mit so viel Wucht über den Boden, dass Funken sprühen, als sie zum Kühlschrank geht, um die Reste dort zu verstauen und Channings Essen für seine Rückkehr aufzubewahren.

„Ms. Fabre, können wir uns in meinem Büro unterhalten?"

„Absolut", erwidert sie sofort. Ihre Stimme ist so zuckersüß, dass ich weiß, dass sie stinksauer auf mich ist. Sie macht auf dem Absatz kehrt und läuft in Richtung meines Büros. Ihre Hüften schwingen und mein ganzer Körper spannt sich an, damit ich meinen Wolf daran hindern kann, hinter ihr her zu rennen.

Sowie Adele verschwunden ist, strecke ich mich lässig und lasse meine Wirbelsäule knacken. Mein Wolf denkt, dass ich auf der Jagd bin und meine Beute in die Ecke gedrängt ist, in meinem privaten Büro.

Ich muss mich in den Griff kriegen.

Deke tupft den Rest seiner roten Bohnen mit dem letzten Stück Maisbrot auf. „Nun, das war ein Spaß."

„Für dich auch Patrouille", blaffe ich.

„Ja, das dachte ich mir schon." Er steht bedächtig auf und kratzt seinen leeren Teller in den Müll, bevor er ihn in die Geschirrspülmaschine stellt. „Stell sicher, dass du wieder die Kontrolle hast, bevor du reingehst und mit ihr redest."

„Ich habe immer die Kontrolle." Mein Knurren hallt durch die Küche.

„Klar. Hier." Deke schnappt sich den neuen Mülleimer und reicht ihn mir auf dem Weg aus der Tür. „Während du darauf wartest, dass sich dein Wolf beruhigt, kannst du noch eine Skulptur machen."

* * *

ADELE

Rafes Büro ist ein kleiner Raum ohne Fenster und ohne eine Aussicht, die ihn von seiner absoluten Konzentration ablenken könnte. Sauber. Spartanisch. Praktisch. Wie der Mann selbst. Sein Schreibtisch ist riesig und bis auf einen Laptop und Stifthalter ohne Stifte leer. Das einzige Außergewöhnliche ist ein zerknittertes Kleidungsstück in der Ecke. Ich stupse es mit meiner Schuhspitze an. Es ist ein abgelegtes Henley-Shirt.

Als ich heute hier ankam, gab mir Channing eine kleine Führung durch die Lodge und warnte mich, dass „der Sarge befohlen hat, dass ihn niemand stören soll." Wie jeden Befehl, den mir Rafe gibt, wollte ich diesen sofort missachten. Ich war versucht, meinen Kopf durch die Tür zu stecken und ihm zum Gruß zu winken. So zu tun, als würde ich mich bei einer Stechuhr anmelden. In seinen Raum einzudringen, wie er in mein Gehirn gedrungen ist.

Angestellte und Chef. Chef und Angestellte. Mehr sind Rafe und ich nicht.

Ich bin eine schlechte Angestellte. Ich wusste, dass ich es mit den roten Bohnen und veganen Kommentaren zu weit trieb. Es ist fast so, als wollte ich ihn wütend machen. Ihn auf die Palme bringen. Wie wäre es wohl, wenn er die Kontrolle verlieren würde?

Nein, nein, das will ich nicht. Es ist an der Zeit, dass ich zu spielen aufhöre und meine Pflicht erfülle. Jeden anderen Arbeitgeber hätte ich mittlerweile mit meinem Essen in Staunen versetzt. Stattdessen testete ich Rafes Grenzen, ärgerte ihn und servierte ihm kalte Hotdogs.

Mit einem Löffel Honig fängt man mehr Fliegen, würde meine Mémère sagen. Rafe ist keine Fliege, er ist ein großer, unhöflicher, umwerfender Mann mit gebräunter Haut und großen, groben Händen, die ich auf meiner Haut spüren möchte.

Doch nein, das will ich nicht. Ich will ihm eine Ohrfeige verpassen.

„Du willst Fleisch?", schimpfe ich, während ich vor

seinem Schreibtisch auf und ab gehe. „Ich werde dir Fleisch besorgen. Ich werde einen Turducken machen und ihn dir in den Arsch stopfen."

„Was zur Hölle ist ein Turducken?", knurrt Rafe, woraufhin ich kreische und herumwirble. Er steht hinter mir und seine muskulösen Schultern füllen die Tür. Für einen großen Mann bewegt er sich leise.

„Es ist eine kreolische Spezialität", erkläre ich, während ich mich bemühe, mein hämmerndes Herz zu verlangsamen. „Ein entbeintes Hähnchen, das in eine entbeinte Ente gestopft wird. Und dann wird die Ente in einen Truthahn gestopft." *Und dann stopfe ich ihn dir in den Arsch*, füge ich stumm hinzu.

Rafe stolziert zu seinem Schreibtisch und bedenkt mich mit einem Blick, der mir verrät, dass er meinen unausgesprochenen Kommentar gehört hat. „Ich bin also der Truthahn?"

„Falls die Ente reinpasst", erwidere ich freundlich.

Er wendet sich ab und rückt seinen Laptop auf dem Schreibtisch gerade, obwohl er bereits gerade steht. Ist seine Wange nach oben gebogen? Lächelt er etwa?

Gefällt es ihm genauso gut wie mir, wenn wir miteinander streiten? Ich bin erregt und meine Nippel haben sich unter meinem rosa Satin und Spitzen BH zu harten Spitzen aufgerichtet.

Mir wird bewusst, dass ich vor seinem Schreibtisch stehe und die Hände vor mir gefaltet habe, als sei ich eine Schülerin, der die Leviten gelesen werden. Ich verlagere meine Hände auf meine Hüften und versuche, meinen Zorn von neuem zu entfachen.

Meine Wut ist sofort da und wartet auf mich. „Was zum Kuckuck war das?", blaffe ich und gebe jeglichen Anschein von Liebenswürdigkeit auf. „Ich wusste, dass du unhöflich sein würdest, aber das ist übertrieben. Du hast ihnen nicht einmal erlaubt, mein Essen aufzuessen."

„Bei dir hört sich das ja an, als wäre es eine Todsünde."

„Das ist es."

Rafe tut weiterhin so, als würde er seinen Schreibtisch organisieren. Falls er hofft, dass er bis zehn zählen kann und wir dann beide ruhiger sind, wird er enttäuscht werden. Als er aufsieht, funkle ich ihn nach wie vor finster an.

Sein hübsches Gesicht hat überhaupt keine Wirkung auf mich. Gar keine.

Seine dunklen Augen werden schmal. Er marschiert um den Schreibtisch – aber ich weiche nicht zurück. Allerdings muss ich den Kopf nach hinten neigen, damit ich ihn weiterhin böse anschauen kann.

Sowie er vor seinem Schreibtisch steht, verschränkt er die Arme vor seiner Brust und lehnt sich dagegen. Selbst halbsitzend ist er so groß, dass er auf mich hinabstarren kann. „Wir haben eine Nichtverbrüderungspolitik in unserer Firma. So wie du und Channing miteinander geflirtet haben, dachte ich, dass ihr beide daran erinnert werden müsstet."

Was. Zum. Kuckuck? „Entschuldige mal." Ich halte einen Finger hoch. „Ich glaube nicht, dass Channing derjenige mit dem Problem ist."

Eine Sekunde lang wird sein Gesicht zu einer furchterregend ausdruckslosen Maske. „Willst du damit sagen, dass du diejenige bist, die geflirtet hat…"

„Nein", schnaube ich. „Nicht er. Nicht ich." Ich deute mit meinem erhobenen Finger auf seine Brust. „Ich sage, dass du es bist. Du bist derjenige mit dem Problem und wir müssen uns damit befassen. Jetzt."

* * *

Rafe

Ihr Finger schwebt in der Luft zwischen uns. Sie ist kaum einen Schritt von mir entfernt. In dem kleinen Raum meines dunklen Büros windet sich ihr dekadenter Geruch wie Samtseile um mich. Sie riecht nach Vanille und Schichten aus Karamell, Zimt und etwas Cayenne-Pfeffer. In meinem Büro gibt es nicht viel Licht – ich wählte einen sicheren Raum ohne Fenster – doch das harte Leuchten der Schreibtischlampe reicht, um ihr perfektes Gesicht zu beleuchten. Ihre braune Haut glänzt und schimmert wie eine Perle. Ihre Augen sind eine atemberaubende Mischung aus braun und grün mit dunklen Rändern.

„Hast du mich gehört, Mr. Lightfoot?" Sie benutzt meinen Nachnamen, weil ich ihren verwendet habe. Ich versuche, etwas Distanz zwischen uns zu bringen, aber es klappt nicht. Je mehr ich zurückweiche, desto mehr sehne ich mich danach, sie an mich zu pressen. Ihren süßen weiblichen Körper zu berühren und dafür zu sorgen, dass ihr der Atem stockt. Dass sie meinen Namen schreit.

„Rafe", brumme ich. „Nenn mich Rafe."

„Dann eben Rafe", sagt sie in einem sanfteren Tonfall und mein Kopf ruckt nach oben, als hätte ich eine Kugel in die Brust kassiert. Sie hat einmal einen meiner Befehle befolgt und meinen Namen von ihren Lippen zu hören, haut mich fast um. „Wie ich bereits sagte, haben wir noch ungelöste Probleme. Wenn das hier funktionieren sollen, klären wir sie besser."

Probleme. Arbeit. Mehr ist das hier nicht für sie?

Ich kann das nicht. Ich kann nicht ihr Chef sein. Ich kann mich nicht von ihr fernhalten.

Mit einem Schritt überwinde ich den Abstand zwischen uns.

* * *

ADELE

Rafes Hitze kracht gegen mich einen Moment, bevor mich seine Arme umschließen. Er zieht mich dicht an seinen harten Körper. Ich bin hin und her gerissen zwischen dem Wunsch, ihm eine zu verpassen und wie Scarlett in Rhetts Armen dahin zu schmelzen.

„Siehst du, das ist das Problem", sage ich, obwohl mein Herz wahnsinnig schnell pocht.

Röte färbt seine Wangen. „Sei still", brummt er.

„Wie bitte?" Wie kann er es wagen, mir den Mund zu verbieten. Ich öffne eben diesen, doch in seinen Augen blitzt ein merkwürdiges grünes Licht auf und ich schlucke meine Beleidigung. Aus der Entfernung ist Rafe hübsch. Aus der Nähe bringt er mich mit seiner Schönheit zum Schweigen. Grünes Licht blitzt auf, als er seinen Kopf nah an meinen senkt. Ein Mini-Nordlicht tanzt in seinen Augen. „Was ist das?" Ich berühre seinen Kiefer, ohne nachzudenken. „Was ist mit deinen Augen los?"

„Um Himmels willen, halt die Klappe." Raue Finger gleiten in meine Locken und Rafe biegt meinen Kopf nach hinten. Diese Bewegung entblößt mein Gesicht und Kehle für ihn.

Einen Augenblick lang füllen seine harten Gesichtszüge mein Sichtfeld. Wütende schwarze Brauen, wilde Augen. Im nächsten Moment liegen seine weichen Lippen auf meinen.

Unser erster Kuss ist brutal. Ein Streit, ein Kampf. Vernichtend, wir machen keine Gefangenen. Es ist wundervoll.

Er kommt mir näher und ich weiche, ohne nachzudenken, zurück. Erst als mein Rücken auf die Wand trifft, bleibe ich stehen. Sein Bein schiebt sich zwischen meine und zwingt mich, mich rittlings auf die harte Wölbung seines Schenkels zu setzen. Sein Körper ist ein straffes Gefängnis um mich herum, riesig und maskulin.

Ich drücke meine Handflächen flach auf seine Schultern. Ich hatte vor, ihn von mir zu stoßen, doch stattdessen finden meine Hände die granitähnlichen Bizepse und zerren ihn näher. Noch ein Ruck an meinen Haaren und er unterbricht den Kuss.

Ich keuche, jede Zelle in meinem Körper steht unter Strom und Hitze kribbelt überall dort, wo er mich berührt hat.

„Nein", sagt er und die scharfen Linien seines Gesichts wenden sich von meinem ab. „Wir können das nicht tun."

„Fick dich", blaffe ich. „Hör zu denken auf und küss mich."

Ein Knurren rumpelt in seiner Brust, doch er gehorcht. Seine perfekten Lippen knabbern, ziehen und fordern mehr. Ich verschlinge ihn, bin verloren und trunken von seinem Whiskygeschmack.

Meine Hüften schnellen nach vorne und schaukeln vor und zurück. Sie suchen nach der eisenharten Kante seines dicken Schenkels und finden sie. Jetzt reite ich seinen Schenkel, während mein niedliches 1950er Swing-Kleid zwischen uns zerquetscht wird. Die frischen Röcke und der Reifrock rutschen meine Schenkel hinauf. Einer meiner Mary Jane Pumps fällt mit einem dumpfen Aufprall auf den Boden. Es ist mir egal.

Ich bin ganz zerzaust und meine Kleidung unordentlich. Er hat all meine Selbstbeherrschung und Haltung in fünf verfluchten Sekunden zerstört.

Und ich liebe es.

„Rafe", murmle ich. Er küsst einen Pfad über meinen Hals und seine Bartstoppeln kratzen über meine weiche Haut. Das köstliche Kribbeln schießt von meinem Hals zu meinen Nippeln und explodiert in meiner Mitte.

„Nein." Rafe reißt den Kopf zurück und lehnt sich von mir weg. Da er mich nicht mehr stützt, rutsche ich einfach an der Wand zu Boden.

„Oh mein Gott", hauche ich. In der Abwesenheit seines heißen Körpers schwappt eine Woge der Kälte über mich hinweg. Ich habe soeben mit Rafe rumgemacht. In seinem Büro.

„Fuck", explodiert er und wendet sich ab.

Ja! Fick mich! Ich kann mich nur schwer davon abhalten, ihn anzuflehen. Meine Lippen sind geschwollen und auf die wunderbarste Weise in Mitleidenschaft gezogen. Ich berühre sie, denn ich möchte die Erinnerung an Rafes Mund auf meinem noch etwas länger genießen.

Ich habe gerade mit meinem Chef rumgemacht. Ich höre auf, meine Lippen zu streicheln und reibe stattdessen über sie.

Es entsteht ein spannungsgeladener Moment, in dem ich meine Röcke zurechtrücke und meinen fehlenden Schuh suche. Ich überprüfe mit zitternden Fingern, dass all meine Knöpfe zugeknöpft sind. Meine Mitte pocht und ich bin mir sicher, dass mein Slip geschmolzen ist.

Rafes Rücken ist mir zugekehrt und seine Hände liegen auf dem Schreibtisch. Sein ganzer Körper ist steif, seine Schultern sind bis zu seinen Ohren hochgezogen.

Das Küssen war ein Fehler, den wir beide begangen haben. Ich weigere mich, mich dafür zu entschuldigen. Ich schüttle mir die zerzausten Locken aus dem Gesicht und räuspere mich. „Dieses Meeting hätte eine E-Mail sein können."

„Ja."

„Gut." Ich nicke, obwohl er mich nicht sehen kann. „Bis morgen." Und ich stolziere so schnell aus dem Büro, wie mich meine Pumps tragen.

* * *

Rafe

Ich stehe noch lange Zeit, nachdem Adele gegangen ist, in

meinem Büro und atme ihren Duft ein. Mein Wolf ist verwirrt. Warum habe ich sie nicht genommen? Sie markiert?

Für den Wolf ist die Welt einfach. Wenn man Hunger hat, jagt und frisst man. Wenn man seine Gefährtin findet, erhebt man Anspruch auf sie.

Ich kann nicht, teile ich ihm mit. *Ich kann keine Gefährtin haben.*

Mein Handy klingelt und ich gehe ran, ohne nachzuschauen, wer der Anrufer ist.

Es ist Oberst Johnson, seine barsche Stimme kann mich allerdings auch nicht aus meiner Benommenheit reißen. „Es gibt neue Entwicklungen bei Dieter. Er hat Italien verlassen."

Ich setze mich hinter meinen Schreibtisch und nehme einen Stift in die Hand, als würde mir das dabei helfen, mich zu konzentrieren. Es befinden sich noch immer Tintentropfen auf meinem Schreibtisch von seinem explodierten Vorgänger. „Dieter", allein den Namen meines Erzfeindes auszusprechen, reicht, um meine Gedanken wieder in geordnete Bahnen zu lenken. Was weiß er über mich? Über den Tod meiner Eltern? „Wo ist er?"

„Wir haben ihn nach Paris verfolgt, ihn dort jedoch verloren. Wir überwachen die Situation. Es gibt keine Nachrichten über irgendwelche Deals, weshalb er wahrscheinlich nur auf dem Weg zu einem anderen Versteck ist."

„Irgendwelche neuen Informationen dazu, woher er wusste, dass er Silberkugeln benutzen muss?"

„Nein."

„Oberst, ich –"

„Ihre Befehle lauten, sich zurückzuhalten", knurrt Johnson. Sein Tonfall wird sanfter. „Ich weiß, Sie wollen ihm hinterherjagen. Ich bitte Sie, den Befehlen Folge zu leisten, bis wir mehr wissen."

„Ja, Sir." Es erklingt ein leiser Knall und Flüssigkeit spritzt über meine Hand, aber ich schaue nicht nach unten. Ich habe noch einen Füller zerbrochen.

„Behalten Sie das Rudel nah bei sich", befiehlt er und legt auf.

Mein Rudel. Richtig. Sie sind für mich das Wichtigste auf der ganzen Welt. Deke und Channing sind auf Patrouille. Lance ist in der Stadt, in Sicherheit bei seiner Gefährtin. Ich muss mich auf sie konzentrieren.

Meine Eltern liegen kalt und reglos auf dem Hüttenboden. Blut sammelt sich unter ihren Köpfen...

Nein! Das wird nicht noch einmal geschehen. Ich werde die Beherrschung bewahren und mein Rudel beschützen.

Ich habe keine Zeit für Adele. Sie passt nicht in mein Leben. So ist es nun einmal. So muss es sein.

KAPITEL 5

*R*_{afe}

R *afe*
„Das Abendessen ist angerichtet." Es ist die
zweite Schicht von Adeles Job. Sie ist wieder in der Lodge
und ruft uns alle an den Tisch. Dieses Mal hat sich uns Sadie
angeschlossen. Ich habe sie eingeladen, damit wir uns alle
von unserer besten Seite zeigen.

„Adele, das sieht spitze aus", schwärmt Sadie. Und das tut
es. Riesige Silberkuppeln bedecken unsere Teller. Wir heben
sie gleichzeitig hoch. Ich wappne mich in der Erwartung von
Hotdogs. Doch nein, es ist Steak. Ungefähr sechs Stück, die
hoch auf meinem Teller gestapelt sind. Riesige, dicke
Fleischstücke.

Mein Wolf ist offiziell verliebt.

„Ooh, ja", brummt Deke. Neben ihm grinst ihn seine
Gefährtin Sadie an.

„Fleisch. Wie bestellt", verkündet Adele. „Alles unter-
schiedliche Fleischstücke. Es gibt Ribeye, Tenderloin und
Porterhouse. Und Filet Mignon für die Damen."

„Dankeschön dafür." In Sadies Stimme schwingt ein
Lachen mit. Auf ihrem Teller liegt ein viel kleineres Stück

Fleisch und an der Seite etwas, was wie gebratener Spargel aussieht.

„Oh, ich liebe Filet Mignon", sagt Channing mit dem Mund voller Fleisch.

„Es sind noch einige kleinere Stücke übrig. Du kannst sie zum Frühstück essen", erwidert Adele. Sie lehnt an der Kücheninsel und schaut uns beim Essen zu.

Ich hake meinen Fuß um den Stuhl neben mir und ziehe ihn heraus. „Setz dich", befehle ich.

Sie zieht eine schmale, braune Augenbraue hoch. Ich wölbe im Gegenzug meine. Ein kleines Lächeln huscht über ihr Gesicht und fort. Eine leichte Röte färbt ihre Wangen und mein Schwanz regt sich. Wir denken beide an unsere letzte kurze Begegnung im Büro.

Einige weitere Sekunden vergehen – sie zögert immer, bevor sie gehorcht, und ich liebe das – und dann klackert sie auf ihren High Heels zum Stuhl. Sowie sie sitzt, schneide ich mein Ribeye in zwei Hälften und gebe ein wenig Steak auf ihren Teller.

Die Jungs werfen mir schräge Seitenblicke zu. Wenn ein Alpha einen Teil seines Fleisches, seiner Beute, jemand anderem gibt, ist das eine große Sache. Es bedeutet, dass derjenige eine besondere Rolle in seinem Leben einnimmt.

Und natürlich ist Adele besonders. Sie ist meine Köchin. Meine Angestellte. Die Freundin der Gefährtinnen meiner Rudelbrüder.

Mein Wolf murrt in meiner Brust, denn er ist anderer Meinung. Wir wissen beide, dass sie für uns mehr als das ist. Er hält mich für einen Idioten.

Ich halte mich auch für einen Idioten. Warum zur Hölle setze ich mich dieser Folter aus?

Dann streift Adeles Arm meinen und sie beugt sich nah zu mir. „Dein Magen knurrt, Rafe", murmelt sie und fuck, wenn ich nicht bloß vom Laut meines Namens hart werde, der von ihrer Zunge rollt.

* * *

ADELE

„Hast du schon Verdauungsstörungen?", stichele ich sanft. Ich habe mir geschworen, dass ich mich ab jetzt in Rafes Gegenwart benehmen werde. Aber ich muss mich einfach ein bisschen über ihn lustig machen. „Dein Magen klingt wie ein wütender Bär."

„Eher wie ein Wolf", murmelt Channing mit dem Mund voller Essen. Mir war nicht bewusst gewesen, dass er meine gesenkte Stimme hören kann.

Rafe wirft Channing einen finsteren Blick zu und ich lehne mich etwas näher zu ihm. Ich weiß nicht, warum Rafe so gereizt reagiert, wenn ich Channing meine Aufmerksamkeit schenke, doch ich habe mir geschworen, dass heute Abend ein Waffenstillstand zwischen uns herrschen würde. „Nun?", frage ich Rafe und ignoriere Channing. „Wirkt das Gift schon, das ich in deine Portion gemischt habe?"

Rafe schnaubt. „Ne. Ich brauche nur mehr Fleisch in mir." Er schneidet ein großes Stück des Ribeye-Steaks ab. Anstatt darüber herzufallen, legt er es jedoch auf meinen Teller.

„Du musst essen", grunzt er. Erneut kommandiert er mich herum.

„*Du* musst essen", erwidere ich liebenswürdig. „Du hast gestern Abend nicht viel gegessen. Du wirst noch Muskelmasse verlieren, wenn du nicht all dein Fleisch aufisst." Ich tippe auf seinen Bizeps. Seinen harten, wahnsinnig gewölbten Bizeps. Würde er etwas Muskelmasse verlieren, wäre er noch immer muskulöser als die meisten Fitnessmodels im *Men's Health Magazine*.

Er wirft mir einen Blick zu und ich registriere, dass meine Hand noch auf seinem Arm liegt. „Bist du fertig?"

Ich tue so, als sei es Absicht, indem ich ihn leicht drücke. Grundgütiger, sein Muskel ist riesig. Hart und wohl geformt von seiner Arbeit als knallharter Kerl, bei der er Leute vor den Bösen beschützt. Ich erlaube mir, ihn noch einmal zu drücken, und dann lasse ich meine Hand sinken.

Der Blick, den mir Rafe zuwirft, ist so heiß, dass er mich in Brand stecken könnte.

Ich räuspere mich und konzentriere mich auf meinen nun vollen Teller. „Wie ist das Steak? Ist es zu blutig?"

„Das gibt es gar nicht", antwortet Rafe.

„Gut. Lasst noch etwas Platz für den Nachtisch", rüge ich sie.

„Es gibt Nachtisch?" Channing sieht so niedlich begeistert aus. Ich lache über seinen Gesichtsausdruck, obwohl ich weiß, dass es Rafe ärgert. Ich mag den verärgerten Rafe. Es ist wie Vorspiel – nicht, dass wir weiter als das gehen werden.

„Ja", bestätige ich. „Ein Red Velvet Cake mit Frischkäsecreme. Ich habe ihn so verziert, dass er wie ein Jersey-Rind aussieht." An Rafe gewandt rümpfe ich die Nase. „Du kannst so tun, als würdest du die ganze Zeit Ribeye-Steak essen."

Er hält meinen Blick, während er den nächsten Bissen isst.

Meine Wangen werden warm und alle am Tisch beobachten uns. Channing und Deke stopfen sich mit Steak voll, doch Sadie hat einen zufriedenen Gesichtsausdruck aufgesetzt. Hmmm.

Chef und Angestellte. Angestellte und Chef. Mehr sind Rafe und ich nicht füreinander.

„Das Wetter ist heute wirklich schön", sage ich, um die Stille zu durchbrechen.

Deke reckt den Hals. „Wenn man Schnee mag", meint er.

„Ich schätze, ich werde heute hier übernachten", stellt Sadie fest. Sie und Deke wechseln einen Blick, der so laut *Lass es uns wie die Karnickel treiben!* schreit, dass ich noch tiefer erröte und den Blick abwende, um ihnen Privatsphäre zu geben.

„Das erinnert mich an etwas, Adele." Rafes tiefe Stimme ist am ganzen Tisch zu hören. Alle verstummen, als würden sie darauf warten, dass er gleich eine wichtige Ankündigung macht. Vielleicht benimmt sich Rafe deswegen die ganze Zeit so, als hätte er das Sagen. Alle behandeln ihn, als sei er der Chef. „Ich will nicht, dass du allein nach Hause fährst."

Meine Kinnlade klappt bis zum Boden hinab. „Wie bitte?"

Er isst weiter, als wäre das, was er gesagt hat, vollkommen vernünftig. „Das Wetter ist nicht gut. Du brauchst neue Reifen."

Oh nein, er hat nicht gerade meinen alten Truck angesprochen. Ist das irgendein Seitenhieb darauf, wie pleite ich im Moment bin? „Meine Reifen sind für heute Nacht in Ordnung", erwidere ich ruhig.

Er schüttelt den Kopf. „Ich werde dich nach Hause fahren und morgen zur Mittagszeit wieder abholen. Wir werden deinen Truck hierbehalten und die neuen Reifen aufziehen."

„Ich glaube nicht, dass das in unserem Vertrag steht", entgegne ich.

Er zuckt mit den Achseln und tupft sich mit einer Serviette über den Mund. „Betrachte es als Nachtrag."

„Vielleicht sollten wir das in deinem Büro besprechen", schlage ich vor. Die Augen der anderen huschen zwischen Rafe und mir hin und her, als würden wir ein Tennismatch spielen. Was wir tun. Nicht unbedingt Tennis, aber wir führen einen verbalen Schlagabtausch. *Bis zum Tod.*

„Es besteht kein Grund, das zu diskutieren. Ich fahre dich nach Hause. Dabei bleibt es."

Ich blinzle meinen Teller an. Wenn ich Rafe anschauen würde, würde Dampf aus meinem Kopf kommen.

Sadies Augen sind weit aufgerissen. „Also was ist mit dem Nachtisch…"

„Ja, Nachtisch klingt gut", murmelt Deke. Sein Teller ist bereits leer. Genauso wie Channings. Rafe hat keine Witze gemacht, als er sagte, dass sie viel essen können.

„Ich hole ihn." Ich springe auf. „Esst ihr nur weiter." Ich sprinte praktisch in die Küche. Ich brauche eine Pause von Rafe.

Doch der große Mistkerl folgt mir. „Ich meine es ernst, Prinzessin", sagt er mit leiser Stimme.

„Prinzessin?" Ich ziehe eine Braue hoch und ignoriere den kleinen Anflug der Begeisterung wegen dieses Spitznamens. Ich fühle mich nicht geschmeichelt, dass Rafe mir einen Spitznamen gegeben hat. Ich weigere mich, so zu empfinden.

Er greift nach meinem Ellbogen, als ich an ihm vorbeigehe, und knurrt mir ins Ohr: „Du fährst nicht in dieser Karre."

Visionen von Turduckens tanzen durch meinen Kopf. Rafe hat Glück, dass ich kein Ausbeinmesser bei der Hand habe.

„Dein Essen wird kalt", entgegne ich.

„Ich meine es ernst", brummt er, wobei er mich nach wie vor festhält.

„Fasst du all deine Angestellten so an?", frage ich.

Er lässt mich los. Ich hebe den Kuchen von der Marmorplatte der Kücheninsel und marschiere zurück zum Esstisch. „Nachtisch", verkünde ich. Ich schaue Rafe direkt in die Augen, als ich das riesige Tranchiermesser hochhebe und in den Kuchen stoße.

Sein Gesicht ist ausdruckslos, während ich den Kuchen in Stücke schneide und serviere. Das rötliche Innere des Kuchens sieht schockierend aus, so wie ich es geplant habe.

„Weißt du, der Sarge hat recht", meint Channing. „Ich glaube, wir haben Reifen, die deinem Truck passen würden – wir haben gute für unsere Fahrzeuge bestellt und es ist billiger, mehrere auf einmal zu kaufen. Es wäre kein Problem, deine Reifen zu wechseln."

„Nun, dann bedanke ich mich bei euch." Ich zwinge ein kleines Lächeln auf meine Lippen. Die Almosen wurmen mich trotzdem, aber Channing weiß, wie man mit einer Person reden muss. Rafe und ich sollten bei ihm Unterricht nehmen.

Mit einem Löffel Honig fängt man mehr Fliegen. Wenn ich Rafe eine Kostprobe meines Honigs gäbe, würde er den jedoch zu sehr genießen. *Er würde alles auflecken...*

Mist, jetzt denke ich darüber nach, wie Rafe Dinge leckt. Dinge, die mir gehören.

Alle haben die Köpfe gesenkt und essen. Alle außer Rafe. Er starrt mich noch immer mit seinem harten Blick an. Wir sind wieder in unser Tennismatch verwickelt und der Punktstand ist Liebe-Liebe.

„Du isst deinen Kuchen ja gar nicht", bemerke ich.

„Das liegt daran, dass er aussieht, als hätte ihn jemand ermordet."

„Das war die Absicht dahinter." Und weil das noch nicht mörderisch genug ist, gleite ich mit dem Finger über das Messer und lecke mir Creme vom Finger. „Weißt du, Channing, vielleicht kannst du mich nach Hause fahren. Ich bin mir sicher, Rafe hat schrecklich viel zu tun." Er ist damit beschäftigt, ein Arschloch zu sein.

„Ja, klar", sagt Channing mit dem Mund voller Kuchen.

Rafe schiebt seinen Stuhl zurück und wirft seine Gabel auf den Tisch. „Channing, ich muss dich draußen sprechen. Jetzt."

Was zum Kuckuck? Für wen hält sich Rafe, dass er Channing wie ein ungehorsames Kleinkind herumkommandiert?

Doch Channing gehorcht. Er und Rafe trampeln aus dem Esszimmer.

Zu meiner Überraschung folgt ihnen Deke. „Danke für das Essen", brummt er im Vorbeigehen.

Sadie seufzt und steht ebenfalls auf.

„Warte, was ist los?", frage ich. Vor fünf Sekunden war dieser Tisch voll besetzt und jetzt gehen alle. Sie hören wirklich alle auf Rafes Befehle.

„Sie werden kämpfen", erklärt Sadie, die überhaupt nicht schockiert klingt.

„Was ist mit dem Nachtisch?"

„Oh, sie werden zurückkommen", ruft Sadie über ihre Schulter. „Nach dem Kampf werden sie Hunger haben."

Erneut schwingt meine Kinnlade in der Brise. Ich lege das Messer ab und eile Sadie hinterher.

* * *

Rafe

Ich werde diesen verdammten Scheißkerl umbringen. Channing läuft aus der Tür und in die kalte Nacht. Seine Muskeln spannen sich unter seinem Shirt an. Sein Wolf ist erpicht darauf, hervorzubrechen und sich zu verteidigen.

„Du sprichst nicht mit Adele." Mein Knurren ist teils Mensch, teils Wolf, einhundert Prozent wild. „Du schaust sie nicht an. Du siehst sie nicht. Du riechst sie nicht."

„Du bist verrückt, Sarge", grunzt Channing, zieht sein Henley-Shirt aus und wirft es auf die Steintreppe. Er sieht nicht besorgt aus. Er will den Kampf genauso sehr wie ich.

„Keine Tiere", befehle ich. Wir können es nicht riskieren, Adele unsere Wölfe zu zeigen. Wenn sie herausfindet, was ich bin, wird sie vor mir wegrennen und nie zurückkehren.

Und das kann ich nicht zulassen, auch wenn ich sie nicht haben kann.

„Beanspruche sie einfach für dich." In Channings Augen funkelt ein wildes blaues Licht. Sein Wolf schaut aus seinem Gesicht. „Du willst es. Du weißt, was sie für dich ist."

Nein.

Das kann nicht sein.

Adele ist eine Zivilistin. Sie ist nicht mehr als eine Angestellte. Eine Bekannte. Sie kann mich nicht einmal leiden. „Du weißt, dass ich das nicht tun kann. Ich kann keinen Menschen für mich beanspruchen." Obwohl es Deke getan hat. Obwohl es mein Bruder Lance getan hat.

Eine Gefährtin, eine Familie, das ist nichts für mich.

„Wenn du keinen Anspruch auf sie erhebst, wirst du mondwahnsinnig werden", warnt mich Channing. Er sagt die Wahrheit und ich hasse es.

„Das wird nicht passieren. Ich werde sie nicht beanspruchen."

Wir beginnen, einander zu umkreisen, wobei unsere Stiefel auf dem gefrorenen Gras knirschen.

Channing schenkt mir ein wildes Grinsen. Er sieht so verrückt aus, wie ich mich fühle, und ich weiß, was er sagen wird, bevor er es sagt: „Wenn du sie nicht beanspruchst, werde ich es vielleicht tun."

Ich knurre und schlage mit der Faust nach seinem Gesicht.

* * *

ADELE

Der Vorgarten der Lodge ist mit einer frischen weißen Schicht überzogen. Sadie ist bereits dort draußen auf der Treppe und ihr Körper verstellt den Großteil meiner Sicht durch die Glasscheiben der Eingangstür. Ich ziehe meine Jacke und Mütze an. Es sieht dort draußen eiskalt aus und es

71

fällt noch mehr Schnee. Werden Channing und Rafe wirklich miteinander kämpfen? In diesem Wetter?

Was zum Kuckuck stimmt mit diesen Kerlen nicht? Das nenne ich mal Machos. Liegt das an einer Überdosis Testosteron? Ich sollte ihnen kein Fleisch füttern. Ich sollte ihnen… ich weiß nicht… Sojabohnen oder Süßkartoffeln servieren wegen des Östrogens. Sie müssen eine verdammte Beruhigungspille schlucken.

Ich wappne mich für die kalte Luft und eile aus der Tür. Meine Stiefel rutschen leicht über die eisige Treppe. Verdammt, Rafe hatte recht damit, dass ich keine hochhackigen Stiefel im Schnee tragen sollte. Aber um Himmels willen, wie oft muss ich schon in Stiefeln rennen?

Ich ziehe die Tür hinter mir zu und zittere bereits. Sadie steht auf der Steintreppe, ihr Körper ist in ihre große Daunenjacke gehüllt und ihre Schultern sind leicht nach oben gezogen. Weiter unten auf dem Pfad steht Deke mit den Händen in den Hosentaschen. Er sieht beinahe gelangweilt aus. Wir atmen alle Rauch in die kalte Luft und Deke hat nicht einmal eine Jacke an!

Dicke Schneeflocken schweben träge zur Erde, weiße Flecken in der dunklen Nacht. Ich schirme meine Augen vor den harschen Flutlichtern ab, um auf den dunklen Rasen zu spähen. Die Lodge ist an einen Berghang gebaut und von einem dichten Nadelwald umgeben. Rafe und Channing sind dort draußen, zwei dunkle Gestalten, die mit den Kiefern verschmelzen.

Meine Augen gewöhnen sich an das schwache Licht und mir stockt der Atem. Rafe und Channing sind halbnackt. Keine Winterjacken, keine Mützen. Überhaupt keine Oberteile. Sie haben sich beide ihre Henley-Shirts vom Körper gerissen und umkreisen einander, wobei ihre Stiefel den lockeren Schnee festtrampeln. Ihre Oberkörper biegen sich, während sie sich bewegen. Sie sehen wie Teilnehmer an

irgendeinem verrückten Bodybuilder-Kampfsportwettbe-
werb aus. Aus irgendeinem Grund wird mir erst jetzt
bewusst, dass sie womöglich wegen *mir* kämpfen. Mit
schnellen, flüssigen Bewegungen hüpfen und tänzeln sie hin
und her. Dann stürzen sie sich so schnell aufeinander, dass
ihre Körper verschwimmen.

Ein Schrei löst sich aus meinem Mund, bevor ich ihn
aufhalten kann. Meine Hand fliegt zu meinem Gesicht hoch,
als könnte ich den Laut einfangen. Die Kämpfer ringen jetzt
miteinander und raues Grunzen und gutturales Knurren
entwischt ihnen.

„Das ist verrückt", flüstere ich. Denn, im Ernst, was zum
Kuckuck? Warum kämpfen diese Männer? Habe ich das
Memo verpasst? Ist WWE-Nacht?

Sadies kapuzenverhüllter Kopf dreht sich und sie schenkt
mir ein mitfühlendes Lächeln „Es ist ein wenig intensiv. Aber
so werden sie ihre überschüssige Energie los." Sie klingt
nicht im Geringsten besorgt. „Keine Sorge, niemand wird
verletzt."

Deke blickt zu uns zurück und läuft den Weg hinab,
sodass sich sein großer Körper direkt zwischen uns und den
Kämpfenden befindet. Ich habe das Gefühl, dass Dcke
verhindern würde, dass wir verletzt werden, sollte der
Kampf in unsere Richtung kommen.

Er unternimmt jedoch nichts, um die gewaltige Tracht
Prügel aufzuhalten, die Rafe und Channing einander
verpassen.

Rafes rechter Arm fliegt nach hinten und er schlägt nach
Channing, was dieser irgendwie abblockt. Mit einer
verschwommenen Bewegung schlägt Rafe mit seiner linken
Faust zu. Der Überraschungsangriff erzielt einen Treffer.
Channings Kopf fliegt zurück und er taumelt. Jeder normale
Mann würde nach so einem Treffer auf dem Gras liegen,
doch Channing springt wieder auf und sieht beinahe fröhlich

aus, als er Blut ausspuckt. Sein Grübchen blitzt auf und er stürzt sich auf Rafe. Er trifft ihn am Oberkörper, sodass sie beide heftig auf dem Boden aufschlagen. Jetzt prügeln sie auf dem Boden aufeinander ein. Oberkörperfrei. Im Schnee.

„Stopp", brülle ich und renne die Steintreppe nach unten zur Wiese. „Was macht ihr denn?"

„Bleib zurück", befiehlt Deke und streckt eine große, von der Kälte rissige Hand aus.

„Adele, es ist alles okay", sagt Sadie rasch und stellt sich neben mich. Im Ernst? Sie ist Vorschullehrerin. Glaubt sie nicht an bessere Arten der Konfliktbewältigung?

„Nein, das ist es nicht", schimpfe ich. Ich wusste, diese Kerle sind Adrenalin- und Testosteronjunkies, das hier geht jedoch zu weit.

Noch schlimmer ist allerdings, dass Hitze von meiner Brust aufsteigt. Der Anblick von Rafe und seinen epischen Muskeln weckt ein bestimmtes Gefühl in mir. In meiner Bluse schwellen meine Brüste.

Wer hätte gedacht, dass es mich dermaßen antörnen würde, Rafe beim Kämpfen zuzuschauen? Ich balle meine rechte Hand zur Faust, damit ich mir keine Luft zufächle.

Ich muss diesen Kampf stoppen.

Zu ihrer Zeit musste meine Mémère einige Kämpfe zwischen den wilden Männern auseinanderbrechen, die in ihrer Pension übernachteten. Jetzt versuche ich panisch, mich an diese Geschichten zu erinnern. Einmal hatte Mémère eine Kanne heißen Kaffee und schleuderte ihn einem der Kämpfer ins Gesicht. Der Inhalt der Kanne war nicht zu heiß und laut Mémère lachten am Ende alle.

Vielleicht wurde diese Geschichte im Verlauf der Jahre ein kleines bisschen ausgeschmückt. Jetzt, in der Hitze des Gefechts, kann ich mir nicht vorstellen, dass die Geschichte wahr war.

Ich habe keinen heißen Kaffee. Ich habe gar nichts. Ich

würde einen ganzen Topf Gumbo auf sie schütten, wenn es sie stoppen würde.

Channing liegt mit dem Rücken im verschneiten Gras. Als Nächstes sehe ich, wie Rafes Körper zurück zu den Bäumen fliegt. „Ha!", brüllt Channing, springt ruckzuck wieder hoch und auf die Beine.

Rafe rennt zu ihm. In einer Bewegung, die so schnell ist, dass ich sie nicht nachverfolgen kann, bekommt er Channing irgendwie zu fassen und dreht ihn um. Jetzt fliegt Channing über die Wiese.

Ich wringe meine Hände. „Das ist verrückt", rufe ich. Ich stürze zurück ins Haus, um nachzuschauen, ob es dort irgendetwas gibt, was ich schnappen und auf sie werfen kann. Das Erste, was mir ins Auge fällt, ist die zerknautschte Metallskulptur, die Rafe gemacht hat. Jemand hat sie auf einen Wohnzimmertisch gestellt. Ich schnappe sie mir und renne wieder nach draußen.

Der Kampf ist näher zur Tür gekommen. Deke hat beide Hände ausgestreckt und schirmt Sadie mit seinem gesamten Körper ab. Er ist so darauf konzentriert, sie zu beschützen, dass ich mich an ihm vorbeischleichen kann.

„Stopp", brülle ich und schleudere die Metallskulptur in Rafes Richtung. Sie fliegt nicht weit genug, landet auf dem Weg und rollt ein Stückchen weiter. Rafe und Channing halten mitten in dem Versuch inne, einander grün und blau zu schlagen, um die Skulptur anzustarren.

„Werdet ihr wohl aufhören?" Ich stürme nach vorne, wobei ich darauf achte, nicht zu nah an sie heranzukommen.

„Adele, nein", kreischt Sadie. Bevor ich noch einen Schritt machen kann, packt mich Deke um die Taille. Meine Füße bewegen sich, aber ich laufe nur in der Luft.

„Setz mich ab", schimpfe ich.

„Versprich, dass du nicht versuchen wirst, den Kampf

aufzulösen." Mich nach wie vor in den Armen haltend, schüttelt mich Deke.

Channing und Rafe umkreisen einander schon wieder und haben die Ablenkung vergessen.

Sie wollen nicht, dass ich mich einmische? Na schön. Ich werde mich nicht einmischen.

„Meinetwegen", brumme ich, woraufhin sich Deke umdreht und mich hinter sich auf den Weg stellt. Er hält meinen Arm durch den Ärmel meiner bauschigen Daunenjacke weiterhin fest. „Lass mich los." Ich beginne, ihn abzuschütteln.

Auf dem Rasen dreht sich Rafes Kopf blitzschnell in unsere Richtung. Sein Gesicht verzerrt sich. In seinen Augen blitzt ein grünes Licht.

„Scheiße", flucht Deke. Er lässt mich los und hält beide Hände in die Luft, als hätte Rafe gerade eine Pistole auf ihn gerichtet. „Es ist alles in Ordnung, Sarge. Sie ist in Ordnung. Niemand fasst sie an."

Rafe fletscht die Zähne, als sei er ein wilder Hund... und knurrt. Mein Rückgrat kribbelt bei diesem Laut.

„Ich habe nur versucht, für ihre Sicherheit zu sorgen", erklärt Deke mit leiser, rauer Stimme, die Hände nach wie vor ausgestreckt. Rafe scheint ihn jedoch nicht zu hören.

„Scheiße." Channing reißt die Augen auf und rennt über die Wiese. „Sarge..."

Channing kommt zu spät. Bevor Channing ihn packen kann, stürzt sich Rafe auf Deke.

Sadie und ich schreien beide auf. Sie packt mich und zerrt mich zurück zur Treppe. Wir krallen uns in die Jacke der jeweils anderen, stützen uns und stolpern zurück zur Tür.

Wildes Knurren erfüllt die Nachtluft. Rafe schlägt auf Deke ein, der sich verteidigt und zurückschlägt. Channing stürzt sich in den Kampf und versucht, Rafe von Deke zu ziehen. Mit einem Brüllen schüttelt Rafe Channing ab und jagt Deke hinterher.

„Das reicht", verkünde ich der frostigen Luft. „Ich verschwinde von hier." Es ist ein Wunder, dass meine Stimme nicht zittert.

„Adele…", beginnt Sadie und beißt sich auf die Lippe.

„Nein, nein." Ich halte eine Hand hoch. „Das hier ist lächerlich. Hier gibt es zu viel Testosteron." Ich hole meine Tasche und Schlüssel. In den letzten Minuten ist der Schneefall weniger geworden.

Mein kleiner Truck steht mutig in der Einfahrt und als ich mich diesem nähere, mustere ich meine Reifen mit neuen Augen. Sie sind nicht komplett runtergefahren, aber sie sind näher an runtergefahren dran als an neu. Ich muss Autopflege auf meiner Liste an Dingen, die erledigt werden müssen, höher setzen. Rafe wird mich allerdings nicht nach Hause bringen oder meine Reifen wechseln. Auf keinen Fall.

Der Kampf hat sich über die Wiese bewegt und ist näher an der schwarzen Baumgrenze. Gut. Sollen sie sich doch gegenseitig umbringen. Mir ist es egal.

Ich marschiere den Weg hinab zur Einfahrt und brumme vor mich hin: „Er hat mir gesagt, dass ich nicht in meinem Truck fahren soll? Er will, dass ich mich von ihm nach Hause kutschieren lasse? Tja, Pech gehabt." Er hätte sich nicht wie ein betrunkener Irre aufführen und einen Kampf anzetteln sollen.

Unter diesen Bedingungen kann ich nicht arbeiten. Zu diesem Zeitpunkt wäre ich glücklich, wenn ich Rafe nie wieder sehen müsste.

* * *

Rafe

„Verdammt nochmal, Sarge." Deke kassiert einen Schlag

in den Magen und grunzt. Er ist ein großer Kerl und daran gewöhnt, Schläge einzustecken. Er ist der Verrückte – er hat die ganze Zeit Kämpfe provoziert. Es nervte mich granatenmäßig.

Jetzt bin ich derjenige, der die Welt auseinanderreißen will.

„Fass sie nicht an", ich betone jedes Wort mit meiner Faust. Deke blockt die Hälfte der Schläge ab und zieht sich in den Wald zurück. Ich habe bemerkt, dass er mich vom Haus und seiner Gefährtin weglockt.

Sadie steht auf der Treppe an der Eingangstür und presst die Lippen zusammen. Adele ist… fort. Mein Wolf ist panisch und versucht, mir etwas zu sagen. Die Wut schwindet.

Bevor ich fragen kann, wo Adele ist, kracht Channing gegen mich. Seine Arme legen sich um mich.

„Er fasst sie nicht an", schreit Channing. „Er hat nur für ihre Sicherheit gesorgt."

„Das weiß ich!", blaffe ich. „Lass mich los!"

„Schnell", ruft Channing Deke zu. „Setz dich auf ihn!"

Deke mischt sich ein. Ich schlage um mich, breche Channings Griff und rapple mich auf die Füße. Deke greift mich an. Ich täusche links an, dann rechts und schlage ihm so hart in den Magen, dass ich eine Rippe breche. Channing packt mich von hinten und ich ramme meinen Kopf zurück gegen sein Gesicht. Blut spritzt.

„Fugh." Channing liegt mit dem Rücken im Schnee und hält sich die Nase.

„Fuck", grunzt Deke, knirscht mit den Zähnen und presst eine Hand auf seine Seite.

Da mich niemand mehr angreift, sehe ich mich wild nach Adele um. Ihr Geruch verfliegt in der Nachtluft. Ich achte darauf, was mir mein Wolf sagt – und höre es. Das Motorengeräusch ihres alten Trucks, der die Einfahrt hinabfährt.

Sie ist gegangen. Sie ist fort.

„Fuck", brülle ich. Sie ist aufgebracht und sie fährt mit ihrer Schrottkarre durch den Schnee. Ich muss ihr folgen.

„Ich bin schon dran, Sarge." Deke hat bereits seine Stiefel und Shirt ausgezogen. Er streift auch seine Hose ab und ein riesiger schwarzer Wolf bricht aus seinem Körper hervor. Eine Sekunde später hüpft er davon. Seine großen Pfoten geben ihm auf dem schneebedeckten Boden mehr Halt.

„Ich bin direkt hinter dir", rufe ich, als Deke im dunklen Wald verschwindet. Er wird ihr die Einfahrt hinab folgen und mir einige Minuten kaufen, damit ich ihnen folgen kann.

Ich nehme eine Bestandsaufnahme meines Körpers vor. Keine gebrochenen Knochen. Ein Ziepen in meinem Ellbogen – aber das heilt bereits. Ich drehe mich zu Channing um, der seine gebrochene Nase schon gerichtet hat. Keiner von uns atmet schwer.

Mein Wolf ist erpicht darauf, Adele zu folgen, vorher muss ich jedoch nach meinem Rudelmitglied sehen. Fuck, ich bin vollkommen durchgedreht.

Ich werde später darüber nachdenken.

Channing setzt sich auf. Seine Augenhöhlen sind von den Überresten zweier Veilchen umringt. Er spuckt noch mehr Blut aus und grinst. „Alles gut, Sarge?", fragt er, als hätte ich nicht gerade mit beiden Fäusten auf sein Gesicht eingedroschen.

„Alles gut." Ich reiche ihm meine Hand und ziehe ihn für eine Männerumarmung samt Rückenklopfer dicht an mich. So kämpft ein Rudel und versöhnt sich wieder. Wenn es kein Alpha-Kampf, ein Kampf um Dominanz, ein Kampf bis zum Tod ist, raufen wir miteinander und vergessen alles innerhalb von Augenblicken.

Sadie ist bereits gekommen, um Dekes Stiefel und Kleider einzusammeln. Sie reicht Channing hilfreich sein Henley-

Shirt. Sie ist ein Goldstück von einer Frau, die perfekte Gefährtin für einen Gestaltwandler. Ihre Stirn ist in Falten gelegt.

„Dein Shirt habe ich nicht gesehen", sagt sie.

„Ich bin okay. Wir sind alle okay", beruhige ich sie.

Sie nickt und blickt die Straße hinab. „Die Straßen sind wirklich eisig", flüstert sie an mich gewandt und ich nicke. Sie macht sich Sorgen um Adele.

Genauso wie ich.

„Geh wieder ins Haus", trage ich Sadie auf. „Es wird alles gut werden. Deke und ich werden zusehen, dass sie in Sicherheit ist."

Ich wende mich an Channing und er nickt, bevor ich etwas sagen kann. „Ich werde die Lodge bewachen. Geh, Sarge. Hol dein Weibchen."

Dein Weibchen. Ich verschwende keine Zeit damit, ihn zu korrigieren. Ich drehe mich um und renne mit Gestaltwandler-Geschwindigkeit durch den Wald, wobei ich Dekes Wolfspuren folge.

* * *

ADELE

Meine Finger umklammern das kalte Lenkrad und mein Körper ist angespannt, als könnte ich mein Fahrzeug mit der Kraft meiner Gedanken sicher über die verschneite Einfahrt befördern. Ich hätte länger warten sollen, bis mein Truck warm war. Mein Atem schwebt als Nebel vor meinem Gesicht. Der Schneefall hat wieder zugenommen und meine alten Reifen kommen nicht sonderlich gut mit der Straße klar.

Wer zum Kuckuck lebt schon an einer Bergflanke und ist nur über eine höllische, gewundene Straße erreichbar? Rafe Lightfoot ist offiziell der nervigste Mann auf der ganzen

Welt.

Ich komme noch immer nicht über die wütende Fratze auf seinem Gesicht hinweg. Er sah wie ein Irrer aus. Wild. Brutal. Er sah wie etwas aus, was nicht menschlich ist.

Ich hoffe, dem armen Channing geht es gut. Er hat einige Schläge kassiert, sich jedoch benommen, als wäre alles nur ein Spiel. Rafe hat nicht geschauspielert. Er sah aus, als wollte er jemanden umbringen, und Channing war zufällig dafür zu haben gewesen.

Deke und Sadie schien es nicht zu interessieren. Vielleicht wurde am Ende alles gut. Vielleicht hätte ich bleiben und mir die Erklärung anhören sollen. Nachdem sie ihre Anspannung rausgelassen hatten, sind sie womöglich alle wieder nach drinnen gegangen und haben Kaffee getrunken und den Nachtisch gegessen.

Der echte Grund, aus dem ich gegangen bin: Rafes umwerfender Körper, halbnackt, spielende Muskeln. Makellos. Lecker. Die Dinge, die ich mit diesem Mann tun würde, wenn ich ihn allein für mich hätte.

Meine Reifen rutschen leicht über die Straße und nur Jahre der Übung hindern mich daran, auf die Bremse zu treten und in einen Graben zu schlittern.

Hör auf, an ihn zu denken. Ich muss mich konzentrieren. Ich darf nicht daran denken, dass ich Rafe nach dem Kampf allein erwischen hätte können. Sein harter Körper wäre glitschig von Schweiß und sein hitziger Blick auf meinen Körper geheftet gewesen.

Konzentrier dich. Meine Windschutzscheibe ist angelaufen und die Entfrosterdüsen bringen nichts. Ich beuge mich nach vorne und putze das Glas mit meinem Jackenärmel. Dadurch wird das Glas etwas klarer, es hinterlässt allerdings auch einen Schmierfleck. *Gottverdammt.*

Noch ein paar Meter und dann wird mich die schmale Straße auf eine größere Straße führen, weshalb ich etwas leichter atme. Vielleicht werde ich doch von diesem Berg runterkommen.

Etwas blitzt in der Dunkelheit auf. Zwei grüne Lichter leuchten im Dunkeln. Irgendein Tier springt aus dem Wald. Eine dunkle Gestalt mit leicht geneigten Ohren – ein Wolf. Er sitzt da und beobachtet meinen Truck, der langsam über die verschneite Straße kriecht. Er sieht königlich und ruhig aus. Furchtlos. Ich sollte die Augen nicht von der Straße abwenden, aber ich tue es nur für eine Sekunde, um ihn anzustarren.

Und das ist der Moment, in dem meine Reifen auf Glatteis fahren.

* * *

Rafe

Ich höre den Unfall, bevor ich ihn sehe. Ein Knirschen von Metall und dann Stille. Ich rase den Berg hinab, wobei ich nur ein wenig langsamer als in Gestaltwandler-Geschwindigkeit renne, damit ich nicht den Halt verliere und auf dem Boden lande. Es wäre einfacher, das als Wolf zu tun. Mein Körper wäre näher am Boden.

Die Straße ist ein weißes Band, das sich durch die dunklen Bäume schlängelt. Ich beschleunige meine Schritte. Dort vor mir ist Deke. Er ist ein riesiges Tier, schwarz mit weißen Ohrenspitzen. Ich sprinte jetzt und passe nicht mehr auf. Äste peitschen mir ins Gesicht. Einer verfängt sich an meinem Mund und ich schmecke Blut.

Deke der Wolf dreht sich um und trottet den Abhang hinauf, um mir entgegenzukommen, und ich verspüre Erleichterung. Er wäre nicht so ruhig, wenn Adele verletzt wäre. Er wäre dort unten und hätte sich zu einem nackten Menschen verwandelt, um ihr zu helfen.

„Ist sie am Leben?", frage ich. Der Wolf nickt.

„Geh. Hol Channing und den Hummer." Der Humvee hat gute Winterreifen.

Noch eine Neigung seines großen, haarigen Kopfes und der Wolf rennt davon.

Ich renne weiter nach unten, wobei ich gerade so langsam bin, dass ich nicht vornüberkippe, während ich mich von der Schwerkraft den Berg hinabziehen lasse. Adeles Truck steht nur noch zur Hälfte auf der Straße, die andere ist in einen Graben geneigt. Der Reifen auf der Fahrerseite dreht sich in der Luft.

Ich schnuppere in der Luft, während ich die letzten Meter der Böschung hinabschlittere. Es ist kein Blutgeruch wahrzunehmen, sie könnte jedoch innere Verletzungen haben.

* * *

ADELE

Ich habe den Blick nur eine Sekunde von der Straße abgewandt und jetzt stecke ich im Straßengraben. Die Reifen sind einfach weggerutscht.

Der Aufprall und das Knirschen hallen in meinen Ohren nach. Mein Führerhaus befindet sich in Schräglage, doch ich sitze dank meines Gurts noch auf meinem Platz.

Ich bin am Leben. Die Welt ist verstummt und der Schnee scheint jetzt in Zeitlupe zu fallen.

Der Wolf ist fort. Anscheinend verstören ihn Autounfälle, denn als ich aufsah, rannte er gerade wieder den Hang hinauf und verschwand im Wald.

Mein Truck liegt nicht ganz auf der Seite, steht aber auch nicht mehr auf der Straße. Er steckt im Straßengraben fest. Kann nicht gefahren werden. Meine Handtasche ist ganz nach rechts gerutscht. Sieht so aus, als hätte sich der Inhalt auf den Boden ergossen. Ich müsste mein Gewicht auf dem

Sitz verlagern, um mich abzuschnallen. Anschließend müsste ich über die Sitze krabbeln, um an mein Handy zu gelangen. Es ist nicht so, als würde mir mein Handy irgendetwas nützen. Hier habe ich nie Empfang.

Die Kälte kriecht bereits in mein Führerhaus – zur Hölle, sie ist nie gegangen. Der Schnee sammelt sich bereits auf meiner Windschutzscheibe.

Was zum Kuckuck soll ich nur tun?

Wenigstens ist es hier ruhig. Friedlich. Ich werde eine wunderschöne Aussicht haben, während ich erfriere.

„*Adele*", brüllt jemand und reißt meine Trucktür auf.

Es ist Rafe. Er ist noch immer oberkörperfrei und sieht wie etwas aus meinen Fantasien aus. Die Haare sind wild zerzaust, der Kiefer zusammengepresst, jeder Muskel angespannt. Seine Augen blitzen grün. Einen Moment lang sehen seine Augen denen eines Wolfs sehr ähnlich.

„Warte", knurrt er. „Ich hab dich."

Ich unterdrücke die wahnsinnige Freude, die ich bei seinem Anblick verspüre.

„Mir geht's gut", sage ich. Meine Stimme ist so ruhig. „Kein Grund zur–"

Es erklingt ein Reißgeräusch, als er meinen Gurt *mit seinen bloßen Händen* zerreißt. Ich wusste nicht, dass Gurte so einfach reißen können. Meiner muss brüchig gewesen sein oder so etwas. *Ich muss dieses Auto wirklich durchchecken lassen.*

Und dann bin ich in Rafes Armen. Seine Muskeln ziehen sich vor meinen Augen zusammen und entspannen sich.

„Es ist alles gut, Baby", murmelt er.

Baby.

Ich hätte nicht gedacht, dass er der Typ ist, der Kosenamen verwendet. Wir waren trotz unserer gegenseitigen Anziehung noch nicht an diesem Punkt angelangt, aber als ich den Namen höre, wird etwas in mir weich und warm. Er dreht sich um, als wäre mein Gewicht gar nichts, und klettert aus dem Graben. Und einfach so steht er mit mir in den Armen auf der Straße. Er macht keine Anstalten, mich abzusetzen.

Ich gebe dem Drang nach und kuschele mich eng an ihn. Er ist so warm. Sogar ohne eine Jacke. Wie erträgt er die Kälte ohne Jacke bloß?

Er erlaubt mir, mich an ihn zu kuscheln. Er versteht wahrscheinlich, dass ich das normalerweise niemals tun würde, das hier ist jedoch eine Ausnahmesituation.

„Bist du verletzt?", fragt er. „Hast du dir den Kopf angeschlagen?"

„Nein." Es stimmt. Ich bin überhaupt nicht verletzt. Der Unfall war dämlich, aber ich hatte unglaubliches Glück.

Mein Gefährt hatte kein so großes Glück. Mein armer Truck sieht so traurig aus, während er im Schnee steckt.

„Halte dich fest", sagt Rafe. Er läuft bereits die Straße hoch. „Ich bringe dich nach Hause."

„Was ist mit meinem Truck?" Meine Zähne klappern, allerdings nicht wegen der Kälte. Mir läuft Schweiß über den Rücken. Adrenalin strömt in rauen Mengen durch meinen Körper.

„Deke und Channing werden sich darum kümmern", brummt er.

„Woher wissen sie, dass ich einen Unfall hatte?" Nicht, dass ich mich beschwere. Ich hätte dort stundenlang zitternd gesessen und gehofft, dass zufällig jemand vorbeifahren und mich sehen würde.

Er hält inne. „Ich hatte so eine Ahnung."

„Eine Ahnung? Also bist du mir hinterhergefahren?" Nein, warte, sein Auto ist weit und breit nirgends zu sehen. „Du bist gelaufen? Den ganzen Weg?"

„Ich musste mich vergewissern, dass du in Sicherheit bist", murmelt er so leise, dass ich es beinahe nicht höre.

Ich beiße mir auf die Lippe, um die Freude zu verbergen,

die mich durchströmt. Er hat noch nicht gesagt: *Ich hab es dir doch gesagt*. Dafür bin ich dankbar. Er marschiert, nein, joggt die Straße hoch in die Richtung, aus der wir kamen.

„Du kannst es sagen", teile ich ihm mit. „Du kannst sagen: *Ich hab es dir gesagt*."

„Es ist meine Schuld, dass du den Unfall hattest."

Was? „Nein, das ist es nicht. Ich bin diejenige, die von der Straße gefahren ist."

„Es ist meine Schuld, dass du gegangen bist."

„Das ist nicht… Nein." Er kann das unmöglich denken, es ist lächerlich. Ich starre in sein hübsches Gesicht. Seine Augen sind auf die Straße gerichtet, die dunklen Brauen zusammengezogen und seine Kinnpartie eisenhart. Ein Stück des Rafe-Puzzles rastet ein. Er ist der Sarge, der Anführer seiner Gruppe. Ja, er kommandiert alle herum und das ist nervig, doch das liegt daran, dass er das Wohlbefinden aller für seine Verantwortung hält. Er würde vermutlich alles tun, um sein Team zu schützen. Er wird den Weg anführen, aber auch als Letzter essen.

Ich weiß genau, wie er ist, weil ich genauso bin.

„Rafe, du bist nicht für mich verantwortlich."

Er sagt nichts, ich kann jedoch spüren, dass er sich anstrengt, sich nicht mit mir zu streiten.

Ich kann mir das Grinsen nicht verkneifen. Ich bin ganz aus dem Häuschen wegen dieses neuen Wissens über Rafe. „Ich kann hören, wie du mir widersprichst."

„Es ist meine Aufgabe, dich zu beschützen", antwortet er auf die Art, die er stets an sich hat. Diese *Ich weiß, was das Beste ist, und das ist endgültig* Art, die ich so nervig fand. Jetzt wärmt sie mich von innen heraus.

„Ich bin eine Erwachsene und kann meine eigenen Entscheidungen treffen. Ich kann allein fortfahren. Und wenn ich einen Unfall baue, stehe ich dazu."

„Na schön", sagt er.

„Na schön", wiederhole ich und gebe mich schnippisch. „Also ist es meine Schuld."

„Klar, Baby. Es ist deine Schuld."

„Solange das klar ist."

Sein Mundwinkel zuckt, woraufhin ich ihn berühre und nach oben zu einem echten, schiefen Lächeln schiebe.

Wir streiten, aber wir lächeln. Ist Streiten unser Ding? Oh mein Gott, flirten wir etwa so?

Er bedenkt mich mit einem glühenden Blick und ich lasse meine Hand sinken, bevor ich etwas Lächerliches tue. Wie ihn beispielsweise zu küssen.

Ist die Nacht noch immer kalt? Ich verbrenne gerade.

Rafe biegt von der Straße ab und beginnt, den Abhang hoch zu wandern.

„Was machst du?", frage ich, als er in den Wald trottet.

„Dieser Weg ist schneller", brummt er.

„Vielleicht wenn du irgendein extremer, machomäßiger Bergsteigertyp bist." Uups, das habe ich laut gesagt.

„Extremer, machomäßiger Bergsteigertyp?", wiederholt er und grinst. Ein echtes Grinsen, nicht der Schatten eines Grinsens.

„Du hast mich gehört." Ich umschließe seinen Hals mit den Armen und lege den Kopf nach hinten auf seine Schulter. „Danke, dass du gekommen bist, um mich abzuholen", füge ich leise hinzu.

Er drückt mich enger an sich. Sein Kinn streift meinen Scheitel, während er raunt: „Ich werde dich immer abholen kommen."

KAPITEL 6

A^{*dele*}

*A**dele*
        Vor der Lodge befindet sich ein schwarzes
Rechteck auf der Einfahrt, wo normalerweise Rafes Humvee
geparkt ist. „Deke und Channing haben dein Auto genommen?" Ich tue nicht so, als hätte ich das eindrucksvolle Fahrzeug nicht bemerkt, das Rafe fährt.

„Es hat gute Reifen", antwortet Rafe. „Kommt super mit
dem Schnee zurecht." Seine Lippen pressen sich zusammen,
als versuche er, sie daran zu hindern, sich zu einem Lächeln
zu biegen.

„Das war beinahe ein *Ich hab es dir gesagt.* Allmählich bist
du wohl wieder du selbst." Sein Kiefer ist noch immer
zusammengepresst, aber er atmet nicht einmal schwer.

Ich lockere meinen Griff um Rafes Schultern, als er den
Weg hochläuft. Es war spaßig, so getragen zu werden, doch
jetzt ist es vorbei.

„Schätze, wir haben die Jungs verpasst, weil wir durch
den Wald gelaufen sind", plappere ich. „Woher wussten sie,
dass sie runterfahren sollen, um meinen Truck zu holen?"

„Ich habe es ihnen aufgetragen."

Ich blicke ihn aus schmalen Augen an. „Weil du eine Ahnung hattest."

„Ja."

Hmmm. Irgendetwas passt hier nicht ganz, ich bin jedoch zu abgelenkt, um darüber nachzudenken. Vielleicht habe ich mir den Kopf angeschlagen.

Sadie öffnet die Tür in dem Moment, als Rafe sie erreicht.

„Oh mein Gott, Adele", keucht sie. „Geht es dir gut?"

„Es ist alles in Ordnung", versichere ich ihr und winke ab. „Mir geht's prima. Ich bin von der Straße geschlittert, aber ich denke, es wird alles gut werden."

Ihre Stirn ist noch immer in Falten gelegt, doch sie stößt einen Seufzer der Erleichterung aus. Rafe marschiert ins Haus und einfach an ihr vorbei. Er schaut weder nach links noch nach rechts.

„Rafe, setz mich ab."

„Nein."

Ich beginne, mich zu wehren. „Was wird Sadie denken?" Sie steht noch immer an der Tür. Jetzt sieht sie aus, als würde sie gleich loslachen.

„Wir sind Erwachsene, schon vergessen? Wir können unsere eigenen Entscheidungen treffen." Er trägt mich einfach weiter durch das Haus.

„Ich glaube nicht, dass das eine gute Idee ist." Ich. Rafe. Allein.

„Es ist eine hervorragende Idee."

„Setz mich einfach ab." Ich beginne, zu zappeln, komme damit allerdings nicht weiter. Gott hat Rafe zusätzliche Muskeln gegeben und mir fast keine. „Rafe–"

„Sei still", murrt er.

So nervig! Wenn er irgendein anderer Mann wäre, würde ich ihm eine Ohrfeige verpassen. Aber… ich will sehen, was er als Nächstes tut. Ich schließe den Mund und lasse mich von ihm die Treppe hochtragen und durch den langen Gang zum Schlafzimmer an dessen Ende. Sieht so aus, als würde ich doch noch Rafes Schlafzimmer sehen.

Es ist riesig. An einer Wand gibt es einen Kamin. Ein riesiges Himmelbett mit einem ledernen Kopfbrett dominiert den Raum. An der Seite steht ein Ledersessel, der im richtigen Winkel steht, damit man die Aussicht auf die Berge genießen kann. Die hintere Wand besteht fast nur aus Fenstern. Es gibt keine Vorhänge, nur einen fantastischen, ungetrübten Blick auf das Gebirge mit schneebedeckten Kiefern. Die Außenwelt fühlt sich so nah an, als könnte ich die Hand ausstrecken und sie berühren.

„Rafe, du verteilst überall Schneematsch", jammere ich. Ich will nicht, dass er diesen hübschen Holzboden oder den flauschigen Teppich ruiniert. Er hat einen guten Geschmack, wenn es ums Dekorieren geht, das muss ich ihm lassen. Der Raum ist eindrucksvoll und maskulin, zugleich aber auch gemütlich.

Er stellt mich vor dem Kamin ab, seine großen Hände hallten allerdings weiterhin meine Jacke fest. „Ich muss nachsehen, ob du verletzt bist." Er öffnet den Reißverschluss meiner Jacke und zieht sie mir aus, bevor ich weiß, was passiert.

„Mir geht's gut, Rafe. Es war dumm und du hattest…" Die Worte bleiben mir im Hals stecken. „Du hattest Recht in Bezug auf die Reifen. Mit dem Schnee." Ich packe sein Handgelenk.

„Lass mich das tun, Prinzessin", sagt er. „Lass mich sichergehen, dass du nicht verletzt bist." Er hebt den Saum meiner Seidenbluse an und schält sie nach oben über meine Brüste.

„Oh", würge ich überrascht hervor. Ich hebe die Arme, damit er die Bluse über meinen Kopf ziehen kann. Ich habe einen hellrosa BH aus Seide und Spitze an, der meine braune Haut zum Leuchten bringt. Der Demi-BH drückt meine

Brüste nach oben, während der Großteil meiner Haut unbedeckt bleibt.

Ein tierähnliches Knurren verlässt seine Kehle, als seine grünen Augen diesen betrachten. „Das ist hübsch." Er macht sich an dem Reißverschluss meines Bleistiftrocks zu schaffen. „So verdammt hübsch." Seine Stimme klingt belegt und heiser. Das Begehren in seinen Bewegungen und seinem Blick ist nicht zu leugnen.

„W-was machen wir?" Ich wollte eigentlich sagen *was machst du*, aber ich gebe zu, dass ich Teil des Ganzen bin. Ich bin diejenige, die sich vor einem Kamin von ihm ausziehen lässt. Meine Pussy zieht sich zusammen, während mich Erregung durchläuft.

„Wir machen ein Debriefing."

„Debriefing?" Klingt offiziell, sehr militärisch, aber ich habe keinen blassen Schimmer, was das heißt.

„Mmm hmm. Zuerst werde ich dich auf Verletzungen untersuchen", grollt er. „Dann werde ich dich dafür bestrafen, dass du dich in Gefahr gebracht hast."

„Wie bitte?" Leider kommen meine Worte bebend und aufgeregt heraus anstatt selbstbewusst.

Er schiebt meinen Rock nach unten und packt mich wie ein Geschenk aus. Meine Kleider fallen zu Boden und Rafe erstarrt wie ein Jäger, der ein Reh sichtet, während er mich betrachtet.

Ich lecke mir über die Lippen. Ich hätte nicht gedacht, dass Rafe jemals meinen Strumpfgürtel und Strümpfe sehen würde. Das hat mich allerdings nicht davon abgehalten, mir so etwas wie diesen Moment vorzustellen, als ich sie heute Morgen anzog.

„Das Schicksal stehe mir bei", murmelt er, während er mit seinen warmen Händen über meine Schenkel streichelt. Es ist eine merkwürdige Abwandlung des Spruchs, doch Rafe ist ein Sonderling. „Hast du das für mich angezogen?" Seine Hand wandert mein Bein hinauf.

„Nein", erwidere ich, wenn auch etwas atemlos. „Ich trage die ganze Zeit solche Dessous." Es stimmt. Meine Mémère glaubte, dass eine Frau selbstbewusster sei, wenn sie Seide und Satin und Spitze und nette Dinge auf ihrer Haut trägt. Ein geheimer Luxus für sie und nur für sie – und vielleicht für einen Partner, wenn sie einen wählt. Und so ging schon immer ein Teil meines Gehaltsschecks für hübsche BHs und Unterhemden und Slips und ja, sogar Strumpfgürtel drauf.

„Willst du mir damit sagen, dass du die ganze Zeit Sachen wie das unter deinen Kleidern trägst?" Rafe sieht fast wütend aus. Oder ist er frustriert?

„Natürlich." Ich zucke leicht mit den Achseln und lehne mich ein Stück nach hinten, um meinen Körper besser zu präsentieren. Die Bänder des Strumpfgürtels verlaufen nach unten über meine Beine, wo sie die Seidenstrümpfe festhalten. Das Ensemble rahmt meine Pussy perfekt.

Rafe knurrt leise, als er mich erkundet. Seine Berührung ist sogar leichter, als ich sie mir vorgestellt habe. Seine Hände sind rau, aber so zärtlich.

Ich beiße mir auf die Lippe. Ich habe gelogen. Ich trage nicht immer Strumpfgürtel. Als ich ihn heute Morgen anzog, stellte ich mir vor, dass mich Rafe an der Taille festhalten würde, wie er es jetzt tut.

Er kniet vor mir und sein Gesicht ist genau dort, wo ich ihn brauche, weshalb ich feststelle, dass jegliche Proteste, die ich womöglich hervorgebracht hätte, wie Schneeflocken auf warmer Haut schmelzen. Er drückt einen Kuss auf die Vorderseite meines Slips, direkt am Scheitelpunkt meiner Beine.

Ich packe seinen Hinterkopf und halte ihn an Ort und Stelle. Er öffnet den Mund und ich zapple, weil ich seinen heißen Atem durch den dünnen Stoff spüre. Er knabbert durch den Slip an meinen Schamlippen und ich stöhne.

„Du hast meine Befehle missachtet, Prinzessin." Seine Stimme ist verführerisch, nicht herrisch. Seine Zähne knabbern an meinem Innenschenkel und ich schreie auf. Dann wirbelt seine Zunge über die Stelle, die er gebissen hat, und es fühlt sich fantastisch an. „Jetzt wirst du herausfinden, wie es ist, von mir bestraft zu werden."

„Ach ja?", frage ich, weil es das ist, was wir tun. Wir kabbeln uns. Bei unserem verbalen Tennismatch geht es ständig hin und her. „Wie ist es?" Ich bin ehrlich neugierig. Rafe will mich bestrafen? Das sollte nicht heiß sein, doch in meinem Inneren kribbelt es.

Er beginnt, aufzustehen. Ich versuche, seine Schultern wieder nach unten zu drücken, doch es bringt nichts. Der Kerl ist wie ein Truck. Da ist wieder dieses Lächeln auf seinem Gesicht, was mich mehr als alles andere begeistert. Er ist eine andere Person, wenn er lächelt – sogar noch hübscher, aber auch jugendlicher und offener.

„Ich sollte dich über mein Knie legen." Seine großen Hände gleiten über meine Haut zu meinem Hintern und drücken zu. Hart.

„Warum tust du es dann nicht?", fordere ich ihn heraus. Ich versuche, kokett zu klingen, meine Stimme klingt allerdings nur eifrig. Atemlos.

Er schiebt seine Arme unter meine Knie und trägt mich zum Bett, wo er mich auf meine Füße stellt und umdreht.

Ein ersticktes Kichern entwischt meinem Mund, als er meinen Oberkörper nach unten auf das Bett drückt und mir auf den Hintern schlägt.

Ich zucke bei der schockierenden Berührung zusammen. Er massiert das Brennen jedoch sofort weg. „Mmm."

Vielleicht war es das hier, dem ich widerstand, wenn sich

Rafe zu meinem Chef aufspielte. Diese sexuelle Dominanz, die mich zittrig und weich zurücklässt.

Unterworfen.

Vielleicht wusste ich auf einer bestimmten Ebene, wie sehr ich es lieben würde, denn ich will es jetzt so sehr, dass es mir Angst macht. Ich mag es nicht, bei irgendjemandem bedürftig zu sein. Vor allem nicht bei einem Mann wie Rafe.

Er schlägt mir abermals auf den Hintern, ein scharfer, geschäftsmäßiger Schlag, bei dem mein Slip ganz feucht wird. Anschließend reibt er das Brennen weg, schiebt seine Finger in den Bund meines Slips, zieht ihn nach außen und zerreißt ihn. „Ich werde dir ein neues Höschen kaufen." Er wirft das kaputte zur Seite.

„Oh Gott", hauche ich. Warum ist das so heiß?

Seine Hand ruht auf der Rückseite meines Beins und ich keuche, als er eines der Bänder des Strumpfgürtels schneppern lässt. „Du kannst mich Sarge nennen."

Ich lache, weil es zu spät ist, an seiner Überheblichkeit Anstoß zu nehmen. Das hier ist etwas anderes.

Das hier ist schlicht und ergreifend Sex. Und ich liebe es, wie er das Spiel spielt.

Er verpasst mir drei schnelle Hiebe und als er mich dieses Mal massiert, gleiten seine Finger zwischen meine Beine.

Mein Beckenboden zieht sich zusammen und ich habe allein wegen der ersten Berührung meiner empfindlichsten Körperpartien fast einen Mini-Orgasmus. „Rafe", keuche ich.

„Das ist richtig, Prinzessin." Er streichelt mich fester zwischen den Beinen und lässt seine Fingerkuppe, die feucht von meinen Säften ist, über meine Klit gleiten.

„Gefällt dir das, Hübsche?"

Ich liebe es, dass er nachgefragt hat. Er blafft keine Befehle mehr. Er hört auf meinen Körper. Achtet auf meine Bedürfnisse.

Wann war das letzte Mal, dass ich das jemandem für mich

zu tun erlaubte?

„Mmm hmm", stöhne ich und biege meinen Rücken durch, um mehr zu erhalten. „Ich mag deine Bestrafung."

Rafe macht erneut diesen Knurrlaut und lässt sich hinter mir auf die Knie fallen. Er packt meine Schenkel und öffnet sie noch weiter. Daraufhin lergt er seine Daumen an meine Pospalte, um meine Pobacken zu spreizen. Anschließend zieht er meine Hüften nach hinten, bis meine Pussy auf seine Zunge trifft.

Ich schreie wegen der köstlichen Berührung auf. Rafe hält sich nicht zurück. Er leckt meine Säfte wie ein verhungernder Mann auf, wobei seine Zunge fest und direkt ist. Er penetriert mich damit und lässt sie im Anschluss über meinen Kitzler gleiten. „Rafe."

Ich las einmal, dass es Männer – und Frauen, was das angeht – lieben, ihren Namen beim Sex zu hören. Ich hatte das nicht im Sinn, als ich seinen Namen stöhnte, doch er reagiert sofort und eindeutig darauf. Seine Berührung wird dort grober, wo er meine Pobacken und Schenkel spreizt, und seine Zunge peitscht über meine Mitte, ehe sie bis nach hinten zu meinem Anus wandert.

„Oh mein Gott! Rafe!" Ich bin schockiert von der Berührung und unfassbar erregt. Ich will mehr, dennoch zapple ich, um von ihm wegzukommen, als wäre der bevorstehende Orgasmus etwas, vor dem ich mich fürchten muss.

„Rafe... Rafe. *Rafe!*" Ich komme auf seiner Zunge, meine Pussy verkrampft sich um Luft und meine Beine zittern an seinen Handflächen. Er leckt mich weiterhin, bis mein Höhepunkt verebbt ist. Daraufhin steht er auf, schiebt einen Arm unter meinen Bauch und legt mich mit dem Rücken auf das Bett.

Er klettert mit halbgesenkten Lidern und einem selbstgefälligen Grinsen auf seinen weichen Lippen über mich. „Ich schätze, du bist ziemlich zufrieden mit dir." Es kommt mehr wie ein Schnurren als ein Seitenhieb heraus und ich greife nach ihm, um der Beleidigung die Schärfe zu nehmen.

„Ich dachte, du wärst diejenige, die ziemlich zufrieden ist", erwidert er leise und küsst mich mit den Lippen, die noch von meinen Säften glänzen.

Ich mache mich an dem Knopf seiner Jeans zu schaffen und bin dankbar, dass sein Oberkörper bereits wunderbar nackt ist. „Fast", murmle ich. Es stimmt nicht, ich bin bereits befriedigter, als ich es jemals bei einem Mann war, aber ich will mehr. Wir sind so weit gekommen. Jetzt brauche ich das ganze Rafe-Paket.

„Du willst das hier?" Er zieht seine Jeans samt Boxershorts aus. Sein Schwanz federt dick und hart heraus. Streckt sich in meine Richtung.

„Ja."

Er nimmt ein Kondom vom Nachttisch, ohne dass ich danach fragen muss. Natürlich benimmt sich Rafe verantwortungsbewusst. Das ist sein Ding.

Ich nehme es ihm ab und reiße es auf. Was kann ich sagen? Ich leide auch unter einem Kontrollzwang. „Komm her." Meine Stimme hat noch nie in meinem Leben so heiser geklungen. Rafe läuft auf den Knien, bis ich seine Schwanzwurzel packen und ruhig halten kann. Ich setze mich auf, nehme ihn in den Mund und blase ihn gründlich, bevor ich das Kondom über seinen feuchten Schwanz rolle. Das Schaudern, das seinen Körper durchläuft, sorgt dafür, dass ich mich so selbstzufrieden fühle, wie er noch vor einem Augenblick ausgesehen hat.

Rafe senkt den Mund auf meinen rechten Busen und saugt an meinem Nippel. Doch ich bin viel zu ungeduldig für weiteres Vorspiel.

„Ne, ne", sage ich und schiebe seinen Kopf weg. „Ich brauche dich in mir."

Rafe hebt den Kopf, sein Blick ist belustigt. Sogar nachsichtig. „Du kämpfst immer noch mit mir um Dominanz, nicht wahr, Hübsche?"

Damit dreht er mich auf den Bauch und verpasst meinem Hintern noch einen Klaps. Es stört mich nicht, denn gleich im Anschluss spüre ich, wie sich sein Schwanz zwischen meine Beine drängt. „Jaaaa", zische ich erfreut, dann grunze ich, als er sich tief in mich stößt. Er ist bis zum Anschlag in mir und verharrt. Die Beben des Schocks und der Wonne wirbeln von meiner Mitte ausgehend durch meinen Körper. „Bist du okay?"

„Es ist ein bisschen zu spät für die Frage, meinst du nicht?", bemerke ich spitz, aber ohne irgendeine Schärfe, weil es sich einfach wundervoll anfühlt, von Rafe gefüllt zu werden.

Er bestraft mich, indem er sich nicht bewegt.

Ich wackle mit dem Po.

„Du willst diesen Schwanz, Prinzessin?"

Ich versuche, mich nach hinten zu schieben und ihn noch tiefer aufzunehmen, als er bereits in mir ist. „Ich will ihn", gestehe ich.

Er stößt ein zufriedenes Grollen aus und weicht zurück, um sich wieder in mich zu stoßen.

Ich wimmere wegen der Wonne dieser Bewegung. „Ja, das", ermutige ich ihn.

„Du willst von mir gefickt werden?" Er reizt mich jetzt, doch das ist mir egal, weil er meine Unterarme auf dem Bett fixiert. Daraufhin steht mein ganzer Körper unter Strom, zittert, ist bedürftig und sehnt sich verzweifelt nach seiner nächsten Bewegung.

„Dir gefällt es, fixiert zu werden, hmm?" Ich weiß nicht, wie er das gemerkt hat, er hat jedoch recht. Meine Pussy ist in dem Moment ausgelaufen, in dem er meine Bewegungen eingeschränkt hat. „Unterwirfst du dich nur einem Alpha?"

Eigentlich würde ich über seine Aussage nachdenken,

aber ich kann nicht, weil er sich in mir bewegt und mit jedem perfekten Stoß Wogen der Wonne durch mich jagt.

„Lass los, Prinzessin. Ich werde dir geben, was du brauchst." Er steigert die Kraft seiner Stöße.

Meine Gedanken verflüchtigen sich. „Ja", plappere ich, obwohl ich nichts sagen wollte. Doch es ist zu spät. Es ist, als wäre der Korken draußen und ich würde all meine Wahrheiten ausplaudern. „Das ist es, was ich brauche. Das hier ist genau das, was ich brauche."

„Fuck, ja", ruft Rafe hinter mir und stößt sich mit mehr Kraft in mich, wodurch seine Lenden gegen meinen Hintern klatschen. „Ich werde dir das geben", verspricht er in dem gleichen entkorkten Plappertonfall, in dem ich sprach.

„Kannst du auf Befehl kommen, Adele?", fragt er und drängt sich von hinten an mich, womit er mich ganz wild macht.

Ich verstehe die Frage nicht, weshalb ich nicht antworten kann. Ich bin mir ziemlich sicher, dass sich mein Gehirn in dem Moment vom Dienst abgemeldet hat, in dem er anfing, mich zu entkleiden.

„Hmm?"

Ich kann mich ihm bloß entgegendrücken und zeigen, wie sehr ich es will. Wie viel mehr ich brauche.

„Wenn ich jetzt sage, möchte ich, dass du für mich kommst. Verstehst du?"

Mein Mund öffnet sich zu einem stummen Schrei. Ich bin so nah dran.

Jetzt, Adele", befiehlt er.

Mein Körper gehorcht wie ein Läufer, der von der Startpistole losgeschickt wird. Der Höhepunkt fegt als wilde Erlösung durch mich hindurch und katapultiert mich ins Weltall. Meine Augen rollen zurück in den Kopf und mein Gesicht vergräbt sich in der Bettwäsche.

Ich bin mir schwach Rafes Schrei bewusst und seines

hübschen Orgasmus, der zeitlich perfekt auf meinen abgestimmt ist. Er fährt fort, mich zu reiten und unsere Orgasmen in die Länge zu ziehen, bis er nur noch langsame Wellenbewegungen macht und mein Inneres wie ein Liebeslied streichelt. Wie eine zärtliche Liebkosung.

Seine Lippen finden meine Schulter, dann meinen Nacken. Er lässt meine Arme los und streicht meine Locken auf eine Seite, um meinen Kiefer entlang zu küssen. „Du bist so hübsch, Adele. So wunderbar."

* * *

Rafe

„D-du bist auch wunderbar", keucht Adele.

Ich schiebe die unleugbare Erkenntnis von mir, dass ich den Drang verspürte, sie zu markieren. Dass es stimmt, was meine Rudelbrüder angedeutet haben.

Adele ist meine Gefährtin. Ich kann diese Erkenntnis nicht wieder einpacken, genauso wenig wie ich meinen Wolf von der Leine lassen konnte, damit er Anspruch auf sie erhob. Ich bin nicht in der Position, mich zu paaren. Ich bin der Alpha einer Gestaltwandler-Söldner-Spezialeinheit, die an den gefährlichsten Missionen teilnimmt, die je erfunden wurden.

Adele, dieses unglaubliche, talentierte, freche und umwerfende Weibchen, ist ein Mensch. Zerbrechlich. Zart. Wenn ich mich mit ihr paare, könnten wir Kinder anstatt Welpen bekommen. Sie wären ebenfalls zerbrechlich. Ich kann nicht in dem Wissen leben, dass jemand, den ich liebe, erneut aus meinem Leben gerissen werden könnte. So werde ich nicht leben.

Es ist einfach zu viel zu ertragen. Heute Nacht um ihre Sicherheit zu fürchten, war schon schlimm genug.

„Wirst du mir jetzt erlauben, mich um dich zu

kümmern?" Ich kann mich nicht davon abhalten, wieder herrisch zu werden.

Sie rollt auf dem Bett herum und blinzelt mit ihren zimtfarben geschminkten Lidern.

„Worum ging es bei diesem Kampf? Mit Channing und Deke? Du hast dich verrückt benommen."

„Habe ich dir Angst gemacht?", murmle ich. „Prinzessin, ich würde dir niemals wehtun."

Sie schnaubt. „Das weiß ich. Aber du wolltest ihnen wehtun."

Ich zucke mit den Achseln. Ich kann ihr die Rudeldynamik nicht erklären. „Wir haben nur Dampf abgelassen."

Sie verdreht die Augen, lässt das Thema jedoch fallen. Stattdessen brummelt sie etwas über „Machomänner" und „zu viel Fleisch".

Ich streichle mit dem Daumen über ihre Wange. „Du hast mir heute Abend Angst eingejagt."

„Hast du jemanden verloren?"

Ich atme scharf ein und weiche zurück. Es dauert einen Moment, bis ich meine Stimme finde, und als ich es tue, klingen meine Worte rostig. Gequält. „Wie kommst du auf diese Idee?"

„Ist das der Grund dafür, dass du dich so sehr anstrengst, alle in deinem Umfeld zu beschützen und zu kontrollieren?"

Ich lasse die Luft in meinen Lungen auf einmal entweichen. „Ich weiß nicht, wie du darauf kommen konntest."

Sie zuckt mit den Achseln. „Du warst in einer Spezialeinheit des Militärs. Es ist nicht weit hergeholt, zu vermuten, dass du Kriegskameraden verloren hast."

Sie hat recht. Ich war im Krieg. Es gab Menschenopfer, die mich noch immer heimsuchen. „Stimmt."

Sie neigt den Kopf und mustert mich in der Dunkelheit. „Es gibt ein spezielles Trauma, das du erlebt hast."

Ich bin überrascht von ihrer Einfühlsamkeit. Ich habe es

zuvor nicht bemerkt, weil wir immer im Clinch lagen. Wenn sie frech zu mir war und sich über mich lustig machte, war kein Platz für Verletzlichkeit. Vielleicht streiten wir beide deswegen so gerne miteinander. Es ist eine Form des Selbstschutzes.

Ich steige von ihr und entsorge das Kondom.

Sie rührt sich nicht, als warte sie auf meine Antwort.

Das Zimmer ist dunkel. Vermutlich so dunkel, dass sie mich nicht gut sehen kann, was hilft. Ich kehre zum Bett zurück und lege mich neben sie. Mit den Fingerspitzen fahre ich leicht über die weichen Flächen ihres Bauchs. Sie hat noch immer ihre sexy Unterwäsche an, abgesehen von dem Höschen, das ich ihr vom Körper gerissen habe – ich werde es als Souvenir behalten.

Sie in meiner Nähe zu haben, ist wie Balsam auf einer halb verheilten Wunde. Ihre Präsenz hilft mir, sodass ich weitersprechen kann.

„Wir haben unsere Eltern verloren", gestehe ich. „Lance und ich. Sie wurden…" Ich zögere, weil ich Adele diese grausame Geschichte nicht aufbürden will. „… getötet."

Ihr stockt der Atem, sie rollt sich auf mich und schmiegt ihren Körper an meinen.

Ich will ihr mehr erzählen, obwohl ich das noch keinem Menschen erzählt habe. Die Worte strömen wie ein Geständnis aus mir: „Sie wurden ermordet. Lance und ich fanden ihre Leichen."

Adele keucht. „Oh mein Gott. Das tut mir so leid, Rafe. Wie alt wart ihr?"

Ich kneife meine Augen fest zu. *Die Leichen meiner Eltern, rote Furchen... die Wunden, die ihnen von ihren Angreifern zugefügt wurden... zeichnen ihre Gesichter und Hände...* „Ich war fünfzehn. Lance war elf. Ich sorgte dafür, dass wir im Pflegesystem zusammenblieben, bis ich die Vormundschaft für ihn beantragen konnte. Deswegen ging ich zum Militär – damit ich für ihn sorgen konnte." Wir waren nicht im menschlichen Pflegesystem – ein anderes Rudel nahm uns auf, aber ich musste trotzdem darum kämpfen, dass Lance und ich zusammenbleiben konnten. Er war die einzige Familie, die mir geblieben war.

Adele streichelt mit der Hand über meine Schulter und meinen Arm hinab. „Das ist ein riesiges Trauma. Ich kann verstehen, dass es eine große Wunde hinterlassen hat."

Ich grunze. Ich habe mein Bedürfnis, diejenigen in meinem Umfeld zu beschützen, nie als ein Zeichen einer Störung gesehen – eine Narbe, die handelte. Ich meine, ich bin ein Alpha. Es ist buchstäblich meine Pflicht, das Rudel zu beschützen. Doch die Vorstellung, dass mein Herz nicht ständig von diesen Leben-oder-Tod-Sorgen zugeschnürt wird, bringt meine Augen zum Brennen.

Als wäre ein anderes Ich – eine gesündere, geheilte Version – vielleicht von Freude und Kraft erfüllt anstatt von einem Trauma und dem Bedürfnis nach der brutalsten Rache.

„Ich habe lange Zeit nach einem Abschluss gesucht", krächze ich in die Dunkelheit.

„Abschluss... ich schätze, das bedeutet nicht jede Menge Therapie, damit du vergeben lernst."

„Nein. Es bedeutet Rache." Abschluss bedeutet den langsamen, qualvollen Tod desjenigen, der unsere Eltern tötete. Die Erinnerung an Gabriel Dieter, der mich mit dieser Information zu ködern versuchte, schwebt an die Oberfläche und veranlasst mich dazu, mit den Zähnen zu knirschen. Weiß er wirklich, wer sie getötet hat? War er es? Ich beabsichtige, diesen Mann – oder was auch immer er ist – aufzuspüren und es herauszufinden. „Ich will Gerechtigkeit."

„Meine Mémère sagte stets, dass man mit niemandem außer sich selbst einen Abschluss braucht. Das ist das wahre Geheimnis zu Macht."

„Mmh." Ich bin zu befriedigt davon, dass ich meiner Gefährtin beim Kommen zuschauen durfte, um ihr offen zu widersprechen.

Ihr Lachen ist leise und heiser. „Ich weiß, ich habe dem auch nie zugestimmt. Aber was, wenn du dein eigener Abschluss sein könntest? Erlaube dir, die Suche nach Rache aufzugeben. Hör auf, dich an dieses Ereignis zu klammern, und erlaube ihm nicht mehr, dein Leben zu formen."

Ich bin plötzlich hundemüde. Das Gewicht, alle in meinem Leben beschützen und meine Eltern rächen zu müssen, hat mich eingeholt. Es gab schon so viel Tod in meinem Leben. Alle Geister meiner Vergangenheit schwimmen vor meinen Augen vorbei. Meine gefallenen Waffenbrüder. Die Männer, Menschenmänner, die mit mir dienten und an meiner Seite starben. Meine Eltern. Ich ließ sie im Stich. Ich konnte sie nicht retten. Ich konnte sie nicht beschützen. Die Gestaltwandler in meinem Spezialeinheit-Rudel unterstehen meiner Führung und meinem Schutz. Ich muss dafür sorgen, dass sie am Leben bleiben.

„Lass mich einfach deine Reifen wechseln."

Adele zögert und ich denke schon, dass sie mich weiterhin in den Wahnsinn treiben wird, als sie zustimmt. „Okay, aber du ziehst die Kosten von meinem Lohn ab, angenommen ich habe den Job noch."

„Du hast den Job noch. Solange du aufhörst, mit Channing zu flirten."

Sie lacht schläfrig. „Du bist irre. Warum versuchst du nicht einfach, selbst zu flirten?"

„Ich ziehe es vor, dich wütend zu machen."

„Lächerlich", murmelt sie, doch ihr Atem ist tiefer geworden und sie schläft in meinen Armen ein.

Fuck. Ich weiß nicht, wie ich die Nacht mit ihr in meinem Bett überstehen soll.

KAPITEL 7

R afe

„Also hast du sie markiert?"

Channings großes, dämliches Gesicht leuchtet vor Eifer, als ich um sechs Uhr morgens in die Garage laufe. Sogar Deke schaut von der Stelle auf, wo er gerade Adeles Reifen wechselt.

Ich reibe mir übers Gesicht. Ich konnte letzte Nacht nicht schlafen, weil ich versuchte, meinen Wolf zu zügeln. Heute Morgen sprang ich schon um fünf Uhr aus dem Bett. Wäre ich geblieben und hätte Adele beim Schlafen zugesehen, hätte ich sie am Ende noch einmal gevögelt. Und sie wahrscheinlich markiert. Das ist das Letzte, das ich tun sollte.

Ich musste von Adele wegkommen und brachte es nicht übers Herz, sie aufzuwecken. Sie schläft noch immer in meinem Bett.

Wo sie sein sollte, merkt mein Wolf süffisant an.

„Nein", antworte ich knapp. „Natürlich nicht. Ich werde Adele weder markieren noch sie als Gefährtin beanspruchen." Ich betone das mit einem Tritt nach einem Stück Metall, das zufälligerweise in meinem Weg liegt – die dämliche „Skulptur". Sie fliegt aus dem offenen Garagentor und hüpft vom Asphalt auf den Rasen.

„Ruhig Blut." Channing hebt die Hände. Er und Deke wechseln einen Blick, als würden sie sich dazu verpflichten, in meiner Gegenwart einen Eiertanz aufzuführen.

„Aber sie ist deine Gefährtin?", fragt Deke.

Ich verschränke die Arme vor meiner Brust. „Du willst darüber reden? Willst du, dass wir über unsere Gefühle sprechen?"

„Absolut." Deke legt seinen Schraubenschlüssel weg und ahmt meine Haltung nach. „Wenn sie deine Gefährtin ist – und es ist offensichtlich, dass sie das ist – musst du sie beanspruchen."

Ja!, brüllt mein Wolf.

„Nein."

„Du hast keine Wahl", merkt Deke an. „Du bist ein Alphawolf. Du wirst mondverrückt werden."

Fuck, Deke hat recht. Channing hockt hinter Adeles Auto, wechselt ihre Reifen und hält sich so aus dem Gespräch raus. Klug. Mein Wolf sieht Deke nicht als Bedrohung an, weil er bereits eine Gefährtin hat.

„Ich kann das nicht tun."

„Dann lass uns die Optionen durchgehen." Deke hält einen Finger hoch. „Im schlimmsten Fall wirst du mondverrückt. Drehst völlig durch. Und du bist so dominant, dass wir alle drei zusammenarbeiten müssten, um dich auszuschalten. Das bedeutet, dass wir verletzt werden könnten."

„Dazu wird es nicht kommen." Selbst ich kann die Lüge in meiner Stimme hören.

Deke hält einen zweiten Finger hoch. „Lance hat eine neue Gefährtin. Sie erwarten ein Baby. Du wirst verrückt, wir müssen dich ausschalten. Das bedeutet ein Kampf bis zum Tod. Du könntest deinen Bruder verletzen oder töten und sein Baby wächst ohne den Schutz und Unterstützung eines Vaters auf."

„Fuck", fluche ich und Deke nickt zustimmend. Er weiß, dass er das Messer dreht. Ich will auf sein Gesicht einschlagen, bleibe jedoch, wo ich bin. Deke hat recht und ich verdiene es, mir das anzuhören. Ich verdiene den Schmerz.

„Im besten Fall bleibst du angespannt und wirst mit jedem vergehenden Monat unglücklicher", sagt Deke. „Gestern Abend haben wir einen Vorgeschmack darauf erhalten. Du wirst ein noch größeres Arschloch sein, als du bereits bist." Er zuckt mit den Achseln. „Du wirst vielleicht ein oder zwei Jahre durchhalten, bevor du mondverrückt wirst und wir dich töten müssen."

„Ich werde gehen, bevor das passiert."

„Du wirst nicht mehr klar im Kopf sein. Dein Wolf wird die Kontrolle übernehmen und dich in den Wahnsinn treiben. Und du bist mir zu wichtig, als dass ich einfach zusehen werde, wie das geschieht, wenn es eine einfache Lösung gibt: Erhebe Anspruch auf Adele."

„Du bist heute Morgen ganz schön gesprächig", brumme ich.

„Ich habe jetzt eine Gefährtin", blafft Deke. „Ich baue keine Scheiße mehr. Die Frage ist, warum tust du es?"

„Oooh." Channing hebt den Kopf über das Auto. „Und Paukenschlag."

„Halt die Klappe", sagen Deke und ich gleichzeitig. Er und ich starren einander an, die Arme vor der Brust verschränkt. Nach einer Minute blitzen Dekes Augen und zeigen mir seinen Wolf, doch er senkt den Blick und respektiert meine Dominanz.

„Ich kann sie nicht beanspruchen." Ich wende mich ab. Bilder füllen meinen Kopf: Meine toten Eltern, die auf dem Boden unseres Zuhauses liegen. Das bleiche Gesicht meines Bruders Lance. Er war nur ein Kind und ich war ein Teenager, als wir alles verloren. Das Bedürfnis nach Rache, das mich seitdem jeden Tag verfolgt hat.

Ich kann das nicht noch einmal durchmachen. Ich werde es nicht tun.

„Sarge?", ruft Channing und reißt mich aus meinen Gedanken.

„Checkt das Auto komplett durch, nachdem ihr die Reifen gewechselt habt", befehle ich. „Wenn Adele aufwacht und runterkommt, gebt ihr das Auto und lasst sie nach Hause fahren."

„Wirst du hier sein?", will Deke wissen.

„Nein." Ich ignoriere das gequälte Heulen meines Wolfes. „Ich gehe auf Patrouille." Ein fünfzig Kilometer Lauf sollte einen Teil der ruhelosen Energie in mir verbrauchen. Allermindestens wird er mich von hier wegbringen. Weit weg von Adele ist der Ort, an dem ich sein muss.

* * *

ADELE

„Also wie läuft's in deinem neuen Job?", erkundigt sich Tabitha, als wir den Coffee-Shop verlassen. Ich schiebe die Hände tiefer in meine Taschen.

„Ähm, gut", lüge ich. Ich habe keine Ahnung, wie der neue Job läuft. Ich habe die letzten vierundzwanzig Stunden mit dem Versuch verbracht, nicht daran zu denken.

Vor zwei Nächten schlief ich mit Rafe. War es erst vor wenigen Tagen, als ich sehnsüchtig die Treppe hoch zu Rafes Schlafzimmer schaute und mich fragte, ob er nackt schläft? Jetzt weiß ich es. Er schläft splitterfasernackt und sein ganzer hübscher Körper ist wie ein Fest für die Augen ausgebreitet.

Doch dann verlässt er das Bett vor der Morgendämmerung. Ich wachte nicht nur allein in seinem Bett auf, er wartete nicht einmal, um mich zu verabschieden. Deke wartete mit meinen Autoschlüsseln auf mich.

Einerseits war mein Truck komplett auf Vordermann gebracht worden bis hin zu neuen Reifen. Das war nett.

Andererseits *war Rafe einfach gegangen*. Ich musste in meinen Tag alten Kleidern und *ohne Slip* – der, den er zerrissen hatte, war unauffindbar gewesen – vor allen aus der Lodge laufen. Natürlich wussten alle, dass ich die gesamte Nacht in Rafes Zimmer verbracht hatte und er gegangen war, bevor ich aufgewacht war.

Das nenne ich mal einen Walk of Shame.

Deke und Channing tischten mir irgendeine lahme Ausrede darüber auf, dass Rafe diese Woche viel Arbeit hat. Ich sah ihn gestern überhaupt nicht, als ich das Mittagessen vorbeibrachte und Abendessen machte. Die ganze Zeit über, die ich dort war, brodelte es in mir. Ich klapperte laut mit Töpfen und Pfannen, kochte sein Schweinekotelett, bis es trocken war, und verbrannte sein Crème brûlée. Nach einigen Tagen als Köchin für Rafe könnte ich ein ganzes Kochbuch über passiv-aggressives Backen schreiben.

Er ersetzte das Höschen, das er zerrissen hatte – auf eine klassische Arschloch-Rafe-Art. Letzte Nacht schickte mir der Arsch *per E-Mail einen Gutschein für ein Dessousgeschäft*. Ich schrieb ihm beinahe zurück, dass er sich den Gutschein in den Arsch stecken kann.

Ich habe nur noch nicht gekündigt, weil ich die Arbeit brauche. Der Lohn, den mir Rafe zusicherte, füllt mein Bankkonto schön auf. Noch einige weitere Gehaltszahlungen und ich kann dem Vermieter die erste Rate bezahlen.

Tabitha wirft ihren leeren Becher in einen Mülleimer und läuft neben mir her. „Du klingst so begeistert", bemerkt sie. „Komm schon, du wolltest dich aus einem bestimmten Grund ohne Charlie und Sadie auf einen Kaffee treffen. Rede mit mir."

„Es ist nicht so, dass ich nicht mit Charlie und Sadie reden will." Sie wissen mittlerweile beide von meiner Nacht bei Rafe. „Sie werden mich nicht verurteilen, aber…"

„Sie führen beide glückliche, gesunde Beziehungen. Ich habe neulich gesehen, wie Charlie und Lance Babykleider ausgesucht haben. Es war so niedlich, dass es wehtat", sagt Tabitha mit einem Funkeln in den Augen, das mir verrät, dass sie nur Witze macht. „Ich bekam tatsächlich Krämpfe in meinen Eierstöcken. Und dann gingen sie in die Überproduktion und ich bestieg beinahe den Postboten. Den mit der Halbglatze und den schiefen Zähnen."

„Oh mein Gott, das geht mir genauso", lache ich. „Ich liebe es, wie sie miteinander umgehen, aber als ich mit Charlie die Farbe für das Kinderzimmer kaufen ging, kaufte ich fast einen Eimer babyblauer Farbe und Tapete mit winzigen Elefanten drauf."

„Ich weiß, oder?", kreischt Tabitha und wir kichern beide. Meine Brust fühlt sich bereits leichter an. Das Treffen mit T war eine gute Idee. „Mein Uterus ruft mein Gehirn an und fragt, wann ich meiner Mom Enkel schenken werde."

„Ruft dich deine Mom nicht an und fragt dich das?"

„Nein." Tabitha schneidet eine Grimasse. „Sie fragt, ob sie mich mit irgendeinem schwächlichen, New York City Hedgefonds-Milliardär verkuppeln darf. Und wenn ich das ablehne, lamentiert sie darüber, dass ich meine Modelkarriere aufgegeben habe. Laut ihr sind die Afterpartys nach den Modeschauen in Mailand die beste Möglichkeit, einen Sugar-Daddy – meine Bezeichnung, nicht ihre – kennenzulernen." Sie hakt sich bei mir unter, als wir die Straße überqueren. „Was ist mit deiner Mom? Macht sie Anspielungen, wen du über die Feiertage nach Hause bringst?"

„Nein. Meine Eltern wollen noch immer, dass ich Medizin studiere und wie sie Ärztin werde."

„Was ist mit deinem Geschäft?"

„Sie glauben nicht an meine Geschäftsträume." Mémère war die Einzige. „Aber ich habe eine Chance, alles geradezubiegen." Ich erzähle ihr mehr von Rafes Jobangebot und dem hohen Lohn, den er mir bezahlt.

„Damit scheint alles geregelt zu sein", sagt Tabitha nach einer Pause. „Was ist dann das Problem?"

„Es ist Rafe. Er ist ein Arschloch. Er ist auch…"

„Wirklich, wirklich gut aussehend?", ergänzt meine Freundin mit einem teuflischen Grinsen.

„Tabitha!"

„Was? Darf ich nicht hinschauen? Das ist er."

„Das ist er." Ich beiße mir auf die Lippe. „Und wir…" Ich kann es nicht aussprechen. Ich fange ihren Blick auf und erröte.

„Oh, ich verstehe." Tabitha streckt ihre Faust aus, um gegen meine zu stoßen. „Lass es krachen, Mädel."

„So einfach ist es nicht." Die ganze Geschichte bricht aus mir hervor.

„Er ist gegangen?", kreischt Tabitha förmlich.

„Ja… aber…" Ich stelle fest, dass ich mehr erklären will, um Rafe zu verteidigen. „Er hat mir Dinge erzählt…" Ich zögere, denn ich will Rafes Angelegenheiten nicht herumposaunen. „Er hat sich mir geöffnet, Tabitha. Er hat mir von seiner Kindheit erzählt, wie er sich um seinen Bruder gekümmert hat und warum er sich dem Militär angeschlossen hat."

„Dann ist er weggerannt."

„Ja."

„Wie der verängstigte Mann-Junge, der er ist."

„Er ist kein Mann-Junge. Er ist ein echter Mann. Er hat eine Menge durchgemacht, Tabitha. Ich will keine Einzelheiten ausplaudern, aber lass uns einfach sagen, er hat ein schlimmes Trauma erlebt. Wirklich schlimm. Und jemandem nahezukommen, triggert ihn vermutlich."

„Klingt, als hätte er Beziehungs-PTBS."

„Genau."

„Nun, ich bin niemand, der andere verurteilt. Aber Chef/Angestellte-Beziehungen…"

„Ich weiß. Schlechte Idee."

„Ich habe vielleicht selbst ein kleines Trauma, weil ich meiner Mom zuschauen musste, wie sie ihre Chefs verführt hat. Ihre verheirateten Chefs."

„Igitt." Wir laufen schweigend um einen weiteren Block.

„Also was wirst du tun?", fragt Tabitha.

„Ich weiß es nicht. Ich mag den Job." Soll ich mir einen anderen Job suchen? Kann ich einen anderen finden, der so gut ist?

„Wenn du den Job behältst, was wirst du dann wegen Rafe unternehmen?"

„Das weiß ich auch nicht." Vergebe ich Rafe und ignoriere ihn? Kann ich ihn ignorieren? „Ich bereue es nicht, dass ich mit ihm geschlafen habe." Für kurze Zeit hat er mich komplett von dem Schlamassel abgelenkt, das mein Leben momentan ist.

„Du kannst jederzeit Katzen hüten." Tabitha streicht sich ihre langen, glatten Haare aus dem Gesicht. „Das tue ich, wenn ich knapp bei Kasse bin."

„Nein Danke, das überlasse ich dir." Tabitha hat einen sorglosen Geist und soweit ich weiß, hatte sie nie lange einen herkömmlichen Job. Sie bezahlt ihre Rechnungen durch eine Kombination aus dem Verkauf ihrer Kunst, Katzenhüten und schicken Kleidern, die sie auf Flohmärkten findet, aufmotzt und verkauft.

Heute Nachtmittag trägt sie Schlagjeans und ein Crop-Top unter ihrem Vintage-Mantel und ihr Outfit schafft es auf die meistmögliche Retro-Art trendbewusst zu sein. Tabitha hat immer ein gutes Timing. Wenn sie wollte, könnte sie ihre Kleiderkreationen im Internet verkaufen und sich ein großes Geschäft aufbauen. Als ich das vor Jahren erwähnte, rümpfte sie jedoch nur die Nase und meinte, dass die ganze Arbeit nicht nach viel Spaß klingen würde.

„Ist dir nicht kalt? Mir ist eiskalt." Ich reibe meine Hände aneinander.

„Nicht wirklich." Sie zuckt mit den Achseln. Ihr Mantel hängt offen. „Ich bin heißblütig." Sie wühlt in ihrer großen Makrameetasche und zieht einen Schal heraus. „Hier. Ein frühes Weihnachtsgeschenk. Ich habe ihn selbst gestrickt."

„Dankeschön." Der Schal hat eine klassische Cappuccino-Farbe, die zu allem passen wird, das ich besitze. Tabitha wickelt ihn mir um den Kopf und er legt sich wie eine Wolke um meinen Hals. „Mein Gott, ist das Kaschmir?" Ich betaste die weichen Fransen.

„Ja, ich hatte die Wolle von einem Pullover übrig, den ich auf Bestellung gemacht habe." Tabitha dreht den Schal in diese und jene Richtung, ehe sie nickt und zurücktritt, als sie ihn zu ihrer Zufriedenheit gestylt hat. „Du würdest mir einen Gefallen tun. Er passt nicht zu meinen Kleidern."

„Nun, Dankeschön. Was machst du während der Feiertage? Wirst du deine Mom besuchen?"

Tabitha schneidet eine Grimasse. „Gott nein. Sie ist bis Februar auf den Seychellen. Ich mache einen Roadtrip runter nach Texas zu einer Schmuckmesse. Auf dem Weg dorthin und zurück werde ich einige Flohmärkte abklappern. Wenn du mich also anrufst und direkt auf der Mailbox landest, weißt du, dass ich gerade im Canyon bin."

Wir umarmen einander und Tabitha schlendert davon. Ich laufe weiter zur Plaza.

Ich beschleunige meine Schritte. Ich gehe an der Kopfsteinpflastergasse vorbei, die zu *The Chocolatier* führt, obwohl ich sie nicht in dem aktuellen Zustand sehen will, die Fenster dunkel und ein Geschlossen-Schild an der Tür. Ich will mir meinen Laden hell erleuchtet und voll glücklicher Leute vorstellen.

Was hat Mémère immer gesagt? *Habe ein Bild von dem vor Augen, was du willst. Denk nicht an das Problem; stell dir die Lösung vor.*

Meine Mémère würde sich das Geschäft vorstellen, das sie aufbauen möchte. Selbst als sie jung und mittellos war, tat sie das. Sie erzählte mir, dass sie früher stets auf dem Gehweg vor dem Gebäude stand, das später ihre Pension werden würde. Sie stellte sich vor, wie die Türen aufschwangen, Leute kamen und gingen, redeten und lachten, ihre Rechnungen bezahlten. Sie stellte sich vor, dass sie ein langes Leben führte, während ihr Reichtum zunahm. Ringe an ihren Fingern und Smaragdarmbänder an ihren Armen. Und sie baute sich ein erfolgreiches Geschäft auf, das ihre Familie ernährte. Sogar nach dem sie die Pension verkauft hatte, besaß sie noch die Mittel, um für das College und Medizinstudium meiner Mutter zu bezahlen und ein prächtiges Leben zu führen. *Das hat mir kein Mann gegeben*, pflegte sie zu sagen, während sie an einem Diamantring drehte. Sie bezahlte das College für all ihre Enkel und wir bekamen alle trotzdem noch ein Erbe, als sie starb.

Das Startkapital für meinen Laden stammte aus diesem Erbe. *Es tut mir leid, Mémère. Ich werde es verlieren und weiß nicht, was ich tun soll.*

Wenn sie jetzt hier wäre, würde Mémère lächeln und ihren Diamantring und Smaragdarmband zurechtrücken. *Du hast nichts verloren, Cher. Auch wenn man mit nichts anfängt, kann man sich etwas aufbauen. Die Realität folgt dir. Zeige ihr den Weg.*

Mir bleiben noch ein paar Minuten, bis ich mit Sadie zum Weihnachtsbummel verabredet bin.

Ich bleibe neben dem schneebedeckten Blumenbeet stehen und schließe die Augen. *Habe ein Bild von dem vor*

Augen, was du willst. The Chocolatier taucht vor meinem inneren Auge auf – das Fenster und die Tür sind sauber und poliert, sodass sie glänzen; lächelnde Kunden strömen rein und raus, von denen jeder ein oder zwei weiße Tüten trägt. Der Geruch von Karamell und Schokolade haftet an ihren Winterjacken. Sie tragen ein wenig Wärme und Liebe in der Form von Schokoladencreme und mit Zucker bestäubten Trüffeln mit sich.

Als ich die Augen öffne, habe ich ein breites Grinsen auf dem Gesicht. Es funktioniert!

Ich laufe den Gehweg entlang und spinne den Traum weiter. Glückliche Kunden, glücklicher Laden, glücklicher Vermieter. Geld stapelt sich in meinem Bankkonto. Neue Kleider – Seide und Satin Dessous aus meinen Lieblingsboutiquen. Handgefertigte Spitze auf meiner Haut, genug, um Rafe verrückt zu machen…

Und sofort erscheint er mit zerzausten dunklen Haaren, dunklen Augen, die mich anlocken, einen Mundwinkel zu einem arroganten Lächeln gehoben. Sein Körper spannt sich an, über ein Meter achtzig irrsinniger Muskeln. Eine feine Spur dunkler Haare verläuft von seinem Bauchnabel hinab in seine schwarze Cargohose. Und dann verschwindet seine Hose…

Herr im Himmel. Ich bleibe abrupt stehen und lege eine Hand auf meine Brust. *Nein, nein, nein, Mémère. Das ist nicht das, was ich will.* Er hat mich gestern Morgen verlassen. Er ist nicht einmal geblieben, um mir die Schlüssel zu geben.

Er will mich nicht, was mich aufregt. Aber noch nerviger ist – warum ist er der Vernünftige? Ich sollte doch diejenige sein, die ihn von sich stößt, damit ich meinen leichten Job behalten und zurück zu meinem Laden gehen kann.

Der Laden. Deswegen tue ich das alles. Ich brauche keinen verfluchten Mann.

Ich schließe die Augen und versuche erneut, vor meinem

inneren Auge ein Bild dessen heraufzubeschwören, was ich will. Doch ich sehe nur Rafe ohne Oberteil und Hose.

Gottverdammt! „Verschwinde aus meinem Kopf, nackter Rafe", schimpfe ich.

„Was?", knurrt jemand hinter mir und ich springe ungefähr fünf Meter in die Luft. Ich wirble herum und entdecke Rafe hinter mir, dessen Hände meine Jacke packen, um mich zu stützen. Wie kann sich ein so großer Mann so leise bewegen?

„Nichts", sage ich kurz angebunden. „Was machst du hier? Hast du mich gestalkt?"

„Wenn ich dich stalken würde, würdest du es nicht bemerken", säuselt er und mein Herz macht einen Purzelbaum. „Ich bin hier, um mich mit Deke zu treffen. Ich sah dich von der anderen Straßenseite. Du sahst aus, als hättest du einen Herzinfarkt."

„Frauen haben ganz andere Herzinfarkt-Symptome als Männer", gifte ich, weil ich noch immer wütend auf ihn bin. „Es sind nicht immer Brustschmerzen..." Ich schließe den Mund, denn warum streite ich mitten auf der Plaza mit Rafe über die Symptome eines Herzinfarkts? Eigentlich will ich ihm eine Ohrfeige verpassen, dann zusammenbrechen und ihn fragen, warum er gegangen ist. Wo er die letzten zwei Tage war.

Seine Hand schließt sich um meine und mein Herz droht aus meiner Brust zu pochen. „In Ordnung, Prinzessin", beruhigt er mich. „Wenn es kein Herzinfarkt war, was war es dann?"

Ein Rafe-Infarkt. Aber nein, das kann ich ihm nicht sagen.

Ich werfe das Ende von Tabithas Geschenkschal über meine Schulter. Rafe steht so nah bei mir, dass ihn die Fransen im Gesicht treffen. Uups. „Nichts", antworte ich und versuche, die verstreuten Scherben meiner Würde einzusammeln. Ich schätze, wir werden nicht über unsere gemeinsame

Nacht reden. Na schön. „Mir geht's gut." Ich mache einen Schritt und mein Absatz tritt auf eine eisige Stelle, woraufhin das Bein unter mir wegrutscht.

Ich knalle gegen die solide Mauer von Rafes Körper und lande schräg in seinen Armen, sodass wir wie Tangotänzer aussehen, die für das Ende eines Liedes posieren.

„Du hast wieder Stiefel an." Er starrt die High Heels finster an. „Wie läufst du mit diesen Dingern im Schnee?"

„Elegant." *Außer, wenn du in der Nähe bist.*

Er stellt mich auf die Füße und ich bringe meine Kleider unbeholfen in Ordnung. Nach einem Moment schiebt er meine Hände beiseite und beginnt, die Jacke für mich zurecht zu rücken.

„Du fängst besser an, etwas Praktisches zu tragen, Prinzessin. Ich werde nicht immer hinter dir sein, um dich aufzufangen, wenn du hinfällst", sagt er mit seiner rauen Stimme, seinem patentierten Sexgott-Knurren. Jedes Wort jagt mir Gänsehaut über die Haut.

Mir lag eine schlagfertige Antwort auf der Zungenspitze, doch nach einem Blick in sein Gesicht verfliegt sie.

Er sieht mich an, als wäre ich ein Cupcake und so gut, dass er mich aufessen will.

Seine Hände liegen noch immer auf meiner Jacke und ich spüre, wie ihre Wärme all meine Kleiderschichten durchdringt und auf meine Haut übergeht.

Er summt und richtet meinen Schal auf eine behutsame Art, die mir das Gefühl gibt, als wolle er mir sämtliche Kleider vom Leib reißen. „Der ist hübsch." Er reibt den Schal zwischen Daumen und Zeigefinger und ich spüre den Nachhall dieser Berührung zwischen meinen Beinen.

„Tabitha hat ihn mir geschenkt." Ich lecke mir über die Lippen. „Warum nennst du mich so?"

„Wie nenne ich dich?"

„Prinzessin."

„Weil du pflegeaufwendig bist."

„Ist das so?" Grundgütiger, dieser Mann weckt jedes Mal, wenn er den Mund aufmacht, den Wunsch in mir, ihm den Kopf von den Schultern zu reißen. Wäre Mémère hier, würde sie sagen, dass es daran liegt, dass ich ihm auch die Kleider vom Leib reißen will.

Ich bin froh, dass Mémère nicht hier ist und sehen kann, wie sich ihre Lieblingsenkelin wegen eines Mannes zum Narren macht.

„Ich bin nicht pflegeaufwendig", widerspreche ich. „Ich sehe einfach nur gut aus. Ich sehe gerne zurechtgemacht aus. Außerdem, was interessiert es dich?" Ich schiebe ein leichtes Achselzucken hinterher. „Du bist nicht derjenige, der mich pflegt."

Er legt den Kopf schief. „Das stimmt. Ich darf nur die Ergebnisse genießen." Ein Licht blitzt in seinen Augen auf. Sein Blick wärmt mich durch und durch.

Rafe sieht irgendwie schmaler aus, seine Wangen sind eingefallener, seine Wangenknochen schärfer. Ein ganzer Wald aus Schatten liegt unter seinen Augen. Seine dunklen Haare fallen ihm ins Gesicht und es juckt mich in den Fingern, sie nach hinten zu streichen. Er hat viele Stunden gearbeitet und es sieht so aus, als hätte er nicht genug Schlaf bekommen.

Mein erster Instinkt besteht darin, ihn zu fragen, ob er gegessen hat, und ihm zu befehlen, sich hinzusetzen, damit ich ihn füttern kann. Damit ich einen Riesenberg Essen auf seinen Teller geben und mich dicht neben ihn setzen kann, um sicherzustellen, dass er es auch aufisst. Und dann könnte ich auf seinen Schoß klettern und mich rittlings auf ihn setzen, um ihm seine Belohnung zu geben…

Ich blinzle. Wo zum Kuckuck kam dieser Gedanke her?

Jetzt starrt er mich an und sieht mir direkt in die Augen.

„Wo ist deine Winterjacke?" Ich sehe mich unter viel Aufhebens danach um. „Hier draußen ist es arschkalt."

Er trägt sein übliches schwarzes Henley-Shirt und eine Weste. Seine gebräunten Wangen sind spröde. Er hat nicht einmal eine Mütze auf. Ich kann sehen, wie seine Körperwärme über seinen Kopf entweicht.

„Machst du dir Sorgen um mich?" Seine Augen glühen.

„Du denkst, *meine* Kleider sind unpraktisch…"

Grünes Licht blitzt in seinen Augen auf. Das muss ich mir eingebildet haben. Vielleicht hat sich die Weihnachtsbeleuchtung darin gespiegelt oder irgendetwas Komisches.

„Lass mich etwas nachschauen." Ich packe seinen Arm und trete vor ihn, um seine Augen einen Moment lang zu mustern.

„Wonach suchst du, Prinzessin?" Seine Stimme ist noch kratziger als sonst. Er dringt wieder in meinen persönlichen Raum ein und ich hasse es nicht.

Ich schüttle den Kopf. „Es muss eine optische Täuschung sein. Manchmal sehen deine Augen grün aus, aber sie sind tatsächlich…" Meine Stimme verliert sich.

Unsere Lippen sind nur noch wenige Zentimeter voneinander getrennt.

„Was, Prinzessin?" Sein Atem weht über mein Gesicht.

„Dunkelbraun…" Ich schlucke. Wir sind uns jetzt so nahe, dass wir uns küssen könnten, und mein Körper verglüht beinahe. Ich ziehe den Schal von meinem Hals weg. *Meine Güte*. Ich wedle mit der Hand vor meinem Gesicht, während mich Rafe anschaut, als wäre ich bekloppt. Hier draußen ist es eiskalt und plötzlich ist mir so warm, dass ich keine Jacke bräuchte.

„Adele…"

„Heute Nacht ist Vollmond", sage ich verzweifelt, wende mich ab und trotte weiter den Gehweg entlang. „Oder nicht heute Nacht, aber in einigen Tagen. Bald."

„Ja." Er läuft neben mir her und sieht belustigt aus, als wüsste er, was ich tue. *Ablenken. Zerstreuen.*

„Wusstest du, dass das englische Wort *lunatic*, das Verrückter bedeutet, eigentlich von dem Wort *luna* abstammt, weil man glaubte, dass der Mond vorüberge-henden Wahnsinn auslöst?", plappere ich weiter. „Meine Mémère erzählte mir von mondbeschienen Nächten in New Orleans. Die Leute benahmen sich verrückt... nun, verrückter als normal."

Seine Stirn runzelt sich. „Was versuchst du, zu sagen, Prinzessin?"

Ich wollte etwas über den Menstruationszyklus der Frau im Einklang mit dem Mond sagen, doch das treibt die Ablen-kungstaktik vermutlich eine Spur zu weit. „Oh, nichts. Ich betreibe nur Konversation."

Er tritt vor mich und zwingt mich so, stehen zu bleiben.

„Geht es hier um das letzte Mal, als wir zusammen waren?", raunt er. „Du und ich, mein Schlafzimmer. Wirst du auf vorübergehenden Wahnsinn plädieren?"

Ich vermute, wir reden doch über den Vorfall. „Nein. Ich wusste, was ich tat. Und es gefiel mir." Ich halte die Luft an und warte auf seine Antwort.

„Mir auch."

Wärme durchströmt mich. „Aber..."

„Es ist vermutlich keine gute Idee, weiterzumachen", beendet er den Gedanken für mich.

„Nein." Warum bin ich so enttäuscht? „Ich mag meinen Job und will ihn behalten. Mit dem Chef zu schlafen, ist nie eine gute Idee. Aber wir können Freunde sein, oder?"

Er sieht beinahe gequält aus. Ich hasse es, ihn leiden zu sehen.

„Waffenstillstand?" Ich strecke meine Hand aus.

Er reckt das Kinn und schließt seine Hand um meine. Einen Augenblick lang hält er sie einfach nur. Mir stockt der Atem, dann schüttelt er sie jedoch fest. „Waffenstillstand.“

„Adele!“, ruft jemand.

Ich lasse Rafes Hand los und trete beiseite.

Sadie und Deke kommen auf uns zu. Die Wangen meiner Freundin sind unter ihrer knallroten Mütze vor Kälte gerötet. Deke schlendert neben ihr und macht einen großen Schritt für zweieinhalb von ihren.

Ich winke meiner Freundin und eile ihr entgegen. Rafe bleibt an meiner Seite und seine Fingerspitzen streifen mein Kreuz. Er berührt mich kaum, ich spüre sie jedoch den Rest der Nacht in meinem ganzen Körper – seine Hand, die an meinem Kreuz schwebte, bereit, mich aufzufangen, sollte ich fallen.

* * *

DER FREMDE

Es war so lange her, seit er sich unter Bürgerlichen bewegte. In diesem neuen Zeitalter mischten sich Männer und Frauen frei. Kindern war es erlaubt, zu rennen, zu spielen und laut zu lachen.

Er stand auf der Plaza von Taos und beobachtete alles. Er hatte so ein langes Leben geführt, dass er gut im Beobachten war.

Seit er erwacht war, hatte sich alles verändert. Die Welt war modern, neu gemacht. Die Leute darin waren allerdings noch die gleichen. Die Bauern versammelten sich nach wie vor auf dem Marktplatz. Sie gingen einkaufen und unterhielten sich und begrüßten einander. Der größte Unterschied bestand darin, dass Kaffee kein Getränk mehr war, für das man sich hinsetzte und das man stundenlang genoss – es wurde in kleine Pappbecher gegossen und überall hingetragen.

Er war zu der Hochebene gekommen, weil er Lightfoot gefolgt war. Normalerweise hätte er sich nicht dazu herabgelassen, persönlich einer Beute hinterherzujagen, seine Art hatte allerdings schon immer Freude am Spielen, so wie eine Katze mit einer Maus spielte. Es war Fressen.

Er entdeckte seine Beute auf der anderen Seite der Plaza. Ein großer Mann, Rafe Lightfoot. Beinahe langweilig, pflichtbewusst.

Nicht die interessanteste Ablenkung, aber besser als nichts. Er verrückte die dunkle Brille, die er trug, um seine Augen zu verbergen, und blickte über die Straße. Es brachte nichts, dem Feind nahe zu sein und Rafe nicht wissen zu lassen, dass er hier war, im Revier des Wolfs. Den Feind zu reizen, war der beste Teil des Spiels.

Doch dann nahm er einen Geruch wahr und sein Fuß verharrte mitten in der Luft. Nein, das konnte nicht sein. Es war unmöglich.

Nach Jahren der Suche auf sieben Kontinenten war sie da – direkt vor ihm. Das eine Weibchen auf der ganzen weiten Welt, das zu ihm gehörte. Seine Gefährtin.

„Adele", rief ihre Freundin und das reizende Weibchen winkte zurück.

Adele, das war ihr Name. Es würde nur einen Moment dauern, nach vorne zu schnellen, sie zu packen und fortzutragen.

Diese mickrigen Menschen würden sich in alle Winde zerstreuen, sobald sie sein Monster sähen. Die zwei Wölfe würden kämpfen, hätten ihm jedoch nichts entgegenzusetzen.

Doch dem ganzen schnell-nach-ihr-Greifen-Manöver mangelte es an einem gewissen Stil. Er sah sich selbst als Gentleman. Eine Gefährtin musste umworben und verwöhnt werden. Welchen Nutzen hätten all die Schätze, die er angehäuft hatte, wenn er seine großen Reichtümer nicht ausbreiten und seine wahre Gefährtin damit in Staunen versetzen könnte?

Adele, murmelte er vor sich hin und kostete den Namen wie einen Tropfen Honig auf seiner Zunge.

Und dort war sie... mit Lightfoot. Der Wolf wich ihr nicht von der Seite und drängte sich dicht an sie. Er zeigte einen starken Beschützerinstinkt für das Weibchen Adele. Er benahm sich *beinahe so, als hätte sein Wolf sie als Gefährtin für sich beansprucht.*

Na so was, das war ein schwieriges Problem.

Sein Feind wurde plötzlich so viel interessanter. Vielleicht hatte ihn das überhaupt erst dazu getrieben, den Wolf zu verfolgen.

„Dann wird es eben ein Wettbewerb werden", murmelte er und lächelte. Er würde nun gehen und seine Ressourcen versammeln in Vorbereitung darauf, Adele den Hof zu machen. Sie würde bei Lightfoot sicher sein. Und es würde ihm genug Zeit geben, seinen immensen Reichtum und alles, was er einer Gefährtin zu bieten hatte, zur Schau zu stellen.

Es würde ein Leichtes werden, das Weibchen für sich zu gewinnen. Lightfoot konnte ihm nicht das Wasser reichen.

Adele würde zu ihm kommen. Ihn wählen.

Wenn nicht, würde er die ganze Welt in Schutt und Asche und anschließend vor ihre Füße legen.

KAPITEL 8

*R*afe
      Ein Schweinebraten.

Die Frau treibt mich in den Wahnsinn.

Das ist nichts Neues. Doch jeder Tag, der vergeht und an dem sie unser Gelände betritt und verlässt, ohne dass ich meine Zähne in ihrer Schulter versenke, um sie für immer für mich zu beanspruchen, macht mich aggressiver und angespannter.

Ich schwöre, obwohl Adele zugestimmt hat, dass wir kein Paar sein können, versucht sie, mich verrückt zu machen. Heute ist es ein Schweinebraten, oder wie sie es nannte, ein *cochon de lait*. Ein Spott gegen mich, weil ich darauf bestand, dass sie mehr Fleisch serviert.

Es bedeutet, dass sie seit dem frühen Morgen hier ist und drei Spanferkel am Spieß brät. Das ganze Anwesen riecht nach köstlichem Fleisch, bei dem einem das Wasser im Mund zusammenläuft, und das lockt Raubtiere in unser Revier. Ich musste ein Rudel Coyoten anknurren, das zwischen den Bäumen herumschlich, und jetzt bekomme ich den Geruch eines opportunistischen Luchses in die Nase.

Ich lasse den Blick über die Felsen schweifen, um ihn zu orten. Das Zucken eines Ohrs verrät seine Anwesenheit neben einer Felszunge. „Geh nach Hause", blaffe ich. „Wir teilen nicht." Ich blicke hoch zum Himmel zu einem kreisenden Habicht. „Mit dir auch nicht."

Ich bin den ganzen Tag lang um das Grundstück patrouilliert. Ich kann Adele schließlich nicht unbewacht hier draußen sein lassen, wo wilde Tiere lauern. Das ist genau der Grund, aus dem ich sie nicht beanspruchen kann. Mein Bedürfnis, sie zu beschützen, ist eine immer größer werdende Grube in mir.

Es ist schwer, sich irgendetwas vorzustellen, was dieses Bedürfnis lindern könnte, und sie als meine Gefährtin zu nehmen, würde dieses Bedürfnis nur noch verstärken. Ein Alphawolf beschützt sein Weibchen und Welpen vor allen anderen.

Fuck.

Ohne mich zu fragen, hat Adele unbewusst – oder vielleicht bewusst – die Rolle des weiblichen Alphas übernommen und Gäste ihrer Wahl zu dem Schweinebraten eingeladen. Ich habe deren Ankunft aus der Ferne überwacht, weil ich mir nicht zutraue, mich in meinem aktuellen Zustand anderen gegenüber zivilisiert zu benehmen.

Doch dann höre ich die sinnlichen Klänge von Adeles Stimme und die irrationale Wut darüber, dass sie mit Channing flirtet, veranlasst meine Stiefel dazu, knirschend durch den Schnee zu rennen. Bevor ich bei ihr ankomme, pfeift Channing ohrenbetäubend zweimal kurz – ein nicht-dringendes Signal, sich zu versammeln.

Das Essen ist fertig. Es ist später Nachmittag und die Sonne geht gerade unter. Mich stört das frühe Abendessen nicht.

Ich verlangsame meine Schritte und atme ein paarmal tief ein. Es werden Zivilisten anwesend sein. Ich muss mich wie ein verdammter Mensch benehmen, nicht wie ein Wolf, der sich am Rande des Mondwahnsinns befindet.

Ich bleibe an den Glasschiebetüren stehen und mir stockt der Atem beim Anblick von Adele, die in meiner Burg Hof hält. Sie steckt in einem weiteren dieser gottverdammten Kleider – die so hübsch sind, wie sie unpraktisch sind. Dieses ist smaragdgrün, hat Ausschnitte an den Schultern und über der Brust, sodass ihre glänzende braune Haut gezeigt wird. Ihr Haar fällt in einem Wasserfall aus Locken über ihre Schultern. Ein passender Streifen smaragdgrünen Stoffs hält es aus ihrem Gesicht. Die Farbe betont das Grün in ihren haselnussbraunen Augen.

Als ich den Raum betrete und mir einen Teller nehme, um mir etwas von den dampfenden Fleischbergen und Gemüse zu nehmen, krümmen sich Adeles Lippen zu einem zufriedenen Lächeln, als wüsste sie, wie sehr sie mich quält. Das weckt den Wunsch in mir, sie zu meinem Schlafzimmer zu tragen und ihren fantastischen Hintern zu versohlen, bis er wieder rot ist.

…und dieser Gedanke lässt mich so hart werden, dass ich mich abwenden und meine Hose verrücken muss.

„Riecht köstlich", brumme ich, als ich mit vollbeladenem Teller zu ihr laufe.

Sie keucht übertrieben und legt die Fingerspitzen auf ihre Brust. „Hast du mir gerade ein Kompliment gemacht?"

„Deine Kochkunst ist prima." Ich bemühe mich, sie nicht anzuschauen, da ich schon schwitze, nur weil ich so nah bei ihr stehe. Ihr Geruch legt sich wie eine warme Umarmung um mich und zieht mir den Boden unter den Füßen weg.

„Nur prima?" Sie stemmt die Hände in die Hüften und macht einen Schmollmund.

„Sie ist gut", gestehe ich. „Sie ist…", ich kann den Blick nicht von ihrem Mund losreißen, „…perfekt."

Eine Schutzschicht fällt von ihr ab und sie entspannt sich. „Dann *magst* du mein Essen also wirklich?"

Ich will mir selbst ins Gesicht schlagen, weil ich sie auf die Idee gebracht habe, dass ich ihr Essen nicht mag. War ich wirklich so ein Arschloch? Ich kenne die Antwort bereits.

Ich schmiege meine Handfläche leicht an ihren Oberarm und senke den Kopf. Ich weiß nicht, welches Geheimnis ich ihr anvertrauen wollte – dass ihr Essen so verführerisch und verlockend wie sie ist? Dass ich mich vor dessen Köstlichkeit verschließe, da ich Angst habe, dass es alles andere Essen für mich ruinieren wird? Dass sie mich mit ihren Künsten bereits das erste Mal verzaubert hat, als ich einen Fuß in *The Chocolatier* setzte? Was auch immer es war, mir wird das Geständnis erspart, weil mich Lance unterbricht.

„Wichtige Nachricht von Kylie. Du musst sie sofort anrufen."

Dem Schicksal sei Dank. Eine Ausrede, mich zurückzuziehen, bevor ich *Operation Meide Adele* vermassle. Ich nicke Adele knapp zu und trage den Teller in mein Büro, wo ich mich hinsetze und Kylie anrufe, eine Katzengestaltwandlerin aus Tucson, die wahrscheinlich die beste Hackerin auf der ganzen Welt ist. Wir vergeben regelmäßig Unteraufträge an sie, weil ihr Gefährte ein Wolf ist und wir beiden vertrauen.

„Was gibt's, Kylie?"

„Ich habe wegen der Situation mit Charlie und Adele das Dark Web überwacht und etwas ist aufgepoppt."

Ein Stahlband zieht sich um meine Brust zusammen. Letzten Monat wurde Charlie, die Gefährtin meines Bruders, entführt, als irgendwelche Drogendealer sie mit Adele verwechselten, nachdem Adeles Geschäftspartner Bing sich durch Drogengeschäfte in Schwierigkeiten gebracht hatte und später dafür umgebracht worden war.

„Was ist es?", presse ich hervor.

„Das Drogenkartell denkt, dass Adele Bings Drogen hat.

Sie haben den Befehl rausgegeben, dass sie gefangen werden soll."

Das Adrenalin trifft mich so schnell, dass ich mich beinahe verwandle. Hitze durchströmt mich und mein Sichtfeld verändert sich einen Augenblick lang. Ich weiß nicht, ob oder wie ich das Gespräch mit Kylie beendete. Ich weiß nur, dass ich meine Gefährtin beschützen muss, weshalb ich aus meinem Büro stürze, um sie zu suchen.

„Ich brauche ein Flugzeug, das Taos um 1800 verlässt", blaffe ich Lance an.

„Wer wird mitfliegen?", erwidert er und zückt sein Handy.

„Ich und Adele."

Seine Haltung entspannt sich, als würde er denken, dass ich mit ihr in die Flitterwochen fliege, weswegen ich ihn am liebsten am Hals packen und schütteln möchte. „Sie wird vom Kartell gejagt", knurre ich.

Er springt wieder in den Dringlichkeitsmodus und hält das Handy ans Ohr, vermutlich um Teddy anzurufen, den Bärengestaltwandler, den wir als Piloten benutzen.

Adele steht erstarrt vor dem Herd und hat die grünen Augen weit aufgerissen. „Was hast du gesagt?"

„Sie denken, du hast Bings Drogen. Ich hole dich von hier weg." Ich nehme ihren Ellbogen. „Komm, gehen wir."

„Warte, ich kann nicht einfach…"

„Ich werde hier aufräumen, Adele", bietet Sadie schnell an.

„Ja, wir kümmern uns darum", stimmt Charlie zu und streichelt ihren Babybauch. „Geh du. Überlass Rafe die Situation."

* * *

ADELE

129

Die Annahme, dass Rafe einfach angefegt kommt und mich rettet, macht mir zu schaffen. Ich schätze, dass es ein Ergebnis des gleichen Stolzes ist, der mich daran hindert, Hilfe von meinen Freundinnen anzunehmen. Ich will in der Lage sein, mich meiner Probleme selbst anzunehmen.

Andererseits bin ich einem Drogenkartell niemals gewachsen, wenn es auf der Jagd nach mir ist.

Ich nehme meine Jacke von Rafe entgegen und folge ihm nach draußen zu seinem Humvee. „Wohin gehen wir?"

„In einen anderen Bundesstaat." Er reißt die Beifahrertür für mich auf und hebt mich praktisch hinein. Meine Fresse, der Kerl ist stark. Im Sinne von wahnsinnig stark. Ich weiß nicht, wie das überhaupt möglich ist. „Irgendwohin, wo wir untertauchen können, bis ich mich mit dem Kartell befassen kann." Er schnallt mich an und knallt die Tür zu.

„Wie wirst du dich mit dem Kartell befassen?", will ich wissen, als er auf der Fahrerseite einsteigt.

Als er mich anschaut, blitzt ein grünes Licht in seinen Augen und einen Moment lang erinnert er mich an ein wildes Tier. Ich werde an die Tatsache erinnert, dass dieser Mann wahrscheinlich seinen Lebensunterhalt mit Töten verdient.

Ein Schauder läuft mein Rückgrat hinauf. Ich möchte Rafe und sein Team definitiv nicht zum Feind haben. Meine anfängliche Wut über Rafes Eigenmächtigkeit verfliegt und wird von Dankbarkeit ersetzt, weil er gewillt ist, mich zu beschützen.

„Dankeschön", sage ich leise und verschränke meine zitternden Finger ineinander, um sie zu beruhigen.

Rafe ist bereits von seinem Parkplatz gefahren und wir bewegen uns in schnellem Tempo den Berg hinab. Er schaut zu mir, seine Brauen sind gesenkt und sein Blick wirkt besorgt. „Ich werde nicht zulassen, dass dir irgendetwas zustößt, Adele", schwört er und ich glaube ihm.

Zum ersten Mal seit einer Ewigkeit kommt mir in den Sinn, dass ich nicht alles selbst tun muss. Ich kann mir von Leuten helfen lassen, wenn sie es anbieten. Andererseits ließ ich mir von Bing dabei helfen, *The Chocolatier* zu eröffnen, weswegen mein Leben jetzt in Gefahr ist. Und ich weiß nicht, was Rafe im Gegenzug will.

Tatsächlich klingt dieser Gedanke nicht glaubhaft.

Rafe ist nicht sie Sorte Mann, die im Gegenzug etwas erwartet. Er arbeitet nicht in Tauschgeschäften. Er handelt aus einem Ehr- und Pflichtgefühl heraus. Er würde jeden in seinem Umkreis beschützen. Dessen bin ich mir sicher.

Ich strecke die Hand aus und berühre seinen Unterarm, der angespannt ist, als befände er sich in einem Kampf mit dem Lenkrad. „Ich bin froh, dass du auf meiner Seite bist."

„Immer", schwört er, als wäre das selbstverständlich. Obwohl wir kein Paar sind. Obwohl er mich nicht sonderlich lange kennt und die meisten unserer Interaktionen von Streitereien geprägt waren. Er wirft mir erneut diesen flammenden Blick zu. „Ich werde nie zulassen, dass dir irgendjemand wehtut", verspricht er leidenschaftlich.

Ich werde daran erinnert, wie er sich mir in der Nacht öffnete, in der wir Sex hatten, und verspüre das Bedürfnis, ihn zu erinnern: „Es wäre nicht deine Schuld, wenn es jemand täte."

Ich wollte ihn mit den Worten beruhigen, doch wenn überhaupt scheinen sie ihn noch wütender zu machen. Seine Lippen ziehen sich von seinen Zähnen zurück, als sei er bereit, jeden zu töten, der mir wehtut. „Rafe." Ich streichle seinen Arm hoch und runter. „Ich will bloß nicht deine Verantwortung sein."

Er atmet scharf ein und dann legt sich eine ruhige Kraft über ihn, während er ausatmet. „Dich zu beschützen, ist das, was ich tun muss." Er hält eine Hand hoch, um meinen

Protesten Einhalt zu gebieten. „Warte. Lass mich ausreden. Es ist ein Zwang, Adele. Aber es ist auch eine Ehre."

„Wow." Ich räuspere mich. Ich weiß nicht, was ich getan habe, um Rafes Respekt zu verdienen, aber ich fühle mich plötzlich sicherer und umsorgter als jemals zuvor in meinem Leben. „Danke. Wirklich."

Rafe fährt uns zu dem winzigen Flughafen von Taos und parkt. Er entdeckt ein kleines Flugzeug, das er kennen muss, denn er nimmt meine Hand und zieht mich rennend nach vorne.

Ich trage hochhackige Stiefel und einen Spitzen-BH mit dünnen Trägern, der meine Brüste kaum stützt, weshalb Rennen nicht mein bester Look ist. „Warte", rufe ich.

Anstatt langsamer zu werden, wirbelt Rafe herum, hebt mich in seine Arme und rennt mit mir weiter, wie er es in jener Nacht tat, als ich von der Straße gerutscht war. Ich muss zugeben, dass es sich schön anfühlt, getragen zu werden.

Ich kann beinahe sehen, wie Mémère selbstzufrieden nickt. Als hätte sie das alles als mein Schutzengel in die Wege geleitet, um mir zu zeigen, wie sehr mich alle unterstützen.

Dass ich nicht alles allein tun muss, auch wenn es das ist, wozu sie sich entschied.

Wir steigen in das Flugzeug und Rafe nimmt sich die Zeit, mich anzuschnallen. Der Pilot ist ein riesiger Kerl mit einer militärischen Kurzhaarfrisur. Er zeigt mir einen nach oben gereckten Daumen und grinst.

„Wohin fliegen wir?", frage ich erneut, weil mich seine vage Antwort beim letzten Mal nicht zufriedengestellt hat. „Ich weiß, dass du daran gewöhnt bist, dass dir dein Team blind folgt, aber ich würde gerne wissen, wohin du mich bringst."

„Wir besitzen eine Skihütte in Utah. Dort sollten sie dich nicht finden können."

* * *

„Whoa. Euch gehört dieses Haus?", frage ich.

„Mehr oder weniger. Wir haben es zusammen mit einigen Freunden von uns gekauft."

Rafe schließt die Eingangstür zu dem auf, was er eine „Skihütte" nannte, in Wahrheit jedoch eine Villa ist. Die Böden bestehen aus hellem, glänzendem Holz, das poliert wurde, sodass es wie Marmor schimmert, und das Gebäude dehnt sich in alle Richtungen aus. Das Wohnzimmer verfügt über einen Kamin, der in der Zimmermitte von der Decke hängt, und über eine Fensterwand so wie in Rafes Zimmer in Taos. Er steht eindeutig darauf, die Wildnis nach drinnen zu holen.

Irgendein militärisch aussehender Typ traf sich in Utah auf der Landebahn mit uns und reichte Rafe Schlüssel für einen Jeep. Anschließend fuhren wir noch eine Stunde in die Berge, um hierher zu gelangen.

„Freunde?", frage ich und starre die Gewölbedecke an. „Sind sie hier? Wohnen sie hier?"

„Ne. Sie haben ihre eigenen Häuser in Tucson. Nur wir werden hier sein."

Mir wird plötzlich bewusst, dass Rafe eine Art Multimillionär ist, was merkwürdig wirkt, wenn man bedenkt, wie hart er arbeitet und wie ernst er wirkt. Warum hat er diese unglaubliche Ski-Lodge, wenn er sich nie gehen lassen kann? Es ist schwer vorstellbar, dass er überhaupt weiß, wie man diese Villa genießt.

Die Lodge ist wunderschön. Wie ihr Anwesen in Taos sind die Bauweise und Möbelstücke teuer, ohne zu überladen zu wirken. Funktional, aber mit den besten Annehmlichkeiten.

Rafe läuft mit einer großen Kühlbox, die vermutlich gerollt werden könnte, in die Küche. Ich gehe zu den Fenstern, nur um herauszufinden, dass es in Wahrheit eine Schiebetür ist. Draußen ist es dunkel, doch der Vollmond steht am Himmel und beleuchtet den verschneiten Wald. Um die Ecke steigt Dampf auf. Ich öffne die Verriegelung und schiebe die Tür einen Spaltbreit auf, um nach draußen zu treten und mir das Ganze anzuschauen.

„Geh nicht in diesen Stiefeln dort raus!", blafft Rafe aus der Küche, wo er die Kühlbox mit den Lebensmitteln auspackt, die anscheinend mit dem Fahrzeug kam. „Es könnte glatt sein."

Ich verdrehe die Augen und ignoriere ihn, ehe ich seine Stimme mit der Tür einsperre. Die Luft ist eiskalt, doch es ist viel zu schön, um sich daran zu stören. Ich finde die Quelle des Dampfes in einem riesigen, natürlich aussehenden Whirlpool, der sich unterhalb zweier Felsen befindet, als wäre es eine heiße Quelle in der Wildnis. Ich ziehe die Abdeckung zurück und schalte die Wasserdüsen an, woraufhin Wasser in einem heißen Wasserfall über die Felsen plätschert.

Es ist wunderschön. Absolut einladend.

Ich weiß nicht, ob ich Rafe foltern oder belohnen will, als ich beschließe, mich auszuziehen und in das Becken zu steigen. Das heiße Wasser schockt meine kühle Haut, fühlt sich jedoch unfassbar gut an. Ich stöhne leise, als ich bis zu den Schultern hineinsinke und meine Locken auf der Oberfläche treiben.

„Adele?", ruft Rafes scharfe Stimme in die kalte Nacht.

Ich seufze und wünsche mir, dass er ausnahmsweise einmal nicht so angespannt wäre. Wir sind in einem anderen Staat. Weit weg von dem Drogenkartell. Ich bin in Sicherheit. Ich würde gerne sehen, wie sich Rafe entspannt. Ich möchte herausfinden, wie er wirklich ist. Wie sieht seine echte Persönlichkeit unter dem schroffen Sergeant-Äußeren aus?

„Hier", antworte ich sanft.

„Was machst du–" Er biegt um die Ecke und erstarrt in dem Moment, in dem er mich entdeckt. Sein Blick wandert über meine Stiefel, Jacke und die verstreuten Kleider auf der Terrasse und zurück zu mir im Wasser. Er hebt meinen BH hoch und reibt ihn zwischen den Fingern, als sei es eine Nerzstola, und ich wünsche mir plötzlich, ich hätte ihn mir von ihm ausziehen lassen so, wie er es beim letzten Mal getan hat. Ich liebe es, dass er meine Dessous genauso sehr mag wie ich.

„Es sah zu einladend aus, um es mir entgehen zu lassen."

Rafes Augen leuchten in der Dunkelheit. „Ich", würgt er hervor. „Du…"

Ich ziehe eine Braue hoch und mache mir nicht die Mühe mir das Lächeln zu verkneifen, weil ich ihm so zugesetzt habe. „Was stimmt nicht, Rafe?"

„Du kannst nicht allein hier draußen sein – *nackt.*"

„Oh, ich denke, das ist schon in Ordnung. Du hast gesagt, dass nur wir hier sind, stimmt's?"

„Es ist nicht sicher", presst er zähneknirschend hervor.

„Du bist doch hier bei mir, richtig?"

Er sieht sich um und scannt die Dunkelheit, als könnte er in ihr sehen. Einen Moment lang tut es mir leid, dass ich ihn quäle, weil ich sehen kann, wie ernst er seine Aufgabe nimmt, mich zu beschützen. Vielleicht geht es nicht um meine Nacktheit und er macht sich wirklich Sorgen um meine Sicherheit. Jetzt brauche ich Gewissheit. Oder vielleicht will ich auch nur, dass es sich um ersteres handelt. Ich erhebe mich ein Stückweit aus dem Wasser und gewähre ihm einen Blick auf meine Brüste. „Würdest du dich besser fühlen, wenn du dich mir anschließen würdest?"

Ich spiele definitiv die Verführerin – etwas, was ich nicht tun sollte. Etwas, von dem ich beschlossen habe, dass es eine schlechte Idee ist. Doch das Verlangen, Rafe beim

135

Entspannen zu helfen, setzt sich über meine Vernunft hinweg.

„Nein!", stottert er, läuft jedoch bestimmt nach vorne. Entweder wird er sich mir anschließen oder mich rausziehen. Ich bin mir nicht sicher, ob er schon weiß, was von beidem er tun wird.

„Rafe." Seinen Namen auszusprechen, führt dazu, dass sich sein Blick mit meinem verhakt und sich sein Fokus klärt. „Komm rein."

Seine Nasenflügel blähen sich, als er einatmet, und dann weiß ich, dass ich gewonnen habe. Er zieht nämlich seine Kleider aus, ohne unseren Blickkontakt zu brechen, und sinkt ins Wasser, wobei sein Schwanz gerade absteht.

Ich hatte noch nie zuvor so eine Wirkung auf einen Mann. Es ist ein machtvolles Gefühl, zu wissen, dass er sich so zu mir hingezogen fühlt. Es ist jedoch nicht weniger machtvoll als die Wirkung, die er auf mich hat. Ich erhebe mich und komme ihm in der Mitte des Beckens entgegen. Mein Mund verschließt seinen zur selben Zeit, in der meine feuchten Brüste über seinen festen Oberkörper gleiten.

Er stöhnt an meinen Lippen, als wäre jede unserer Bewegungen eine Qual. Vielleicht liegt es daran, dass ich plötzlich nicht genug kriegen kann. Ich schlinge meine Arme um seinen Hals und drücke meinen Körper an seinen, woraufhin ich seine Erektion an meinem Bauch spüre.

Er gibt einen verzweifelten Laut von sich, seine Zunge gleitet zwischen meine Lippen und seine Hände kneten meinen Hintern im Wasser.

Mein Körper erwacht überall dort zum Leben, wo ich ihn berühre, als würde er meine Zellen aus einem sanften Schlummer wecken. Ich habe plötzlich keinen blassen Schimmer, warum ich mich dieser Sache mit Rafe widersetzt habe. Es wäre Wahnsinn, sich dem nicht hinzugeben. Ich kann mir nicht vorstellen, dass ich mit irgendjemand anderem auf dem Planeten eine derartige Chemie habe. Er drängt mich rückwärts gegen die Steinwand des Whirlpools. „Adele", raunt er zwischen groben Küssen. „Ich muss dich aus diesem Pool rausholen."

Ich unterbreche den Kuss und hebe die Augenbrauen. „Glaubst du wirklich, dass es hier gefährlich ist?"

Er zieht mich wieder an sich. „*Ich* bin gefährlich. Für dich. Ich muss dich auf einen weicheren Untergrund legen."

Ich lache an seinen Lippen, als er aus dem Becken steigt und mich nach drinnen trägt, wobei er unsere Kleider auf der Terrasse liegen lässt.

Er trägt mich in ein Schlafzimmer mit einem riesigen King-sized-Bett in der Mitte und einem weiteren hängenden Kamin in der Nähe des Fensters, vor dem zwei bequeme Sessel stehen. Mit dem Umlegen des Schalters erwachen die Flammen im Kamin zum Leben.

Rafe lässt mich auf die Mitte des Bettes fallen und beginnt, einen Pfad über meinen Körper zu küssen, angefangen bei meinem Schlüsselbein, bis hinab zu meinem Brustbein und Bauch, ehe er am Scheitelpunkt meiner Mitte anhält. „Ich habe kein Kondom", gesteht er mit kratziger Stimme.

* * *

Rafe

Beanspruche sie.

Mein Wolf hat nur einen einzigen Wunsch. Es ist Vollmond und ich bin viel zu angespannt, als dass ich Adele berühren sollte, es ist mir allerdings unmöglich, aufzuhören.

„Es ist okay, ich nehme die Pille und ich bin gesund. Ich war seit über einem Jahr mit niemandem außer dir zusammen."

„Fuck sei Dank." Argh, habe ich das gerade laut gesagt?

Nun, die Worte sind wahr. Nicht in Adele sein zu können, würde mich zu diesem Zeitpunkt umbringen. „Ich bin auch sauber."

Beanspruche sie.

Ich lecke in sie und mache mich wieder mit ihren weichen Falten und dem Geruch ihrer Essenz vertraut. Ihre Haut ist noch heiß und feucht vom Whirlpool, was mein Bedürfnis verstärkt, sie zu beanspruchen. Als wäre sie eines ihrer köstlichen Gerichte frisch aus dem Ofen.

Ich wirble mit meiner Zunge um ihre Klit, bis sie so anschwillt, dass ich sie mit den Lippen umschließen und daran saugen kann. Sie schreit auf und füllt den Raum mit den süßesten Lauten.

Mit jedem Schlag meines Herzens spüre ich, dass das Schicksal herbeieilt, um an mir zu rütteln. Um mich zu zwingen, sie zu beanspruchen.

Mir ist es jedoch nicht gelungen, mein Team und Rudel so lange zu beschützen, ohne eine ganze Menge Disziplin aufzubringen. Ich kann das.

Ich kann mein Weibchen befriedigen, ohne sie für mich zu beanspruchen.

Beanspruche sie.

Mein Wolf muss sich verdammt nochmal zurückhalten. Das hier ist für Adele, nicht für mich. Ich kann sie nicht beanspruchen. Ich treibe sie mit meinem Beschützerinstinkt bereits in den Wahnsinn und wir führen noch nicht einmal eine Beziehung.

Das hier ist für Adele, skandiere ich stumm, während ich mich über sie schiebe und meinen Schwanz durch ihre Säfte ziehe. Ich stoße mich in sie und sie bäumt sich mit einem Keuchen auf.

Ich zwinge mich, innezuhalten. „Zu viel?"

„Nein", keucht sie und packt meine Schultern. Als sich ihre Nägel in meine Haut bohren, dränge ich mich tiefer in sie und versuche, mich davon abzuhalten, mich in sie zu rammen, als könnte ihre süße Möse mein Leben retten.

Vielleicht wird sie das tun. Ich schließe die Augen und zwinge mich zu langsamen und gleichmäßigen Bewegungen.

Ich ignoriere die Wände, die um mich herum zusammenbrechen. In mir. Die Veränderung meines Wesens, nur weil ich mit ihrem verschmelze. Ich bewege mich in ihr und sie schaukelt mit den Hüften, um meinen Stößen entgegenzukommen. Es ist ein perfekter Tanz. Ich stemme meine Hände gegen das Kopfbrett über ihr und halte meine Reißzähne von ihrer süßen, mondbeschienenen Haut fern. Jeder Laut, den sie macht, treibt mich noch mehr in den Wahnsinn, aber irgendwie gelingt es mir, die Beherrschung zu behalten. Ich beobachte, wie die Spannung in ihr zunimmt, lausche, wie ihre Schreie höher werden. Sie ist Schönheit und Ekstase. Sie ist alles, was ich vermisst habe. Sie ist das Leben selbst.

Sie kreischt, als sie kommt. Schlingt diese langen Beine um meinen Rücken und hält mich in sich fest. Ich fülle sie mit meiner Essenz. Ich glaube, das ist das Einzige, was mich daran hindert, meine Zähne in ihr perfektes Fleisch zu senken und sie für immer als die Meine zu zeichnen. Mein Wolf wird davon beschwichtigt, dass ich sie mit meinem Sperma markiert habe. Dass ich meinen Geruch zumindest vorübergehend auf ihrem gesamten Körper hinterlassen habe.

Sowie wir beide fertig sind, rolle ich mich von ihr, um die Kontrolle zurückzugewinnen. Im Bad schauen mir meine Wolfaugen in einem gierigen Grün aus dem Spiegel entgegen.

Beanspruche sie.

Ich schüttle den Kopf über mein Spiegelbild und atme langsam, bis meine Augen wieder braun werden. Selbst dann wage ich es nicht, zu ihr zurückzugehen.

* * *

ADELE

So viel dazu, nicht mit dem Chef zu schlafen.

Rafe verschwindet nach dem Sex im Bad, während ich in den wundervollen Nachwirkungen schwelge. Mein Körper ist gründlich befriedigt. Das letzte Mal war nicht nur ein Glückstreffer. Ich kann jetzt mit Gewissheit bestätigen, dass meine Chemie mit Rafe nicht von dieser Welt ist.

Und jetzt, da ich besser verstehe, wie er tickt – dass sein Kontrollzwang und überbehütende Art vom Trauma des Mordes an seinen Eltern herrühren – empfinde ich nur Mitgefühl für ihn. Mit seiner herrischen Art versucht er bloß, alle zu beschützen, die ihm wichtig sind. Und ich habe das Gefühl, dass er mich zwar schon in seiner Gruppe akzeptiert hat – eine weitere in seiner Herde, die er beschützen muss – aber noch Angst hat, mich reinzulassen.

Er hat zu viele Verluste erlebt, um das noch einmal riskieren zu wollen.

Ich steige aus dem Bett, schaue in die Schubladen und finde eine mit einem Stapel ordentlich gefalteter weißer T-Shirts. Ich ziehe mir eines über den Kopf und mache mich auf die Suche nach Rafe.

Ich finde ihn in seinen Boxerbriefs in der Küche. Er hält zwei volle Wassergläser in den Händen.

„Hey", sagt er leise und reicht mir ein Glas. Ich nehme es entgegen und trinke. „Hast du Hunger? Hast du etwas essen können, bevor wir aufgebrochen sind?"

„Ja. Und du?"

„Nicht genug." Er wirft dem Kühlschrank einen traurigen Blick zu. „Ich wünschte, ich hätte dein Festmahl mitgenommen."

Ich zucke mit den Achseln. „Ich bin hier." Ich meinte damit, dass ich mehr kochen könnte, doch seine Augen funkeln und seine Miene wird begehrlich, als wäre der Sex, den wir gerade gehabt hatten, nicht einmal annähernd genug für ihn gewesen.

„Ich habe all unsere Probleme gelöst", informiere ich ihn.

Er zieht seine Brauen hoch. „Ach ja? Welche sind das?"

„Der Tod deiner Eltern macht dich überbehütend und die fehlende Hilfe meiner Eltern bringt mich dazu, keine Hilfe anzunehmen. Wir sind ein Garant für Konflikte."

Er tritt in meinen persönlichen Raum und seine Hand legt sich leicht auf meine Hüfte. „Deine Eltern haben dir nicht geholfen?"

„Das ist es nicht. Sie liebten mich. Ich hatte in meiner Kindheit alles, was ich brauchte. Meine Träume unterstützten sie allerdings nicht. Sie wollten, dass ich wie sie Ärztin werde. Sie denken, was ich tue, ist ein Schritt abwärts. Die einzige Person, die mich jemals unterstützt hat, war meine Mémère. Ich eröffnete *The Chocolatier* mit dem Erbe, das sie mir hinterlassen hat. Ich arbeitete hart in dem Versuch, zu beweisen, dass sie sich irren, aber..."

Rafes Brauen senken sich. „Oh, du wirst deinen Laden zurückkriegen", verkündet er leidenschaftlich. „Diese Sache mit Bing – das war nicht deine Schuld. Du weißt das, oder?"

„Ich bin die Idiotin, die sich mit einem Kerl zusammengetan hat, der drogensüchtig war."

„Ah. Noch ein Grund, jetzt keine Hilfe zu akzeptieren, stimmt's?"

Ich schenke ihm ein reumütiges Lächeln. „Das ist wahrscheinlich wahr." Das Gewicht auf meiner Brust senkt sich jedoch, als ich daran denke, was ich tun muss, um *The Chocolatier* wieder zu eröffnen. „Für dich zu arbeiten, ist eine Hilfe", erzähle ich ihm. „Mir war nicht bewusst, dass Bing die Miete nicht bezahlt hat, weshalb ich im Zahlungsverzug bin. Der Vermieter lässt mich erst wieder in den Laden, wenn ich die Schulden abbezahlt habe."

Rafe sieht nicht überrascht aus. „Wie viel schuldest du ihm?"

„Zehntausend. Also dachte ich, wenn ich einen Monat lang für dich arbeiten könnte, könnte ich den Laden wieder eröffnen." Ich verziehe leicht das Gesicht, weil ich denke, dass er beleidigt reagieren wird, doch da ist etwas Nachsichtiges an der Art, wie er mich betrachtet.

Ich erstarre. „Warte… wusstest du das alles schon?"

Er neigt den Kopf auf die Seite und mustert mich.

„Hast du mir den Job deswegen angeboten?"

Als er nicht sofort antwortet, weiß ich, dass ich recht habe. Der stolze Teil von mir ist sauer, wird jedoch von Dankbarkeit überwältigt. Ich weiß nicht, warum sich Rafe für mich interessiert, ich kann jedoch nicht leugnen, wie gut es sich anfühlt, gesehen zu werden. Umsorgt zu werden.

Geliebt.

Rafe senkt seine Stirn auf meine. Seine Lippen sind meinen so nah, dass es mir schwerfällt, mich zu konzentrieren. „Also…" Seine Stimme hat einen schmeichelnden Unterton angenommen und die Hand an meiner Hüfte ist unter den Saum des langen T-Shirts geglitten. „Jetzt, da du unsere Probleme identifiziert hast, wirst du mich helfen lassen?"

„Ich bin noch hier, oder nicht?"

Sein Grinsen wird verrucht. „Als ob du eine Wahl hättest."

Ich versuche, seine steinharte Brust wegzuschieben, doch er bewegt sich kein Stück.

Er nimmt mich gefangen, indem er einen Arm in meinen Rücken legt und meinen Körper an seinen zieht. „Ich werde dir helfen, deinen Laden wieder zu eröffnen. Erlaubst du es mir?"

Mir stockt der Atem. Mein Instinkt besteht darin, es abzulehnen, aber das ist nur meine Angewohnheit, Barrikaden zu errichten und alles abzuschmettern, was kein

Handel ist. Rafes Augen kräuseln sich vor Belustigung, als er meinen inneren Kampf beobachtet.

„Vielleicht", antworte ich schließlich.

Er lacht schallend, bevor er mit den Lippen über meine streicht. „Hilfe anzunehmen, ist keine Schwäche. Es ist eine Stärke. Sei deswegen nicht komisch."

Ich versuche ein weiteres Mal, ihn spielerisch wegzuschubsen. „Du nennst mich komisch? Und das kommt von dem Typen, der sein Shirt auszieht, um während des Abendessens mit seinen Untergebenen im Schnee zu kämpfen. Das ist ja ein starkes Stück."

„Das ist nicht komisch", erwidert er, auf seinem Gesicht zeichnet sich jedoch ein Lachen ab, und ich liebe, wie jugendlich er dadurch aussieht. „Das ist normal für uns. Ich schätze, auf dich wirkt es komisch. Es tut mir leid, dass es dir Unbehagen bereitet hat. In deiner Anwesenheit fällt es mir schwer, vernünftig zu bleiben."

Ich will das als Kompliment auffassen, aber Rafe scheint nüchtern zu werden, als würde er seine Reaktion auf mich nicht mögen. Doch ich vermute, für einen Kerl, der sich nach Kontrolle sehnt, fühlt sich Verlieben an, als würde er in einem alten Truck mit abgefahrenen Reifen über Glatteis schlittern.

Für mich fühlt es sich jedenfalls ein bisschen so an und ich habe nicht einmal einen halb so starken Kontrollzwang wie er. Ich strecke die Hand aus und verschränke unsere Finger miteinander. Ich will ihm sagen, dass ich mich in ihn verliebe, weiß allerdings, dass es den inneren Kampf, den er mit sich austrägt, nur verschlimmern würde, weshalb ich ihn stattdessen zurück ins Schlafzimmer führe, bereit für eine weitere Runde.

KAPITEL 9

R *afe*

Ich stehe früh auf, um mich zu verwandeln und laufen zu gehen, denn die letzte Nacht mit Adele im Bett zu verbringen, hat mich halb wild gemacht und dafür gesorgt, dass ich den Großteil der Nacht wach lag. Ich befriedigte sie zwei weitere Male, bevor wir einschliefen, und ihr beim Kommen zuzuschauen, könnte das Highlight meines gesamten Lebens gewesen sein.

Vielleicht sollte ich sie für mich beanspruchen. Die Jungs haben recht. So kann ich nicht viel länger weitermachen – es wird in einem Desaster enden. Im besten Fall tötet es mich. Im schlimmsten Fall verletze ich Adele oder jemand anderen, den ich liebe.

Ja, ich liebe sie. Gestaltwandler denken nicht in Liebesbegriffen. Eine Paarung ist für uns biologisch, dennoch beginne ich, zu verstehen, was Menschen fühlen müssen. Es geht über eine rein körperliche Anziehung hinaus. Es ist das Bedürfnis, einfach nur in ihrer Nähe zu sein. Dem Laut ihrer Stimme zu lauschen und die Komplexität dessen zu lernen, was sie so besonders macht.

Ich finde unsere Kleider, die noch draußen auf der Terrasse liegen und an die Holzbretter gefroren sind. Es macht mich wieder halb wild, als ich mich frage, was Adele gerade trägt. Ich sammle die Kleider ein und stöhne laut wegen ihres BH und Höschen Sets – noch ein sexy Duett, dieses Mal in dunkelblau mit weißen Punkten. Als ich das Haus betrete, ziehe ich mir einige Kleider an und werfe unsere gefrorenen in die Waschmaschine. Anschließend folge ich meiner Nase in die Küche, wo ich Adele finde, die wieder nichts als mein T-Shirt anhat.

Sie hat sich die Küche zu eigen gemacht und bewegt sich darin, als sei sie der Boss. Selbstverständlich wird mein Schwanz hart, zugleich läuft mir das Wasser im Mund zusammen wegen der Gerüche, die aus dem Ofen kommen. Zudem ist da noch etwas weniger Greifbares und viel Allumfassenderes, das sich um mich windet und mit unsichtbaren Schnüren an sie bindet.

„Riecht fantastisch. Was kochst du?"

Adele schenkt mir über ihre Schulter ein sexy Lächeln. „Wurst, Pilz und Spinat Frittata." Ihre Augen wandern meinen Körper hoch und runter. Ich trage eine Jogginghose und ein T-Shirt, aber danach zu urteilen, wie begierig ihr Blick wird, muss sie mich attraktiv finden. Erkennt die menschliche Gefährtin eines Gestaltwandlers ihren Gefährten auf irgendeiner Ebene auch an seinem Geruch? „Hast du dir Appetit geholt?"

„In deiner Gegenwart bin ich immer hungrig", gestehe ich mit rauer Stimme. Ich lege eine Hand an ihren Hals und hebe ihr Gesicht für einen sengenden Kuss zu meinem.

Ihre Lippen biegen sich zu einem Lächeln, als ich ihn beende. „Fünf Minuten." Sie beißt mir durch das T-Shirt in die Brust.

„Ich werde schnell unter die Dusche springen", informiere ich sie. „Ich habe unsere Kleider in die Waschmaschine gesteckt. Das heißt aber nicht, dass ich möchte, dass du welche anziehst."

Wenn ich das Lächeln, mit dem sie mich bedenkt, irgendwie behalten und für immer festhalten könnte, würde ich das tun. Es erhellt mein Inneres wie ein Waldbrand und zerstört jeden Widerstand in seinem Weg.

Warum habe ich keinen Anspruch auf sie erhoben?

Weil es mich umbringen würde, sie zu verlieren, rufe ich mir in Erinnerung.

Sie nicht zu haben, bringt mich allerdings auch um.

Lance ruft an, als ich gerade in die Dusche steigen will. Ich ziehe in Erwägung, einfach nicht ranzugehen, doch ich bin der Alpha. Ich kann meine Rudelmitglieder nicht ignorieren.

„Was gibt's?", knurre ich ins Handy.

„Wir gehen gegen das Kartell vor", sagt Lance.

„Was? Nein, ohne mich tut ihr das nicht."

Lance macht einen abweisenden *Pfft*-Laut. „Wir brauchen dich nicht. Sie sind nur Menschen. Wir haben herausgefunden, von wo sie operieren. Sie haben eine Villa außerhalb von Santa Fe. Channing, Deke und ich fahren in eben diesem Moment dorthin. Wir werden uns darum kümmern. Pass du auf deine Gefährtin auf, bis wir die Bedrohung eliminiert haben."

„Negativ. Wartet auf meinen Befehl. Ich wiederhole–"

Lance beendet den Anruf.

Mistkerl.

Ich rufe ihn zurück und der Scheißer lässt den Anruf einfach auf die Mailbox gehen. Ich werde ihn umbringen, weil er die Befehlskette ignoriert hat. Noch während ich tobe, erkenne ich, was er tut. Mein Rudel versucht, sich ausnahmsweise einmal um mich zu kümmern. Ich kann das nicht ertragen – genauso wenig wie es Adele ertragen kann, wenn ich mich um sie kümmere. Doch Hilfe anzunehmen, ist genauso sehr ein Geschenk, wie sie anzubieten. Jedes Mal, wenn mir Adele erlaubt, ihr zu helfen, beruhigt das meinen Wolf. Vielleicht ist es für mein Rudel nicht das Gleiche – sie sind nicht meine Gefährten – aber ich kann verstehen, warum sie das für mich tun möchten.

Für uns.

Genauso wie ich alles für sie tun würde.

Ich knirsche mit den Zähnen und steige in die Dusche. Ich bin mir sicher, sie kommen allein klar. Sie sind gut ausgebildet und beinahe unbesiegbar. Sie wissen definitiv, was sie tun. Dennoch ist da etwas in meinem Hinterkopf, was mir keine Ruhe lässt. Irgendetwas an dieser ganzen Situation fühlt sich nicht richtig an.

DER FREMDE

Sie bedrohten seine Gefährtin. Diese Kleinkriminellen, die high von ihrem eigenen Pulver waren. In der Minute, in der der Alarm in den Kanälen des Dark Webs erklang, die seine Hacker überwachten, wusste er, dass sie in Gefahr war. Seine Augen verzogen sich zu Schlitzen und sein Rückgrat vibrierte wegen der Ankunft des Monsters.

Niemand bedrohte seine Gefährtin und überlebte es.

Seine Jäger brauchten einige Stunden, um das Hauptquartier des Kartells zu finden. Ein weiterer Tag verging, in dem das Ende des Kartells geplant wurde. Er hatte eine Armee, die auf Abruf bereitstand, doch warum sollten sie das Vergnügen erhalten, die Verdammten zu vernichten? Das Gelände des Kartells dem Erdboden gleichzumachen? Das Kartell hatte seine Gefährtin bedroht. Das hier war persönlich und verlangte eine persönliche Lösung.

In ihm lauerte ein Monster. Es war an der Zeit, es rauszulassen.

Der Flug zum Hauptquartier des Kartells war ein Kinderspiel. Er startete von einem Helikopterlandeplatz in der Nähe und einige Minuten später schwebte er über ihrer Villa. Die Luft peitschte ihm ins Gesicht angereichert mit dem Geruch von Espen und Kiefern – Brennstoff für das bevorstehende Feuer. Als er näher kam, blies der Wind die Gartenmöbel um. Auf dem Dach erbebte der Steinkamin.

Er gönnte sich einen kurzen Moment, um die Zerstörung des Kartells zu genießen. Ein tiefes Einatmen und dann... die reinigende Flamme.

Es war die Arbeit eines Augenblicks. Er schwang keine Waffe, er war *die Waffe. Wie bei den alten Eroberungen wussten die Opfer um seinen Zorn und glorreiche Macht eine Sekunde, bevor sie starben und vom Feuer verzehrt wurden.*

Nach dem ersten Durchgang erschollen die Schreie der Sterbenden in der Luft. Grauer Rauch quoll aus den Überresten der Villa seines Feindes wie Weihrauch, der aus dem Räuchergefäß eines Priesters aufsteigt.

Noch ein Durchgang und die Windböen glätteten den Rasen, rissen Bäume nieder und entfachten die sich schnell ausbreitenden Flammen. Er war geduldig und gründlich. Seine Flamme schnitt einen Pfad durch die Villa des Kartells und verwandelte dessen Mitte in ein Inferno. Blaues Feuer verbrannte den Wald und zerbrach den Stein. Verwandelte Sand in Glas. Verwandelte die Villa und die Lebewesen darin in Kohle und Asche.

Und dann: Wunderbare, heilige Stille nur durchbrochen von dem heulenden Wind. Das Epizentrum seiner Zerstörung war ein schwarzes Loch. Triumph!

Er hatte die Leben der Feinde so schnell ausgelöscht wie eine brennende Kerze. Die Bedrohung für Adele war eliminiert und er war derjenige, der sie vernichtet hatte. Nicht der Alphawolf, der dachte, er würde sie beschützen. Sie kamen zu spät zur Jagd. Jetzt war nichts Lebendes mehr für das Wolfrudel übrig, was es töten hätte können. Das würden sie schon bald herausfinden.

Die heulenden Sirenen der menschlichen Notfallfahrzeuge

hallten bis nach oben in die Wolken. Bald würde die Welt wissen, was jedem passierte, der es wagte, seine Geliebte zu bedrohen. Und der Wolfgestaltwandler, der es wagte, zu denken, Adele sei sein? Lightfoot würde schon bald die Wahrheit erfahren.

Sie ist mein!

Er würde Adele beschützen. Sie gehörte zu ihm, nicht dem Wolf. Lightfoot hatte seinen Zweck erfüllt: Sein Instinkt hatte ihm gesagt, er solle den Wolf jagen, und der Instinkt hatte Recht gehabt. Der Wolf Lightfoot hatte ihn zu Adele geführt. Nach Jahren der Suche hatte er endlich die einzige Frau auf der Welt gefunden, die für ihn bestimmt war. Er war geduldig gewesen und hatte den richtigen Augenblick abgewartet, um mehr über sie zu erfahren, damit er sie anständig umwerben und die Rituale seines Volkes ausführen konnte. Doch jetzt war keine Zeit mehr.

Da das Kartell vernichtet war, blieb nur noch ein Hindernis in seinem Weg – das Wolfrudel. Und sie wären von dieser überraschenden Aktion eines bis dato ungesehenen Spielers abgelenkt. Während sie auf dem Boden herumwuselten wie Ameisen über einen zerstörten Hügel, würde er nach Utah fliegen. Lightfoot wäre fort, weshalb der Weg für ihn frei wäre und er Adele kennenlernen könnte.

Die Zerstörung des Kartells diente gleich zwei Zwecken: Die Bedrohung für Adele wurde beseitigt und der lästige Alphawolf-Bodyguard aus ihrer Nähe weggelockt. Eine Aktion: Zwei zufriedenstellende Ergebnisse. So spielte er das Spiel.

Er hatte noch den Geschmack von Rauch im Mund, als er umdrehte, um die letzte Strecke seines Flugs hinter sich zu bringen.

Es war an der Zeit, seine Gefährtin kennenzulernen und für sich zu beanspruchen.

* * *

ADELE

Nach dem Frühstück und einer weiteren wahnsinnigen

Runde zwischen den Laken mit Rafe klingelt sein Handy. Seine Stirn runzelt sich, als er es vom Nachttisch grapscht.

„Du Scheißkerl", sagt er, als er rangeht. „Wenn du noch einmal einfach auflegst, werde ich – *was*?" Rafe springt aus dem Bett. Ich höre den lauten, brüsken Tonfall von jemandem am anderen Ende der Leitung – Lance, glaube ich.

„Wer hat sie getötet? Was? Ich kann dich nicht hör– *fuck!*" Rafe bleibt mit dem Rücken zu mir stehen, während er sich über sein Handy beugt. „Lance? Du verlierst die Verbindung. Was ist?" Er flucht erneut und hebt das Handy vor sein Gesicht. Ich höre einen Klingelton über den Lautsprecher, ehe Rafe geradewegs auf der Mailbox landet. „*Fuck, fuck, fuck!*", brüllt er.

„Was ist los?", frage ich.

Als er sich umdreht, haben seine Augen dieses komische Leuchten an sich. „Ich muss los." Er schlüpft rasch in eine Jeans, die er aus einer Schublade gezerrt hat.

„Was? Okay, aber was ist los?"

„Es ist das Kartell. Lance und die Jungs haben es lokalisiert und sind heute Morgen gegen meine direkten Befehle dort reingegangen." Rafe reibt sich mit einer Hand über seinen rauen Kiefer, während er zur Kommode stapft, um ein T-Shirt herauszuziehen. „Die Verbindung wurde unterbrochen. Er sagte etwas darüber, dass das Kartell getötet wurde, und dass ich sofort zu ihnen kommen müsste. Er schrie irgendetwas Dringendes, aber ich konnte es nicht verstehen."

Ich springe ebenfalls aus dem Bett. „Okay, ich kann in zwei Minuten fertig sein."

„Oh nein", hält mich Rafe auf und deutet auf mich. „Du gehst nirgendwohin." In seinen Augen blitzt eine gefährliche Warnung. „Es ist nicht sicher."

Ich bin mir sicher, dass er recht hat, sein Tonfall ärgert

mich jedoch. Ich recke das Kinn. „Was dann? Soll ich hierbleiben, während du…"

„Das ist genau das, was du tun wirst. Du rührst dich nicht
von der Stelle und wartest ab. Hier bist du in Sicherheit.
Niemand weiß von diesem Unterschlupf. Ich kann mir nicht
gleichzeitig Sorgen um dich und mein Rudel – ich meine,
mein Team – machen. Verstanden?"

Ich will ihm ernsthaft den Kopf abreißen.

Dieses herrische Gehabe wird wirklich alt.

Doch Rafe ist außer sich vor Sorge. Angespannte Fältchen
rahmen seinen Mund und die Muskeln an seinem Hals und
Rücken zeichnen sich deutlich ab, als er das T-Shirt über
seinen Kopf zieht. „Das hier war ein Fehler", schimpft er.
Seine Augen blitzen grün auf, als er mich direkt ansieht. „Ich
komme mit Ablenkungen nicht klar."

Tja, entschuldige. Mir war nicht bewusst, dass ich eine
Ablenkung bin. Ich verschränke die Arme vor der Brust.
Wenn ich die Arme nur fest genug um mich schlinge, kann
ich mein gebrochenes Herz zusammenhalten.

Er zieht sich fertig an und tritt nahe an mich heran. Sein
Schatten fällt auf mich und meine Arme zittern, da ich sie
um seine Taille legen will. „Ich bin so schnell, wie ich kann,
zurück. Ich rufe dich an, wenn ich mehr weiß. Verriegele die
Türen. Verlasse dieses Haus nicht – nicht einmal, um in den
Whirlpool zu gehen."

Ich starre ihn finster an.

Seine Lippen werden schmal. „Versprich es mir."

„Na schön."

„Danke." Die Erleichterung in seiner Stimme ist unüber-
hörbar und sorgt dafür, dass ich mich besser fühle, weil ich
nachgegeben habe, obwohl er sich wie ein Arschloch
benommen hat. Er gibt mir einen harten Kuss, dann wirbelt
er herum und marschiert nach draußen.

* * *

Rafe

Teddy fliegt mich zu einem Flughafen in Santa Fe und wir fahren zu der letzten Adresse, an der ich die Handys meiner Rudelgefährten orten konnte. Ich kann nach wie vor keinen von ihnen erreichen. Teddy übernimmt das Steuer, während ich am Handy bleibe, versuche, sie anzurufen, und den Angstgriff so fest packe, dass ich einen Handabdruck darauf hinterlasse.

Lance hatte irgendetwas darüber gebrüllt, dass das Kartell brutal getötet worden sei und dann: „Oh mein Gott, das wirst du nicht glauben." Mehr als das hatte ich jedoch nicht verstanden abgesehen von: „Rafe – komm her." Dass er noch immer keinen Kontakt zu mir aufgenommen hat, macht mir eine Scheißangst.

„Wie hältst du dich, Mann?" Teddy blickt zu mir. Mein Kiefer spannt sich an, ich scrolle noch einmal durch mein Handy und aktualisiere die Nachrichten-App, um sie auf neue Nachrichten zu überprüfen. Nichts.

Es erklingt ein Knacken und ich halte die Stücke des Angstgriffes in meiner Hand. Ich kurble das Fenster runter und werfe sie nach draußen.

Wenn Lance irgendetwas zugestoßen ist, werde ich mir das nie verzeihen. Adele ist eine verdammte Ablenkung – bei ihr habe ich jeglichen Fokus verloren und dieses Mal könnte es mich mein Team gekostet haben. Das hier ist meine Strafe dafür, dass ich dachte, ich könnte eine Gefährtin haben. Ich kann keine Gefährtin haben.

Ich kann niemals eine Gefährtin haben.

„Fast da", brummt Teddy. Und mein Handy erwacht in meiner Hand zum Leben und piept aufgrund zahlreicher Benachrichtigungen. Ein Dutzend SMS von Lance, aber ich habe keine Zeit, sie zu lesen, weil Teddy flucht und mir sagt, dass ich nach vorne schauen soll. Vor uns befindet sich eine Barriere aus zwei Feuerwehrwägen und mehreren Militärfahrzeugen. Sie blockieren die Straße und ihre blitzenden Lichter gleiten über das Wrack, das einst die Villa des Kartells war.

Es sieht aus, als wäre eine Bombe explodiert. Nein, keine Bombe, aber eine Art Feuer. Der Geruch von Rauch hängt in der Luft. Die Mitte des Gebäudes ist fort. Dort, wo das Haus früher stand, ist jetzt ein geschwärztes Loch. Brandflecken erblühen auf den zusammengefallenen Außenmauern. Alles ist verkohlt, allerdings in einem merkwürdigen Muster.

Oberst Johnson steht auf der Wiese, breitbeinig und die Hände in die Hüften gestemmt. Lance und die Jungs sind bei ihm.

Fuck sei Dank.

Meine Furcht wandelt sich in Zorn, während ich zu ihnen marschiere.

„Was machst du hier?", fragt Lance, als hätte er mich nicht vor zwei Stunden brüllend angerufen. „Ich sagte, komm *nicht* hierher. Komm *nicht* hierher! Was zur Hölle machst du hier? Wo ist Adele?"

Ich starre ihn böse an und will mich gerade in eine Schimpftirade stürzen, als mir Oberst Johnson eine Aktenmappe in die Hand drückt. „Es war Ihr Junge Gabriel Dieter. Schauen Sie, was er Ihnen hinterlassen hat."

Ich werfe Lance einen erschrockenen Blick zu, der zur Mappe nickt. Ich klappe sie auf. Im Inneren befindet sich eine Akte über unsere Familie. Im Speziellen über Lance und mich. Unser Alter, Abstammung, Statistiken. Die Adresse, wo wir früher wohnten. Wo unsere Eltern ermordet wurden.

Meine Hand zittert, als ich die Seiten umblättere. „W-was ist das?"

„Sieht so aus, als hätte es etwas mit dem Tod Ihrer Eltern

zu tun." Oberst Johnson begegnet meinem Blick. „Sie haben junge Gestaltwandler gejagt."

„Wer?", brülle ich. Ich werde sie umbringen. Jeden Einzelnen. Ich werde meine Rache bekommen, selbst wenn es das Letzte ist, was ich tue.

„Das steht nicht in den Unterlagen."

„Denken Sie, Dieter hat das hier hinterlassen?" Ich drehe die Mappe um und sehe die Botschaft, die in... beim Schicksal – es sieht aus, als wäre sie mit einem altmodischen Federkiel geschrieben worden. In einer ordentlichen, geschwungenen Handschrift stehen dort die Worte:

ALPHA RAFE,
du willst Rache? Gib meine Gefährtin auf.
– G. D.

* * *

ADELE

Ich bin nicht aufgebracht, rede ich mir ein, während ich durch das Haus tigere. *Es ist okay.*

Ich bin nicht wütend, dass Rafe zurück zu seinem Haus geeilt ist, um seine Mission auszuführen und seinem Bruder zu helfen. Und es gibt keinen Grund, weshalb ich mir Sorgen machen sollte. Seine Arbeit ist gefährlich, aber er kommt damit klar. Er ist ein Adrenalinjunkie. Ich stelle ihn mir immer wieder auf seinen Missionen vor, so cool und beherrscht, wie er es im normalen Alltag ist. Wie er Befehle erteilt, als würde er einen Burger bestellen.

In meinen Tagträumen hat er natürlich nie mehr als Tarnhosen und Arbeitsstiefel an. Vielleicht hat er noch einen Patronengurt im Rambo-Stil quer über die Brust geschnallt, aber hauptsächlich ist er oberkörperfrei. Seine genialen

Brust- und Bauchmuskeln spielen und sind schweißüberzogen. Jeder seiner Muskeln ist von Mission Impossible Einlagen und Notwendigkeit anstatt von Eitelkeit im Fitnessstudio zu Perfektion geschmiedet worden.

Es macht meine unteren Regionen sehr glücklich, wenn ich dieses Bild gedanklich immer wieder durchgehe. Es reicht fast, um mich davon abzuhalten, aus Stress drei verschiedene Sorten Weihnachtsplätzchen zu backen.

Fast.

Nein, ich bin nicht sauer, dass er auf die Mission gegangen ist. Ich bin nicht einmal wütend über das, was er in der Hitze des Gefechts gesagt hat. *Ich komme mit Ablenkungen nicht klar.* Nicht das Netteste, was jemals jemand zu mir gesagt hat, aber ich verstehe es. Während der Mission ist es eine Ablenkung, wenn er sich noch um mich sorgen muss.

Mich regt jedoch auf, dass er mich von Anfang an wie eine Ablenkung behandelt hat. Ich kann mit seiner Eigenmächtigkeit und unseren ständigen Wortgefechten umgehen, was mich jedoch tief in meinem Inneren ärgert, ist, dass Rafe ständig heiß und kalt ist. Er zieht mich eng an sich, nur um mich anschließend von sich zu stoßen. Er will mich eigentlich nicht in seinem Leben haben.

Wir sind wie Magneten, die in einem Moment voneinander angezogen werden und sich im nächsten abstoßen.

Nachdem ich mein Gewicht in rohem Plätzchenteig gegessen habe, laufe ich durch das Haus und lande im Keller. Dort gehe ich an einem Sportraum, einem Massageraum mit einer Wand aus Himalayasalz, einem Zimmer mit acht Stockbetten und einer Bowlingbahn vorbei. Die Villa ist so luxuriös, dass es verrückt ist. Es wäre ein Spaß, den ganzen Winter hier eingeschneit zu sein – wenn ich mit Rafe hier wäre. Der entspannten, nicht-geheimniskrämerischen Version von Rafe. Ich weiß, dass dieser Rafe existiert, denn ich habe kurze Blicke auf ihn erhascht. Intensiv, aber nicht gestresst. Dominant, aber nicht anmaßend.

Wir waren zuvor so aufeinander eingestimmt, dass seine Abwesenheit wehtut.

Ich seufze schwer und laufe aus dem Ski-Umkleideraum zur Außenterrasse. Ich weiß, dass Rafe mir befohlen hat, im Haus zu bleiben, doch ich bin zu rastlos, um mich hier einsperren zu lassen, und er ist viel zu kontrollsüchtig. Die verschneite Welt sieht so hübsch aus. Wenn das Kartell hier wäre, würden sie mich nicht eher im Haus anstatt im Wald finden?

Draußen auf der Terrasse sind die Sandsteinfliesen irgendwie auf magische Weise frei von Schnee. Sie müssen beheizt sein. *Raffiniert.* Es gibt sogar einen kleinen Weg, der in den Wald führt. Obwohl ich meine unpraktischen hochhackigen Stiefel trage, ist mir danach, einen kleinen Spaziergang zu machen. Ich laufe den Weg hinab, die Hände tief in die Hosentaschen gesteckt.

Der verschneite Wald ist wunderschön – so makellos und magisch wie eine Landschaft in einer Schneekugel. Ich folge dem Weg durch die Bäume, schaue nichts und niemanden finster an und blase Rauch in die eisige Luft.

Der Pfad gabelt sich und ich laufe nach links und folge den Skispuren. Meine Stiefelabdrücke werden mir helfen, den Rückweg zu finden. Rafe hat mir erzählt, dass die Eigentümer die Villa aussuchten, weil sie leichten Zugang zu einem Ski-Resort bietet. Anscheinend können sie mit den Skiern zum Lift und zurück fahren.

Nach einigen Minuten des Laufens höre ich das Surren des Skilifts und sehe die Piste, die sich zur Seite nach unten neigt. Wow, die Ski-Villa hat wirklich einen erstklassigen Standort.

Vor dem Lift befindet sich eine Lodge, in der man sich aufwärmen kann. Sie sieht wie ein Teehaus aus und ist aus rotem Holz und Fensterreihen im japanischen Stil gebaut. Jede Menge Skispuren führen die Treppe hinauf.

Es sieht so einladend aus, dass ich das Gebäude einfach betreten muss. Ich drücke die Tür auf und finde ein flackerndes Feuer dahinter vor, um das bequeme Sessel stehen. Das Innere ist sogar noch bezaubernder. Die Luft ist wunderbar warm, weshalb mein Gesicht ein wenig auftaut und sich meine Schultern entspannen.

Alles in diesem Haus ist darauf vorbereitet, eine ausgedehnte Teerunde auszurichten. Auf dem Sideboard stehen sogar einige mehrstöckige Keksteller, die mit Teegebäck gefüllt sind. In der Mitte des Tisches sitzt ein atemberaubend kunstvoller Kupferteekessel auf einer runden, knollenförmigen Basis. Ein Samowar, der an Orten wie beispielsweise Russland und der Türkei verwendet wird. Der Teekessel ist heiß, als warte er darauf, dass ein Gast vorbeikommt, um sich einen Tee zu nehmen. Ich beuge mich über das ausgeklügelte Gerät und schnuppere an der kräftig aromatisierten Brühe.

Wer hat den Teekessel erhitzt? Das Haus ist leer. Es sind keine Bedienungen oder Gäste hier, nur die Skispuren und einige Stiefelabdrücke, die die Treppe hinauf und hinab führen.

Es wäre wundervoll, hier einen Tee zu trinken. Es ist so warm und alles ist sauber und klug in dem kleinen Raum arrangiert. Hinter den Fenstern fallen einige vereinzelte Schneeflocken. Ich stehe einen Moment lang da und betrachte alles.

„Oh Hallo", raunt eine höfliche Stimme. „Sind Sie ebenfalls wegen eines Tees hier?"

Ich wirble herum und mustere den hochgewachsenen Mann, der in einem dunklen Mantel einige Schritte hinter der Tür steht. Er hat eine dicke Sonnenbrille auf der Nase, die mich an die von Stevie Wonder erinnert. Vielleicht ist er teilweise blind.

„Ähm." Ich sehe hinab auf den Tisch. Er ist für eine Teerunde eingedeckt. Ach ne, deswegen ist der Samowar auch erhitzt und die Teller sind mit Keksen gefüllt. „Nein, der hier ist nicht für mich…" Meine Worte ersterben, als er die Sonnenbrille abnimmt und dunkle Augen mit dichten Wimpern enthüllt.

Mein Mund klappt auf. Der Mann sieht atemberaubend gut aus, hat scharfe Wangenknochen und eine Adlernase. Sein Kopf ist nicht bedeckt und seine dunklen Haare glänzen unter einer feinen Schneeschicht. Er steht noch immer außerhalb des Teehauses, einige Schritte unterhalb der Tür. Dadurch sind unsere Köpfe auf einer Höhe.

„Ich, äh, ich…" Meine Wangen werden heiß. Das muss ein Ferienhaus sein, was bedeutet, dass ich ein Eindringling bin. „Ich wollte mir nur das Teehaus anschauen. Es sah so warm aus."

„Ja, draußen ist es ziemlich kalt. Im Moment fällt auch ein wenig Schnee." Seine Stimme hat einen leichten Akzent, den ich allerdings nicht zuordnen kann. „Waren Sie Ski fahren?", fragt er lächelnd. Seine Eckzähne sind leicht spitz, sein Lächeln ist jedoch charmant.

„Nein, tatsächlich wohne ich in einem der Häuser in der Nähe."

„Ah, dann sind wir Nachbarn", ruft er. „Vergeben Sie mir, ich bin neu in der Gegend. Ich habe noch nicht viele Leute kennengelernt."

„Ich wohne hier nur vorübergehend", erwidere ich. „In einem Haus, das Freunden von… einem Freund gehört." Ich schätze, Rafe kann nach wie vor als Freund betrachtet werden, wenn er sich nicht wie ein Arschloch benimmt.

„Mein Haus ist dort hinten." Der Mann winkt lässig in die Richtung hinter den Bäumen. „Wie Ihnen gefällt mir dieses

Teehaus außerordentlich gut. Sowie ich es sah, sagte ich mir: ‚Dort muss ich einen Tee trinken.'"

„Ja, das verdenke ich Ihnen nicht. Mir geht es genauso." Ich sollte wahrscheinlich gehen und ihn allein lassen, doch bevor ich das sagen kann, nickt er zum Tisch.

„Gefällt Ihnen der Samowar? Er gehört mir."

„Er gehört Ihnen? Er ist wunderschön."

„Und der Tee ist fertig. Chef Giampi ist sehr stolz auf seine Kreationen." Er betritt das Teehaus und wickelt langsam seinen cremefarbenen Schal ab. Er riecht köstlich nach einem teuren Rasierwasser. Obwohl ich Rafes ungeschliffenes gutes Aussehen, Kieferngeruch und die Tag alten Stoppeln bevorzuge, kann ich einen umwerfenden Mann würdigen, wenn ich ihn sehe. „Bitte, Sie müssen bleiben und einen Tee trinken." In seiner Stimme schwingt ein Befehl mit, wie Rafe sie mir manchmal erteilt, sein Tonfall ist allerdings nicht so barsch wie Rafes – er ist schmeichelnd.

Es ist bizarr.

„Oh, nein, ich möchte Sie nicht stören", protestiere ich, dennoch gehorcht mein Körper seiner Forderung bereits und läuft zu dem Tisch.

„Es ist keine Störung", verkündet er. „Bitte. Der Koch hat viel zu viel für eine Person gemacht, so wie es ihm seine *Nonna* beigebracht hat." Er legt eine große Hand auf seine Brust und verbeugt sich leicht. „Bitte, Madam. Sie würden mir eine große Ehre erweisen."

„In Ordnung", stimme ich zu und mein Herz setzt einen Schlag aus. Mir ist ein wenig schwindlig. Irgendetwas an diesem Mann ist magnetisch. Mächtig. Aus irgendeinem Grund möchte ich meinen Freundinnen von ihm vorschwärmen. Sadie und Charlie sind glücklich in ihren Beziehungen, aber Tabitha ist single und dieser Mann ist toll. Ich kann sie mir mit einem Mann wie ihm vorstellen. Außergewöhnlich wie sie.

„Bitte", sagt er noch einmal und deutet auf einen Stuhl, woraufhin ich feststelle, dass ich zu ihm gehe.

„Hervorragend." Er tritt hinter mich und zieht den Stuhl für mich raus. Ehe ich weiß, wie mir geschieht, hat er den Tee serviert und hebt seine Tasse an meine, um mit mir anzustoßen. „Auf die Nachbarschaft. Ms…"

„Fabre. Adele Fabre. Bitte, nennen Sie mich Adele."

„Adele." Seine Stimme ist kräftig und warm wie Cognac. Er nimmt meine Hand und beugt sich über diese, als befänden wir uns in einem altmodischen Film. Anstatt meine Hand zu küssen, atmet er jedoch tief ein. Als er den Kopf hebt, befindet sich eine leichte Falte zwischen seinen Brauen, doch er sagt ruhig: „Es ist mir ein Vergnügen, Sie kennenzulernen. Ich bin Gabriel Dieter."

* * *

Rafe

Sobald Teddy auf dem Boden aufsetzte, sprang ich aus dem Helikopter. Jetzt sitze ich im Jeep, rase die Serpentinen hinauf und nehme jede Kurve auf zwei Reifen.

Ich kann Adele nicht erreichen. Sie hat das Haus verlassen. Sie hat meinen Befehl missachtet.

Und tief in meinem Inneren denkt mein Wolf, dass es meine Schuld ist. Ich weiß nicht, welches Spiel Dieter spielt, meine Wolfinstinkte sagen mir allerdings, dass ich zurück zu Adele muss. Sofort.

Ich hätte nie gehen sollen.

Ich versuche, ihr Handy und das Haustelefon anzurufen, weshalb ich die nächste Kurve nur mit einer Hand am Lenkrad nehme. Nichts.

Fuck!

Mein Handy vibriert und ich gehe ran. Es ist Lance – der

mir geschrieben hat, seit ich die Nachricht gelesen habe und aus dem Bild der Zerstörung gerannt bin.

„Hast du sie erreicht?", fragt er an Stelle einer Begrüßung.

„Noch nicht."

„Ich habe Kylie kontaktiert", berichtet er. „Es sind Kameras im ganzen Haus – sie hatte sie ausgeschaltet, damit ihr Privatsphäre habt, hat das Haus allerdings gerade gescannt. Keine Wärmesignaturen im Haus."

Fuck!

„Die Nachricht – wir sind uns ziemlich sicher, dass sie von Gabriel Dieter ist. Aber worum zum Teufel geht es dabei? Ist er ein Gestaltwandler?", überlegt Lance. „Hat er eine Gefährtin?"

„Das würde Sinn ergeben." Ich fahre in eine weitere Kurve und knirsche mit den Zähnen, als würde mich das auf der Straße halten. „Er wusste, dass mich Silberkugeln verletzen würden. Er hat irgendwoher Insiderwissen."

„Was ich nicht verstehe, ist, warum er denkt, dass Adele *seine* Gefährtin ist. Ich dachte, sie wäre deine..." Er verstummt und ich hasse das Zögern in seiner Stimme.

„Sie *ist* meine", knurre ich so laut, dass das Führerhaus erzittert. Meine Augen müssen in diesem Moment leuchtend grün sein.

Eine Pause. „Hast du sie beansprucht?"

„Nein."

Fuck.

Ich kann keine Gefährtin haben.

Mein Wolf jault und ich packe das Lenkrad fester. Ich muss mich beherrschen. Das Lenkrad ist verstärkt, doch ich habe es zuvor schon mal rausgerissen.

„Gib uns Bescheid, was du brauchst. Lance out."

Ich werfe das Handy auf den Sitz neben mir und konzentriere mich auf die Straße. Ich würde die Bergflanke hinabfahren und in den verschneiten Wald, wenn ich glaubte, dass es mir helfen würde, sie schneller zu erreichen.

Ich habe ihr gesagt, dass sie das verdammte Haus nicht verlassen soll. Aber es ist meine Schuld, dass ich sie allein gelassen habe. *Nie wieder.*

Ich muss Adele beschützen.

Ich komme, Adele.

* * *

ADELE

Der Winterwind ist stärker geworden und wirbelt Schnee durch die Luft. Die Temperaturen sinken, doch im Inneren des Teehauses ist es warm und gemütlich. „Du lebst also hier in der Nähe?", frage ich meinen Gastgeber, Mr. Dieter. *Gabriel*, wie ich ihn auf sein Beharren hin nennen soll.

„Ich habe ein Haus, ja. Ein Neuerwerb. Alle meinten, ich müsste ein Haus in Park City kaufen, also…" Er wedelt lässig mit der Hand, als wolle er sagen: *Also kaufte ich eine Villa. Keine große Sache.*

Das bedeutet, dass Gabriel nicht nur heiß wie ein Model ist, sondern auch noch reich. Ich speichere das ab, um es meinen Freundinnen zu erzählen. Tabitha ist komisch, was reiche Männer angeht, wahrscheinlich weil ihre Mom ständig versucht, sie mit kaltschnäuzigen Börsenmaklern zu verkuppeln. Doch dieser Mann ist so charmant.

Er hat seine Handschuhe und Mantel ausgezogen, die dunkle Brille jedoch wieder aufgesetzt. „Entschuldige bitte", sagt er, während er das tut. „Meine Augen – das Licht."

„Natürlich." Kein Wunder, dass seine Brille verschreibungspflichtig aussieht – er braucht sie.

„Park City soll wirklich nett sein", sage ich.

„Hast du dir die kleine Stadt noch nicht angesehen?"

„Nein, ich habe Hausarrest", scherze ich und füge rasch hinzu, „Ich mache nur Witze." *Mehr oder weniger.*

Er legt den Kopf schief, wirkt allerdings nicht alarmiert. „Hausarrest kann Spaß machen", erwidert er leichthin. „Je nach Haus."

„Das Haus ist auf jeden Fall sehr groß." Sogar gigantisch. „Es liegt in diese Richtung." Ich wedle hinter mich. „Das modern aussehende Haus mit dem eigenen Wachturm." Und einer verflixten Bowlingbahn – aber das ist in dieser Gegend womöglich gar nicht so ungewöhnlich. Vielleicht haben hier alle Villen ihre eigene Bowlingbahn.

Nach einer Tasse dampfenden Tees ist mir so warm, dass ich ebenfalls einige Kleiderschichten ablege. Ich schlüpfe aus meiner Jacke, lasse den Schal, den mir Tabitha geschenkt hat, allerdings an. Ich lockere ihn lediglich und drapiere ihn so, dass er um meine Schultern liegt, so wie meine Mémère ihre Schals stets zu tragen pflegte.

„Das ist ein reizender Schal", bemerkt Gabriel, während er einen Keksteller näher zu mir schiebt. „Darf ich ihn inspizieren?"

Ich runzle die Stirn. Ihn inspizieren? Okay, dieser Typ ist definitiv ein wenig schräg. Doch ich kann nicht sehen, was es schaden kann, weshalb ich den Schal von meinem Hals wickle und ihm reiche. Er hebt ihn an seine Nase und atmet tief ein. „Was für ein wundervoller Geruch. Wie enttäuschend, dass es nicht deiner ist."

Dieser Kerl ist definitiv etwas seltsam.

„Oh, er hat einen Geruch? Das muss das Parfüm meiner Freundin Tabitha sein. Sie hat ihn mir geschenkt."

„Tabitha", murmelt er. „Entzückender Name."

Zeit für einige nicht ganz so subtile bohrende Fragen. „Der Name ‚Dieter' ist Deutsch, stimmt das?"

„Und ‚Fabre' ist Französisch. Allerdings kann man nie anhand des Nachnamens sagen, ob jemand tatsächlich französisch oder deutsch ist. Dieses Amerika wird von allen möglichen Leuten bevölkert, wie ich festgestellt habe. Ich bin auch neu in diesem Land, wie du sicherlich erkennen kannst. Mein Akzent unterscheidet mich von den Einwohnern."

„Nein, nein", beeile ich mich zu sagen. „Dein Englisch ist sehr gut."

Gabriel lehnt sich zurück und prostet mir mit seinem Tee zu. „Ich komme von vielen Orten. Ich habe ein langes und vielfältiges Leben geführt. Im Moment ist mein Lieblingshaus in *Italia*. *Lario*. Du würdest Comer See dazu sagen. Kennst du ihn?"

„Comer See", wiederhole ich. „Ja."

„Warst du schon einmal dort?" Er wird munterer.

„Äh, nein." Ich knabbere an einem Keks, um etwas Zeit zu schinden, damit ich mich an das erinnern kann, was ich über den Comer See weiß. Hat nicht ein aktueller James Bond Film in einer Villa dort gespielt? „Ich habe gehört, dass es dort sehr schön ist."

„Oh ja, du musst ihn einmal besuchen."

„Ich glaube, meine Freundin Tabitha war tatsächlich schon mal dort."

Er beugt sich nach vorne. „War sie das?" Er hebt den Schal wieder an seine Nase. „Das würde Sinn ergeben."

„Was meinst du?"

„Das spielt keine Rolle." Er rückt seine Brille gerade.

Eine dunkle Gestalt zwischen den Bäumen erschreckt mich. Gabriels Kopf fährt herum.

Ein Mann, der komplett in schwarz gekleidet ist, marschiert zum Teehaus hoch und bleibt vor der Treppe stehen. Er sieht nicht wie ein Mitglied des Resort-Personals aus, auch wenn die schwarze Militärhose und Flakweste wie eine Art Uniform aussehen. „Sir", sagt er und nickt knapp.

„Ah, entschuldige mich", wendet sich Gabriel an mich, erhebt sich und verbeugt sich leicht vor mir. „Ich muss mich mit meinem Angestellten besprechen. Eine kleine Angelegenheit."

„Selbstverständlich."

Gabriel streift wieder seine Winterkleidung über und läuft nach draußen, um mit seinem Angestellten zu sprechen. Ich tue so, als würde ich das Gespräch der zwei Männer ignorieren. Den schnellen Wasserfall von Gabriels autoritärer Stimme kann ich jedoch nicht überhören. Er spricht in einer anderen Sprache, die nicht wie Deutsch klingt. Vielleicht ein Dialekt? Definitiv kein Italienisch.

Ich beiße noch zweimal von dem Keks ab und krümle den Rest auf meinen Teller. Gabriel beendet das größtenteils einseitige Gespräch mit einer Reihe strenger Befehle, wie es sich anhört.

Ich lächle zu ihm hoch, als er zurückkehrt und sich ein weiteres Mal verbeugt. „Vergib mir die Unterbrechung."

„Das ist okay. Ich sollte vermutlich zurück zum Haus gehen."

Er gleitet an meine Seite und zieht den Stuhl für mich raus. Er hält mir sogar die Jacke, damit ich leichter hineinschlüpfen kann.

„Ich werde dich nach Hause begleiten", verkündet er, nimmt seine Handschuhe und tritt an meine Seite. Er streckt galant seine Hand aus. „Wollen wir?"

Es gibt keinen Grund, ihm das abzuschlagen, weshalb ich den Weg hinablaufe. Er geht neben mir hier.

Als wir an die Weggabelung kommen, verlangsame ich meine Schritte. „Das ist die Stelle, an der ich falsch abgebogen bin", gestehe ich. „Ich erwartete, den Skilift zu finden."

„Der liegt in diese Richtung." Er deutet und wir laufen den richtigen Pfad entlang, indem wir meinen Stiefelabdrücken folgen.

Mir fällt etwas ein. „Das Teehaus... war es Teil des Ski-Berges?" Ich nahm an, dass dies der Fall war.

„Nicht direkt", antwortet Dieter. Er deutet auf einen Baum, der mit einer kleinen pinken Marke gekennzeichnet ist, die ich zuvor nicht bemerkt habe. „Das ist die Grenze meines Grundstücks."

„Dir gehört das alles?", platzt es aus mir heraus, bevor ich mich von meiner Überraschung erhole. „Es ist wunderschön." Ich speichere all diese Informationen ab, damit ich sie Tabitha erzählen kann.

„Du bist zu freundlich. Das Haus, in dem du übernachtest, ist es auch schön?"

„Definitiv. Es ist dort oben." Ich nicke zu dem Wachturm der Villa, den wir zwischen den Bäumen sehen können.

„Oh ja. Das Haus gehört dem King Konzern. Natürlich. Wolfs Ruheplatz, wird es genannt, wie ich gehört habe."

„Wolfs Ruheplatz. Das ist schön. Mein… Freund… und ich sind nur auf Besuch hier, während die Eigentümer weg sind." Aus irgendeinem Grund erröte ich.

„Ein kleiner Urlaub. Es ist sehr romantisch, oder? Der Schnee?"

Gabriel schaut mich nicht an, aber ich habe das Gefühl, dass irgendetwas nicht stimmt. Ich habe keine Angst, doch meine Haut kribbelt.

Ich räuspere mich. „Du musst mich nicht bis zum Haus bringen. Von hier finde ich allein zurück."

„Bist du dir sicher? Ich würde deinen Freund gerne kennenlernen. Den Wolf von Wolfs Ruheplatz."

„Äh", mache ich, weil ich nicht weiß, wann Rafe zurückkommen wird. Und hat Dieter Rafe gerade einen Wolf genannt?

„Lass uns weiterlaufen", befiehlt Gabriel und ich stelle fest, dass ich vor ihm weiter den Weg entlanggehe. Er hat die gleiche autoritäre Art an sich wie Rafe.

Bin ich ein Magnet für herrische, dennoch gut aussehende Männer? Sie haben Glück, dass sie so hübsch anzusehen sind; ansonsten würde ich sie in die Schneewüste schicken.

Was mich zurück zu meinem ursprünglichen Problem bringt: Rafe. Meine Schritte beschleunigen sich, denn ich bin bereit, zu ihm zurückzukehren, auch wenn ich mir noch nicht darüber klar geworden bin, was ich wegen ihm tun soll.

„Adele", brüllt eine Stimme und Rafe kommt über den Weg gerannt. Er hat keine Jacke an und seine Augen sind wild.

„Ah ja", murmelt Dieter. „Hier ist der Wolf."

* * *

Rafe

„Adele?" Meine Stimme hallt von der Gewölbedecke, als ich in die Villa gelange. Das Haus ist leer.

Sie ist nicht in der Küche und war dort seit einer Weile nicht. Ich spüre ihre Präsenz nirgends.

Ich renne durch die Villa und lasse einige Türen schief und mit Krallenspuren am Rahmen zurück. Ist sie sauer auf mich, weil ich gegangen bin? Ich werde es wiedergutmachen. Im Bett. Oder in dem beheizten Pool…

Draußen finde ich die beheizte Steinterrasse schneefrei vor, aber auf dem Weg dahinter sind ihre Stiefelabdrücke zu sehen. Obwohl ich keine Jacke anhabe, stürme ich in den Wald.

Ein kräftiger Geruch liegt in der Luft. Er ist schwer und würzig mit einer rauchigen Note, beinahe wie Weihrauch. Das letzte Mal roch ich diesen Duft in Gabriel Dieters Haus am Comer See. Was bedeutet…

Der Mistkerl ist hier. Adele ist in Gefahr.

Ich sprinte den Weg entlang und finde Adele und Dieter. „Adele", brülle ich.

Sie sieht unversehrt aus, fuck sei Dank. Bei meinem

Schrei zuckt sie zusammen und Dieter ist gleich dort, nimmt ihren Arm und flüstert ihr etwas ins Ohr. Mein Wolf dreht durch. „Geh weg von ihm." Meine Stimme ist heiser. Ich stehe kurz davor, mich zu verwandeln.

Ich muss mich in den Griff kriegen. Adele darf nicht wissen, was ich bin. Wenn ich sie von Dieter weggeholt habe, muss ich mich komplett von ihr distanzieren. Ich kann es nicht ertragen, dass sie wegen mir in Gefahr ist. Es wird mich buchstäblich umbringen.

„Rafe. Das ist einer der Nachbarn hier, Mr. Dieter." Zur gleichen Zeit tritt sie von ihm weg und er lässt sie gehen.

„Bitte, nenn mich Gabriel." Dieter lächelt mich an. Da ist ein grausamer Zug um seinen Mund. „Mr. Lightfoot und ich haben uns schon kennengelernt." Sein Englisch ist perfekt, hat allerdings einen etwas stärkeren Akzent als am Comer See.

Ich halte schlitternd vor ihnen und greife nach Adele, denn ich will sie unbedingt sicher an meiner Seite wissen.

„Das habt ihr?" Adele macht ein finsteres Gesicht wegen meiner Eigenmächtigkeit, als ich nach ihr greife und sie von Dieter wegziehe.

Ich schiebe mich zwischen sie und Dieter. Mein großer Körper verstellt ihm die Sicht auf sie. „Verschwinde von hier, Dieter."

Hinter mir keucht Adele. Es ist mir scheißegal. Wenn Dieter mich zu weit treibt, werde ich gegen ihn in den Krieg ziehen. Hier und jetzt.

Zu meinem Schock legt Dieter den Kopf in den Nacken und lacht.

Was zum Henker?

„Was ist so lustig?"

„Es ist genau so, wie ich vermutet habe", sinniert Dieter.

„Verpiss dich", schimpfe ich.

„Oh, das werde ich." Er hebt seine behandschuhten Hände

zum Zeichen der Kapitulation. Ich traue dem nicht. „Ich gebe meinen Anspruch auf Adele auf. Sie ist nicht meine Gefährtin."

„Natürlich ist sie nicht deine verdammte Gefährtin!", knurre ich. „Ich weiß nicht, was für ein Spiel du spielst…"

„Was meinst du mit *Anspruch auf Adele*?", verlangt Adele zu wissen. „Was zum Kuckuck ist hier los?"

„Sie weiß nicht einmal, was du bist, oder?", fragt Dieter und deutet zu Adele. Ich spanne mich an, knurre und bewege mich so, als wolle ich einen Schlag abwehren, damit er Adele nicht trifft.

Dieter bleibt ruhig. „Warum hast du sie nicht beansprucht?" Er neigt den Kopf auf die Seite. Er hat eine schwarze Sonnenbrille auf, deren Gläser es mir unmöglich machen, seine Augen zu sehen.

Ein enges Band schließt sich um meine Kehle. „Sie ist ein Mensch", würge ich hervor, obwohl mein Wolf so nahe an der Oberfläche ist, dass ich die Worte kaum rauskriege.

„Wovon redet er?", fragt Adele.

Ich muss sie von hier wegbringen. „Wir gehen zurück zum Haus", verkünde ich und dränge sie rückwärts. „Wir müssen gehen."

„Nein, bleib." Dieter benutzt einen Alphabefehl und ich muss gegen den Drang meines Körpers, ihm zu gehorchen, ankämpfen. Was in Dreiteufelsnamen *ist* dieser Kerl? „Ich finde das hier unendlich interessant, Wolf. Nach Jahrhunderten des Schlafens habe ich endlich ein neues Spiel, das ich mit einem würdigen Gegner spielen kann."

Jahrhunderte des Schlafs… würdiger Gegner.

Ist er ein Vampir? Eine Art Untoter?

„Du hast deine Gefährtin kennengelernt und sie trotzdem nicht für dich beansprucht. Wie lange denkst du, wirst du den Wahnsinn abwehren können?"

„Ich weiß nicht, was hier los ist." Adele spricht lauter.

„Aber es gefällt mir nicht." Sie versucht, vor mich zu treten, doch ich blocke sie erneut ab.

Dieter wendet sich an sie. „Du verdienst es, zu wissen, was er vor dir geheim hält. Möchtest du es wissen?"

„Ich weiß nicht, wovon du sprichst", sagt sie auf ihre selbstherrliche Art. Meine Prinzessin beschützt mich. „Gabriel, es war nett, dich kennenzulernen. *War*. Jetzt musst du gehen." Es gefällt mir nicht, dass Dieters Vorname über ihre Lippen kommt, ich verspüre jedoch einen Anflug von Stolz wegen ihres autoritären Tonfalls.

„Vielleicht ist das hier ein glücklicher Zufall." Dieter führt noch immer einen Monolog wie der geistesgestörte, bösartige Erzfeind der er ist. „Du hast zu lange Geheimnisse bewahrt, Wolf. Jetzt lass sie die Wahrheit sehen. Du wirst mir jetzt nicht dafür danken, aber vielleicht am Ende."

Er hebt seine Sonnenbrille und ich erblicke ein kurzes Aufblitzen eigenartiger, schlangenähnlicher Augen. Ich habe nicht einmal Zeit, die Information zu verarbeiten, bevor mein Wolf die Bedrohung registriert und ich mich verwandle, um Adele zu beschützen.

* * *

ADELE

Ein tierähnliches Knurren erklingt hinter mir. Ich höre das Reißen von Kleidung und dann stürzt sich ein riesiger Wolf auf Dieter und stößt ihn zu Boden.

Rafe? Ich wirble herum, um hinter mich zu schauen. Seine Kleider liegen zerfetzt im Schnee.

Rafe ist ein Wolf.

Rafe. Ist ein Wolf.

Durch irgendeine Art übernatürlichen Stoß wird der Wolf von Dieter und nach hinten geschleudert. Daraufhin rappelt sich der Mann auf die Füße.

Das Fell des Wolfs ist kohlrabenschwarz und hat einige wenige orangebraune Markierungen an den Ohrenspitzen. Er springt auf die Beine und fletscht die Zähne. Seine Fangzähne sind wie Steakmesser.

Ein Geräusch, teils Brüllen, teils Knurren, grollt aus ihm hervor und meine Knochen verflüssigen sich. Obwohl ich weiß, dass es Rafe ist, weiche ich zurück und meine Beine drohen, einzuknicken.

Ich muss ein ungläubiges Kreischen ausgestoßen haben, denn der Wolf dreht seinen riesigen Kopf und schaut mich an.

„*Stopp*, Wolf", befiehlt Dieter mit einer autoritären Stimme. „Du wirst diesen Kampf nicht gewinnen. Du hast gesehen, was ich mit ihren Feinden anstelle. Aber ich habe meinen Anspruch auf deine Gefährtin aufgegeben. Sie ist nicht meine Auserkorene. Ich werde sie nicht verletzen."

Das Fell in Rafes Nacken sträubt sich und er senkt den Kopf, fletscht erneut die Zähne und knurrt.

Dieter wendet sich einfach ab und kehrt Rafe den Rücken zu, ehe er mit den Händen in seinen Jackentaschen davonschlendert, als wäre er nicht gerade von einem gigantischen Wolf auf den Hosenboden befördert worden.

Ja, ich werde diesen Kerl Tabitha auf *keinen* Fall vorstellen. Was hat nur von mir Besitz ergriffen, dass ich mitten in einem Winterwald mit ihm, einem fremden Mann, Tee getrunken habe? Keine meiner Alarmglocken läutete, doch jetzt bimmeln sie ununterbrochen.

„R-rafe?"

Der Wolf hört einfach nicht zu knurren auf und sein grüner Blick ist auf Dieters verschwindenden Rücken gerichtet.

„*Rafe*."

Der Wolf stellt das Knurren ein und dreht seinen riesigen Kopf, um mich anzuschauen. Er ist verdammt riesig. Sein

Kopf reicht fast bis zu meiner Schulter. Ich wusste, dass Wölfe groß sind, aber verdammt, wenn ich dieses Vieh in einem dunklen Wald sehen würde, würde ich an Ort und Stelle tot umfallen. Das ist genauso gut, wie sich von dem Wolf zerfleischen zu lassen.

„Rafe." Sein Name scheint das einzige Wort zu sein, das ich von mir geben kann. Als würde er wieder zu dem Mann werden, den ich zu kennen glaubte, wenn ich es nur oft genug sage.

Er hebt sein mächtiges Kinn in die Richtung der Villa. Selbst in dieser furchterregenden neuen Gestalt erteilt er mir noch Befehle.

Ich taumle zu der Villa, wobei mein ganzer Körper zittert. Ich kann nicht erkennen, ob ich nicht mehr atme oder ob ich hyperventiliere. Wie auch immer, meine Lungen fühlen sich zu voll an. Als würden sie gleich platzen.

Ich drücke die Tür auf und Rafe drängt sich von hinten an mich, schubst mich nach vorne und schiebt dann die Tür zu.

Mit einem Erschaudern und Knacken von Knochen ändert er abermals seine Gestalt zu all seiner extrem gut gebauten, nackten Pracht.

„Adele."

Ich höre die Entschuldigung in seinem Tonfall und bin sofort wütend.

Jetzt, da ich ihn erkenne, bin ich bereit, ihn einen Kopf kürzer zu machen. „Adele, was?", will ich wissen und stemme die Hände in die Hüften.

Er breitet die Hände aus. „Es tut mir leid."

„Es tut dir leid?", wiederhole ich. Ich starre ihn an, während mein Gehirn noch immer versucht, die einzelnen Puzzlestücke zusammenzusetzen. „Es tut dir leid, dass du mir nicht erzählt hast, dass du – was bist? Ein Werwolf? Und was zur Hölle war das mit Gabriel?", verlange ich zu wissen und fuchtle wild mit einem Arm in die Richtung, in die Gabriel Dieter verschwunden ist.

„Lass ihn aus dem Spiel", knurrt Rafe und seine Augen blitzen grün auf.

Mein Magen macht einen Salto, als mir bewusst wird, was diese grünen Blitze bedeuten. Sie waren keine optische Täuschung, wie ich zuvor gedacht hatte. Sie waren kurze Blicke auf seinen Wolf.

„Du bist ein…" Mir stockt der Atem. Ich weiche in die Küche zurück und Rafe folgt mir langsam. „Du wirst zu einem Wolf."

„Ja."

„Ist das alles?" Mein Rücken stößt gegen die Arbeitsplatte.

Rafe bleibt neben der Kücheninsel stehen und hebt den Metallmülleimer hoch. Während er mir in die Augen sieht, zerknüllt er ihn mit ungefähr so viel Anstrengung zu einem Ball, wie ich aufbringen müsste, um ein Stück Alufolie zusammenzupressen.

Er stellt ihn auf die Marmorplatte, eine moderne Skulptur.

„In Ordnung. Okay." Meine wirbelnden Gedanken verlangsamen sich. Ich schnappe mir ein Geschirrtuch und werfe es ihm zu. „Erzähl mir mehr."

Rafe gelingt es, sich das Tuch um die Taille zu wickeln, um sich zu bedecken. „Wo fange ich an?"

„Warum hast du es mir nicht erzählt?"

„Ich kann nicht." Sein Mund klappt zu und seine Kiefer pressen sich so fest zusammen, dass sich weiße Linien auf seinen geröteten Wangen abzeichnen.

„Ich dachte, wir würden uns näherkommen."

„Ich wollte es, Adele. Aber ich konnte nicht."

„Ich verstehe." Deswegen können wir also nicht zusammen sein. Ich bin ein Mensch und er ist… es nicht.

„Das ist es also…", beginne ich, zu sagen, als er mich unterbricht.

„Da ist noch mehr. Du bist meine…" Er hält inne und fährt mit einer Hand durch seine Haare. Das Geschirrtuch um seine Hüften ist absolut ungeeignet, all seine… Eindrücklichkeit zu verbergen. Da er es nur mit seiner linken Hand festhält, fängt das Tuch an, nach unten zu rutschen.

Konzentrier dich. Ich räuspere mich. „Ich bin deine was? Deine Gefährtin? Das hat Gabriel gesagt. Was bedeutet das?"

„Adele." Rafe lässt den Kopf mit einem traurigen Blick auf die Seite kippen. „Ich kann dich nicht beanspruchen. Meine Welt ist so gefährlich und du bist nur ein Mensch." Er schüttelt den Kopf. „Du bist so zerbrechlich. Schau dir nur die Probleme an, die ich dir aufgehalst habe." Jetzt deutet er in die Richtung von Gabriels Abgang.

Ich kann mich nicht auf Gabriel konzentrieren. Ich höre bloß: *Du bist nur ein Mensch*. Ich kenne Rafes Geheimnis und es ist immer noch nicht gut genug. Er will mich nicht.

Tief in meinem Inneren wusste ich das von Anfang an. Er mag sich zu mir hingezogen fühlen, aber er kämpfte stets dagegen an. Kämpfte gegen mich. Er will mich, wünscht sich jedoch, er würde es nicht tun. Und er hat bereits eine Entscheidung getroffen. Rafe wird mich nicht beanspruchen, was auch immer das bedeutet.

Zuvor wusste ich nicht warum, doch jetzt weiß ich es. Und ich bin fertig mit ihm.

Ich blinzle das Brennen in meinen Augen weg. „Okay, nun, dieser zerbrechliche Mensch verschwindet von hier", verkünde ich und ziehe mein Handy heraus.

„Adele…" Er greift nach mir und ich schlage seine Hand weg.

„Nicht. Fass mich nicht an, Rafe." Meine Stimme zittert bei seinem Namen und ich zwinge mich, seinem kummervollen Blick zu begegnen. „Bitte."

Er hält die Hände in die Luft. „Okay", presst er hervor und tritt zurück. „Ich werde dich nicht anfassen. Lass mich dich nur sicher nach Hause bringen."

„Nein." Ich habe bereits mein Handy gezückt. „Ich rufe mir ein Auto. Wir sind fertig miteinander." Ich öffne die App der Mitfahragentur und fordere ein Auto an.

„Ich wollte dir nie wehtun."

„Tja, das hast du, aber so ist das Leben." Ich zucke mit den Achseln, recke das Kinn und kämpfe die Tränen zurück. Ich hebe sie mir für den Moment auf, wenn ich von hier weg bin. Wenn ich allein bin.

Ich öffne die Tür, um draußen zu warten, doch Rafe folgt mir nach draußen, nach wie vor splitterfasernackt bis auf das Geschirrtuch. „Warte du drinnen", beschwört er mich. „Ich werde draußen bleiben." Und damit verschwimmen seine Bewegungen, er fällt auf alle Viere und ist erneut der hübsche, furchterregende Wolf.

Ich gehe zurück ins Haus, ziehe meine Jacke allerdings nicht aus. Gehe nicht weiter als bis ins Foyer. Ich werde so schnell wie möglich aus Utah verschwinden.

Kein Wunder, dass er sich so wechselhaft benahm und mich von sich stieß. Er hatte ein Geheimnis vor mir. Viele Geheimnisse. Wissen es seine Freunde? Wissen es seine Brüder?

Was heißt es überhaupt, eine Gefährtin zu beanspruchen?

Wer ist Gabriel Dieter und warum hassen sie einander?

Ich befinde mich in einer Welt, in der nichts Sinn ergibt. In die ich nicht gehöre.

Wie gut, dass ich mit leichtem Gepäck gereist bin. Eigentlich habe ich überhaupt kein Gepäck mitgebracht…

Als meine Mitfahrgelegenheit kommt, habe ich keine Ahnung, wo Rafe ist. Als ob sein Wolf irgendwo in der Nähe auf mich lauern würde und ich verfolgt werden, stürze ich von der Eingangstür zum Auto. Die arme Fahrerin sieht mich an, als wäre ich verrückt. „Fahren Sie", japse ich. „Fahren Sie einfach."

Mit der Freude einer Amateurrennfahrerin tritt sie aufs Gaspedal. Wir sind bereits die Hälfte des Berges nach unten gefahren, als ich ihn entdecke. Ein riesiger schwarzer Wolf mit orangenen Ohrenspitzen sitzt auf einem schneebedeckten Hügel. Adrenalin schießt durch meinen Körper. Ich habe mir Wölfe immer als große, wilde Hunde vorgestellt, doch nein, dieses Vieh ist so nah an einem Hund dran wie eine Kombilimousine an einem Panzer. Viel größer. Viel gefährlicher. Die Schnauze des Wolfs ist geschlossen, die Zähne verborgen, seine Gefährlichkeit ist jedoch in jeder Faser seines großen Körpers sichtbar.

Das ist Rafe. Unmöglich, aber wahr. Mein Herzschlag verlangsamt sich, als würde mein Körper Rafe erkennen.

Der Wolf betrachtet mich. Seine Haltung ist königlich und die hellen Augen fixieren mich an Ort und Stelle. Grün blitzt auf, als sie das Licht einfangen.

Er ist wunderschön. Die orangenen Ohrenspitzen zucken nach vorne, ansonsten sitzt der Wolf reglos da. Er sieht nicht wütend aus. Er sieht nur… traurig aus.

Gänsehaut jagt mir über den Körper, als ich meine Hand an das Glas lege. „Rafe", forme ich mit den Lippen.

Der Wolf legt den Kopf in den Nacken und heult. Der unglückliche Laut folgt mir, während das Auto um eine Kurve fährt und der Wolf, der Rafe ist, aus meinem Sichtfeld verschwindet.

KAPITEL 10

*R*afe

„Hast ja lang genug gebraucht", schimpft Deke, als ich ihn anrufe.

Ich bin nicht in der Stimmung, ihm zu erklären, warum es so lange gedauert hat, bis ich mich bei ihm gemeldet habe. Mein Wolf erlaubte mir nicht sofort, mich in einen Menschen zurück zu verwandeln, weshalb ich mit ihm laufen ging. Es ist ein Zeichen dafür, dass ich die Kontrolle verliere. Der Mondwahnsinn setzt sich fest.

„Adele geht es gut. Sie hat einen Last-Minute-Flug nach Albuquerque erwischt. Sadie holt sie vom Flughafen ab."

„Allein?"

„Sadie hat darauf bestanden. Sie meinte, sie bräuchten ein ‚Frauengespräch'. Ich hielt das für eine gute Idee. Aber ich folge ihnen. Denkst du etwa, ich würde Sadie aus den Augen lassen bei all dem fragwürdigen Scheiß, den Dieter abzieht?"

Nachdem er das gesagt hat, höre ich die Motorgeräusche seines großen Mercedes. Meine Schultern senken sich einen Zentimeter. „In Ordnung. Teddy holt mich ab."

„Dann wirst du vor ihr in Taos sein. Wir haben eine lange

Fahrt vor uns. Übrigens, falls mein Handy ausfällt, liegt es daran, dass ich im Canyon bin. Wie lauten deine Befehle, Sarge?"

„Wir müssen herausfinden, was zum Henker Gabriel Dieter ausheckt."

„Was ist passiert?"

„Der Scheißkerl taucht auf, spielt mit Adele, aber tut ihr nicht weh. Dann, als ich dazu stoße, sagt er mir, dass er seinen Anspruch auf sie aufgibt. Dass sie nicht seine Auserkorene ist."

„Was zum Henker?"

„Da ist noch mehr. Er hatte diese komischen Augen – fast wie die einer Schlange. Ich weiß ehrlich nicht, was für ein Wesen er sein könnte, aber er ist mächtig. Er hat einen Alphabefehl bei mir eingesetzt und ich habe ihn gespürt. Ich musste mich wirklich anstrengen, damit ich mich dem widersetzen konnte."

„Fuck. Also ist er paranormal. Denkst du, er ist ein Gestaltwandler? Oder könnte er ein Vampir sein?"

„Nein, er riecht nicht wie ein Blutsauger. Ich werde das Tucson-Rudel bitten, sich mit dem Blutsauger-König zu besprechen. Ich bin mir allerdings ziemlich sicher, dass Dieter keiner von ihnen ist. Er ist irgendeine Art Gestaltwandler."

„Löwe? Bär?"

„Nein. Etwas anderes. Die Frage ist, was?"

„Wir müssen es herausfinden. Ich weiß nicht, was seine Absicht ist. Er hatte Adele in seinen Fängen. Dann sagte er, dass er auf sie verzichten würde. Er spielt mit mir."

„Siehst du, das ist ein Hinweis. Welcher Gestaltwandler spielt mit seiner Beute?"

„Ich bin nicht seine Beute."

„Du benimmst dich so", blafft Deke. „Ich hätte nie gedacht, dass ich den Tag erleben würde, an dem ich mehr

Verstand habe als du, Sarge. Du hast eine Gefährtin. Beanspruche sie für dich."

Mir ist schlecht, als ich mich daran erinnere, wie es sich anfühlte, Adele zu sagen, dass ich keinen Anspruch auf sie erheben würde. Zu wissen, dass ich sie verletzt habe. „Ich kann nicht, Deke."

„Sie nicht zu beanspruchen, wird dich umbringen."

„Und mit mir zusammen zu sein, könnte sie umbringen! Das werde ich nicht riskieren."

„Schwachsinn. Du kannst sie beschützen. Genauso wie Lance und ich unsere Gefährtinnen beschützen."

„Ich bin der Alpha. Für mich ist es anders."

Deke seufzt. „Sarge, du hast deinen verdammten Verstand verloren."

* * *

ADELE

„Hey", sagt Sadie, als ich mich am Flughafen von Albuquerque in ihr Auto setze. „Bist du okay?"

„Ja." Ich sinke mit einem Seufzen in den Sitz. „Es tut mir leid, dass du den ganzen Weg hierherkommen musstest, um mich abzuholen. Ich habe den Flug kurzfristig gebucht und dieser Flughafen war der Einzige, den ich kriegen konnte…"

„Schh, es ist okay." Sadie tätschelt mein Knie, bevor sie ihre Hand wieder ans Lenkrad legt.

Ich schließe die Augen, sehe jedoch nur Rafe den Wolf, der zusah, wie ich wegfuhr. *Er sah so traurig aus.*

Tja, ich bin auch traurig. Und er ist derjenige, der mir das Herz gebrochen hat.

„Wir haben eine Menge zu besprechen." Ich schlucke. Ich weiß nicht, wie ich die Sache mit Rafe erklären soll und Gabriel, dem Wolf…

„Es ist okay", sagt Sadie, als würde sie meine Gedanken lesen. „Ich weiß, was los ist. Alles."

Das tut sie? Mein Kiefer mahlt, bevor ich schließlich sagen kann: „Das tust du?"

„Oh, ja." Sadies Mund biegt sich zu einem schiefen Lächeln, als sie auf die Santa Fe Umgehungsstraße fährt. „Hast du dich jemals gefragt, warum Deke mit all seinen Militärkameraden in einer riesigen Lodge in den Bergen lebt? Deke ist so ungesellig, wie ein Kerl nur sein kann, dennoch arbeitet er nicht nur mit ihnen, sondern wohnt auch mit ihnen zusammen."

„Nun, ja." Sie hat das über ihren Mann gesagt, nicht ich. „Ich dachte, er hasst Leute, aber seine Militärbrüder nicht so sehr wie alle anderen."

„Das ist ein Grund", sagt Sadie. „Aber es gibt auch noch…" Sie zieht an mich gewandt eine Augenbraue hoch.

Und da trifft es mich wie einen Schlag. „Oh Gott. Oh mein Gott." Die Brüderschaft, das enge Band zwischen ihnen. Rafe könnte vor Deke nicht geheim halten, was er ist, oder? Und wenn Rafe Deke genug vertraut hat, dass er es ihm erzählt hat, bedeutet das vielleicht, dass Deke nicht nur in das Geheimnis eingeweiht ist, sondern dass er es *teilt*…

„Jepp." Sadie liest erneut meine Gedanken.

Ich muss das klarstellen. „Deke ist… ein…" Ich grübelte während des gesamten Flugs von Utah darüber nach, hätte jedoch nie gedacht, dass ich es vor einer meiner besten Freundinnen laut aussprechen würde. „Ein *Werwolf*?"

„Sie ziehen die Bezeichnung *Wolfgestaltwandler* oder einfach nur *Gestaltwandler* vor. Aber ja."

„Oh mein Gott." Was ist mein Leben im Moment nur?

„Ich weiß. Es ist viel. So habe ich mich auch gefühlt, als ich es herausfand."

„Du hast es niemandem erzählt."

„Ich konnte nicht. Kein Mensch darf es wissen."

„Das habe ich verstanden", erwidere ich. „Ich werde es niemandem erzählen." Mir würde ohnehin niemand glauben, wenn ich es täte. Sie würden mich für verrückt halten.

Vielleicht bin ich verrückt geworden. Doch wenn ich das bin, sitzt Sadie im gleichen Boot. Ich komme damit klar, den Verstand zu verlieren, wenn eine Freundin das Gleiche mit mir durchmacht.

„Wenn ein Mensch das Geheimnis herausfindet – dass Gestaltwandler existieren – engagiert der Gestaltwandler in den meisten Fällen einen Vampir, damit er dem Menschen das Gedächtnis löscht. Die Erinnerungen ausradiert."

Ein Vampir?!

„…aber du und ich, wir sind die Ausnahme", fährt Sadie fort. „Wir sind besonders."

„Nein", presse ich hervor, während mir Rafes Worte durch den Kopf hallen. „Du magst besonders sein, ich bin es nicht. Er sagt, ich bin zu zerbrechlich, um seine Gefährtin zu sein. Er beansprucht mich nicht. Was bedeutet das überhaupt?"

„Oh, nein." Sadie wirft mir einen Blick zu, der teils mitfühlend, teils besorgt wirkt. „Es bedeutet, dass er verrückt ist." Sie blickt in den Rückspiegel. In den hat sie während dieser Fahrt sehr oft geschaut. „Gestaltwandler können nicht gemacht, sondern nur geboren werden. Also ist es vielleicht Biologie oder Evolution oder… jedenfalls… in der ganzen Welt gibt es eine Person, zu der sie eine tiefere Verbindung knüpfen als zu allen anderen. Ihre wahre Liebe. Ihre Gefährtin."

„So etwas wie Seelengefährten?"

„Genau, aber es ist zehntausendmal intensiver. All ihre Gestaltwandler-Instinkte setzen ein. Es ist mehr als Liebe. Man ist die Einzige im ganzen Universum für sie."

„Und du hast das mit Deke." Ich komme nicht umhin, darüber zu lächeln.

„Ja", bestätigt Sadie leise.

„Ich freue mich so sehr, dass du das hast."

„Danke. Es ist ziemlich genial. Wir werden heiraten, weil das ein menschlicher Brauch ist. In den Augen des Rudels sind wir allerdings mehr als Ehemann und Ehefrau." Wir fahren einige Kilometer, in denen ich das verdaue. Eine kleine Falte erscheint auf Sadies Stirn. „Rafe hat dir nichts von alldem erzählt."

„Nein. Ich dachte, wir wären uns in Utah ziemlich nahe-gekommen, aber anscheinend nicht nahe genug."

„Es tut mir leid."

„Tatsächlich… verstehe ich es. Seine Eltern wurden getötet und er musste sich um Lance kümmern, als er gerade mal fünfzehn Jahre alt war. All seine Kontrollprobleme drehen sich darum, die Leute zu beschützen zu versuchen, die er liebt. Also vermute ich, dass er denkt, er könnte keine weitere Person auf diese Liste setzen. Vor allem, weil ich ein Mensch und *zerbrechlich* bin." Ich mache mit den Fingern Gänsefüßchen um das Wort „zerbrechlich".

„Ja, Deke hat mir erzählt, dass Rafe nicht wollte, dass sich irgendeiner von ihnen eine Gefährtin nimmt. Nicht nur, weil wir Menschen sind. Auch wenn wir Wolfgestaltwandler wären, wäre er dagegen gewesen. Er denkt, wir schwächen das Rudel."

Ohne es zu wollen, zucke ich zusammen. „Autsch."

„Du musst verstehen, Gestaltwandler haben diese fantas-tischen Heilkräfte. Charlie hat erzählt, dass Lance nach einer ihrer Missionen voller Schusswunden war und innerhalb von ein oder zwei Tagen einfach geheilt ist."

Meine Augen füllen sich unerklärlicherweise mit Tränen. Jede Information, die ich über Rafes Art erfahre, vergrößert die Kluft zwischen uns noch mehr. Sorgt dafür, dass ich ihn noch mehr vermisse. Lässt mich wünschen, dass die Dinge anders stünden. Ich will, was Sadie und Deke haben. Und Charlie und Lance.

„Für sie wirken Menschen also super verletzlich", erklärt Sadie weiter. „Daher verstehe ich das. Wir sind das schwache Glied, vor allem weil wir Menschen sind. Deke sieht mich allerdings nicht als Schwäche. Gefährten machen ein Rudel stärker. Aber ich vermute, in Rafes Augen sind es nur noch mehr Leute, die er beschützen muss."

Ihre Worte treffen mich wie eine Bowlingkugel gegen die Brust. „Ich wünschte, er wäre nicht so ein Kontrollfreak."

„Jepp. Das ist ein Alpha-Ding. Du hast es auch", sagt Sadie auf ihre sanfte Art. Nur Sadie kann einen verbalen Schlag in die Magengrube so liebenswürdig ausführen. „Deswegen versuchst du, dich um uns alle zu kümmern."

„Ich bin nicht wie Rafe", murre ich. „Er ist launisch. Heiß und kalt. Es ist verrückt!" Natürlich habe ich meine Meinung auch immer wieder geändert. Ich konnte nicht damit umgehen, dass ich mich zu ihm hingezogen fühlte, und schob es darauf, dass wir Chef und Angestellte waren. Und dann zog ich mich in einem Außenpool aus und verführte ihn. Ich stöhne und verdecke mein Gesicht mit der Hand. „Das ist ein Schlamassel."

„Das ist es", stimmt mir Sadie zu. „Und Rafes Verhalten ist wirklich ärgerlich. Er zerreißt sich in dem Versuch, sich zu überlegen, was er tun soll. Seine Wolfseite will dich wahrscheinlich sofort beanspruchen, doch er versucht, das zu tun, was am besten für dich und das Rudel ist."

„Nein, er hat seine Entscheidung getroffen. Hat Deke dir erzählt, was mit diesem Gabriel Dieter Typen passiert ist?"

Sadie beißt sich zwei Kilometer lang auf die Lippe und blickt erneut in den Rückspiegel. „Deke hat mir nicht viel über ihn erzählt, weshalb ich denke, dass er etwas mit einer strenggeheimen Mission zu tun hat. Ich weiß nur, dass

Dieter gefährlich ist. Und ich vermute, er hat sich mit dir beschäftigt, weil er wusste, dass das Rafe zusetzen würde."

„Er hat mir nicht wehgetan. Es war alles sehr komisch." Ich erschaudere. „Ich weiß nicht, warum ich so viel Zeit mit ihm verbracht habe. Es war, als wären meine normalen Instinkte unterdrückt worden. Ich sah sogar einen von Dieters Angestellten – der Kerl steckte in einer kompletten militärischen Ausrüstung. Da waren überall Warnhinweise, aber ich habe sie einfach nicht wahrgenommen."

„Mach dich deswegen nicht fertig. Dieter ist reich und hat eine Menge Kontakte. Er ist es wahrscheinlich gewöhnt, zu kriegen, was er will. Wenn er sich mit dir treffen und Zeit mit dir verbringen wollte, hätte er den perfekten Moment dafür geschaffen." Sie blickt in den Rückspiegel.

Ich recke den Hals. Ein vertrauter schwarzer Mercedes G63 folgt uns. „Das ist Deke, oder?", frage ich in resigniertem Tonfall.

„Ja. Er macht sich Sorgen um uns. Wegen Dieter. Außerdem hat er einen super starken Beschützerinstinkt…"

„Wegen der Gefährten-Sache." Ein weiteres Mal muss ich Tränen zurückdrängen.

Sadie biegt auf die Straße, die in mein Viertel führt, und fügt hinzu: „Der Vollmond kann sich auch auf sie auswirken."

„Oh mein Gott, es ist Vollmond", stelle ich fest. „Vielleicht erfanden sie deswegen das Wort ‚lunatic'. In Wahrheit war es ein Haufen Wolfgestaltwandler." Ein hysterisches Lachen blubbert von meinem Magen nach oben und bricht aus mir hervor. „Es ist wie eine Gruppe Frauen, die gleichzeitig ihre Periode haben, nur ist es eine Gruppe Wolfgestaltwandler, die den gleichen Zyklus durchlaufen." Ich beuge mich vornüber und schnappe vor Lachen nach Luft. Sadie schaut zu und sieht mitfühlend aus.

Ich lache heftiger. Ich brülle noch immer vor Lachen, als Sadie in meine Einfahrt biegt, woraufhin Charlie aus

meinem Haus und den Weg hinab kommt, um uns zu begrüßen. Sie öffnet meine Tür, wirft einen Blick auf mich und
zieht eine Augenbraue hoch. Wahrscheinlich, weil ich auf
dem Sitz vor und zurück schaukle und mir ein wimmerndes
Kichern entweicht, während Tränen über meine Wangen
laufen.

„Ich sehe, sie hat es gut aufgefasst", meint Charlie an Sadie
gewandt.

„Gehen wir rein", schlägt Sadie vor.

„Klingt gut." Charlie nimmt meine Hand, um mich aus
dem Auto zu führen. „Ich habe Tabitha nicht angerufen, weil
sie es nicht weiß… du weißt schon. Und ich wusste nicht, ob
du noch ein wenig darüber sprechen möchtest."

Sadie winkt Deke, der vor meinem Haus parkt. Vermutlich hält er dort Wache. Sadie hat mir erzählt, dass die
Bedrohung durch das Kartell verschwunden ist. Deke ist
jedoch bekannt dafür, überbehütend zu sein.

Meine beiden Freundinnen helfen mir nach drinnen,
doch sowie ich dort bin, übernehmen meine Instinkte. Ich
laufe in die Küche und ziehe eine Schürze an. Anschließend
heize ich den Ofen vor, zerre ein Backblech heraus und hole
einen Behälter aus dem Gefrierschrank. Ich habe einen
Windbeutelteig genau für diesen Moment aufgehoben.

„Was macht sie?", flüstert Charlie Sadie zu.

„Stressbacken." Sadie winkt Charlie zu einem Hocker.
„Komm. Es wird eine Weile dauern, bis das Dessert fertig ist,
aber das wird es wert sein."

„Mmmm, Zucker. Genau das, was diese Mama hier
braucht." Charlie setzt sich unbeholfen auf den Hocker. Ihr
Babybauch ist noch nicht zu sehen, dennoch legt sie eine
Hand auf ihren Bauch.

Der Schneebesen, den ich in der Hand hatte, fällt klap-
pernd zu Boden. „Oh mein Gott", würge ich hervor. „Charlie.
Du bist…"

„Schwanger mit einem Welpen?" Sie zwinkert.

Oh mein Gott. Sadie hat mir erzählt, dass Lance ein Gestaltwandler ist, aber bis jetzt habe ich die Informationen nicht zusammengesetzt. *Meine Freundin ist mit dem Baby eines Gestaltwandlers schwanger.*

„Nennen sie es so?" Meine Stimme ist schrill. Meine Hände fliegen zu meinem eigenen Bauch. Rafe und ich hatten eine Million Mal Sex. Was, wenn meine Pille versagt hat?

„Entspann dich, Adele", sagt Charlie rasch und richtet sich auf. „Ich werde keinen Welpen auf die Welt bringen."

Sadie schaut sie finster an. „Keine Witze mehr. Sie verarbeitet gerade eine Menge." Sie hüpft von ihrem Hocker, hebt den Schneebesen auf und wäscht ihn ab. Daraufhin bietet sie mir ein Glas Wasser an und streichelt mir über den Rücken, während ich es trinke.

„Wie hältst du dich?", frage ich Charlie, als ich wieder sprechen kann. „Ich wäre an deiner Stelle am Durchdrehen."

„Ich habe viel Hilfe." Sie tätschelt ihren Bauch. „Es gibt noch andere Menschen, die Gefährten von Gestaltwandlern sind."

Gefährten. Da ist wieder dieses Wort.

„Ich will dieses Baby. Ich liebe Lance. Ich habe mich gegen meine Gefühle für ihn gewehrt, weil er ein Player war. Aber weißt du, was Wolfgestaltwandler ihren Gefährtinnen niemals antun? Sie betrügen oder verlassen."

„Das ist ein Vorteil." Sadie nickt.

Noch ein Schwall Tränen. Dieses Mal lasse ich sie fallen. Ich höre auf, die Vanillecreme mit aller Kraft zu schlagen. „Er hat gesagt, ich sei eine Ablenkung."

„Er hat was gesagt?" Charlie und Sadie nehmen mich in ihre Mitte und umarmen mich von der Seite.

Ich wedle mit dem Schneebesen. Er schleudert Vanillecreme in alle Richtung und hinterlässt eidottergelbe Tropfen auf meinen Holzschränken, was jedoch okay ist. Auf eine Runde Stressbacken folgt stets eine Runde Stressputzen. „Es war in der Hitze des Gefechts. Ich bemühe mich wirklich, ihm das nicht übelzunehmen, aber meine Mémère sagte, man sollte glauben, was einem die Leute sagen, selbst wenn sie betrunken oder emotional sind. Besonders dann. Ihre Filter sind fort, weshalb sie einem die Wahrheit erzählen." Ich schlucke. „Er sieht mich als eine Ablenkung, Mädels. Ich bin keine zentrale Figur in seinem Leben."

„Nein", keuchen meine beiden Freundinnen. „Das ist es überhaupt nicht…", sagt Sadie zur selben Zeit, in der Charlie hinzufügt, „Du bist seine Gefährtin. Du bist *die* zentrale Figur in seinem Leben."

Ich halte eine Hand hoch. „Er beansprucht mich nicht."

Charlie und Sadie sehen betroffen aus, widersprechen mir allerdings nicht. Ich deute mit dem Schneebesen auf sie. „Wir hatten einige gute gemeinsame Momente. Aber es ist vorbei."

KAPITEL 11

*R*afe

    Seit ich letzte Nacht nach Hause kam, habe ich versucht, mich in die Bewusstlosigkeit zu trinken, was für einen Gestaltwandler leider unmöglich ist. Die Taubheit hält höchstens zehn Minuten an, bevor mein Körper den Alkohol verarbeitet. Dennoch ist es die Mühe für die vorübergehende Erleichterung wert.

Adele ist fort. Ich habe sie verjagt und verdiene all den Schmerz, der momentan in meiner Brust tobt.

Doch ich tat das Richtige.

Das tat ich.

Dass Adele in Verbindung zu mir steht, hat beinahe dazu geführt, dass sie in Dieters böse Pläne verwickelt wurde, wie auch immer die ausgesehen haben mochten. Ich weiß noch immer nicht, warum er dachte, sie sei seine Gefährtin. Genauso wenig weiß ich, was ihn dazu veranlasst hat, seine Meinung zu ändern. Ich verstehe nicht, was er über den Tod meiner Eltern weiß.

Ich versuche, mich gedanklich auf ihn zu konzentrieren

und die Puzzlestücke zusammenzusetzen, aber meine Gedanken wandern immer wieder zu Adele.

Zu dem Laut ihrer brechenden Stimme. Dem Schmerz auf ihrem Gesicht.

Beim Schicksal, ich hoffe beinahe, dass der Mondwahnsinn einsetzt und mich jetzt holt. Das wäre wenigstens besser, als so zu leben.

Ich öffne die Kühlschranktür und starre ausdruckslos auf den Inhalt. Sieht so aus, als wäre Channing zum *Grille* gegangen und hätte einen Vorrat an Takeout-Boxen geholt. Ich stand hier schon ungefähr ein Dutzend Mal und starrte den Kühlschrank an, als könnte ich etwas heraufbeschwören, was Adele gekocht hat. Ich würde eine vegane Mahlzeit essen, wenn ich wüsste, dass sie von ihr zubereitet wurde. Ich würde sogar noch ein Petersilienblatt essen.

Channing, Lance und Deke kommen gemeinsam in die Küche, als hätten sie eine Intervention oder so etwas geplant. Ich vermute, ich kann ihnen das nicht zum Vorwurf machen. Keiner von ihnen würde im Moment allein eine Konfrontation mit mir überleben.

„Wie geht's, Sarge?" Channing stellt keinen Blickkontakt her.

Ich mache mir nicht die Mühe, ihm zu antworten. Ich stehe einfach nur in der geöffneten Kühlschranktür und hoffe, dass sie mich zu einer anderen Existenz teleportiert. Zu einer, wo ich Adele haben und beschützen kann.

„Irgendwelche Neuigkeiten von Dieter?", will ich wissen.

„Er ist unauffindbar", berichtet Lance. „Er hat Utah verlassen, aber es lässt sich nicht sagen, wo er jetzt ist. Der Mistkerl hat auf der ganzen Welt Häuser."

Ich versuche, mich zusammenzureißen. Mich wie der Alpha zu benehmen, der ich eigentlich sein sollte. „Ich denke, er wird bald seinen Zug machen", höre ich mich sagen. Es fühlt sich wie ein außerkörperliches Erlebnis an. Als würde ich weiter weg stehen und zuschauen, wie ich die Worte spreche. „Er ließ Adele gehen – was uns verrät, dass er nicht mehr glaubt, dass sie seine Gefährtin ist."

„Ja, denn welcher Gestaltwandler würde seine Gefährtin gehen lassen?", fragt Channing, dann verzieht er das Gesicht.

Ich ließ sie gehen.

Fuck. Das tat ich. Ich war ein Idiot.

„Würdest du mir bitte erklären, warum Adele nicht als deine beanspruchte Gefährtin hier ist, unter diesem Dach, wo wir sie die ganze Zeit beschützen können?", verlangt Lance. „Denn so wie ich es sehe, hast du sie einfach hängen lassen und das macht für mich gar keinen Sinn."

Ein abgrundtiefes Entsetzen droht, mich zu verschlingen.

Meine Gefährtin braucht meinen Schutz und ich habe sie im Stich gelassen. Mein Bedürfnis, die, die ich liebe, in Sicherheit zu wissen, hat mich blind für die offensichtlichste Wahrheit gemacht – entfernt von mir ist sie nicht sicherer. Ich kann mich nicht von ihr distanzieren – nicht, wenn sie meine vom Schicksal bestimmte Gefährtin ist. Niemand kann das Schicksal ändern. Nicht einmal ein kontrollsüchtiges Arschloch wie ich.

„Ich muss gehen", verkünde ich und stecke die Hand in meine Tasche, um meine Schlüssel rauszuholen.

„Wohin gehst du?", ruft mir Lance hinterher.

„Meine Gefährtin beanspruchen", brülle ich über meine Schulter. „Wenn ich sie dazu bringen kann, mir zu vergeben."

* * *

ADELE

Schritt eins, um über Rafe hinwegzukommen: Einen neuen Job finden. Und wie sich herausstellt, ist das der einfachste Punkt auf meiner Liste, denn als ich einen Blick auf mein geladenes Handy werfe, wartet dort eine Nachricht auf mich. Ich kenne die Nummer nicht, aber es ist die Telefonvorwahl von Taos. Der Mann, der spricht, hat einen britischen Akzent.

„Guten Tag, Madame Fabre. Ich bin Mr. Button und rufe an, um Sie über eine Stelle als Privatkoch in meinem Haushalt zu informieren, die gerade freigeworden ist. Wir haben die Stelle noch nicht beworben, denn Sie wurden uns wärmstens empfohlen. Falls Sie heute Zeit haben, würde ich gerne ein Vorstellungsgespräch mit Ihnen führen an der folgenden Adresse…"

Ich drücke auf die Wahlwiederholung, bevor die Nachricht zu Ende ist und bestätige den Termin, der mir in Mr. Buttons Sprachnachricht angeboten wurde. „Zufälligerweise habe ich heute Zeit."

Endlich entwickelt sich mal etwas zu meinen Gunsten. Ich ziehe mich an und mache mich schnell schick. Ich kann mir noch so viel Makeup ins Gesicht klatschen, es wird nicht verbergen können, dass ich die ganze Nacht lang weinend im Bett lag, nachdem meine Freundinnen gegangen waren. Dennoch gebe ich mein Bestes.

Die Adresse ist leicht zu finden und ich weiß, dass es ein echter Job ist, weil das Anwesen eine Villa ist, die auf mehreren Acres Land in der Nähe von Julia Roberts' Haus in Taos steht.

„Hier lang bitte, Madame", sagt der Mann in einem eindeutig britischen Akzent. Er ist in einen Anzug mit Schwalbenschwanz gekleidet, als er mitten am Tag die Tür öffnet. Entweder ist er ein Butler oder Downtown Abbey wird gerade in diesem Haus gefilmt.

Ich folge ihm durch das Haus und bewundere die riesigen, goldgerahmten Kunstwerke und orientalischen Teppiche, die den Boden bedecken. Dieses Anwesen ist größer als die Park City Villa und dekoriert wie ein Museum. Es stinkt geradezu nach altem Geld. Noch ein gutes Zeichen.

Der Butler führt mich zu einer Art Büro mit einem wuchtigen, hölzernen Bücherregal voll gebundener Bücher. Auf einer Seite berührt es die Decke und auf der anderen eine Fensterwand, die eine mehrere Meter tiefe Schlucht zeigt.

„Bitte, machen Sie es sich gemütlich." Der Butler deutet auf einen der Ledersessel vor dem Schreibtisch. „Der Herr wird gleich bei Ihnen sein. Darf ich Ihnen einen Tee bringen?"

„Bitte." Ich streiche die Vorderseite meines Kleides glatt. „Allerdings habe ich ein paar Fragen zu dem Job."

„Der Herr kann Ihnen alle beantworten", erwidert der Butler mit einer gewissen Endgültigkeit.

„Eine Sache", sage ich, bevor er gehen kann. „Die Familie, für die ich arbeiten werde, sind das die Buttons?"

„Oh nein, Ma'am, das ist mein Nachname. Ihr Arbeitgeber wird Mr. Gabriel Dieter sein."

Die Tür schließt sich mit einem dumpfen Knall hinter ihm, als ich keuche. Oh nein.

Gabriel Dieter – schon wieder?

Was ist hier los?

Was auch immer es ist, ich will nicht in der Mitte des Ganzen gefangen sein.

Ich marschiere zur Tür und teste den Knauf.

Die Tür ist abgesperrt.

„Hey!", brülle ich und knalle meine Faust gegen das polierte Holz. Die Tür ist so alt und schwer, dass ich nicht überrascht wäre, wenn meine Schreie gedämpft werden würden. Der Einzige, der sie hören wird, ist der Butler und der hat mich gerade eingeschlossen.

Womöglich ist auch sonst niemand in dem Haus.

Ich kann nicht fassen, dass ich schon wieder darauf reingefallen bin. Scheiß Gabriel Dieter.

Ich renne zum Fenster. Ich kann einen Stuhl hindurchwerfen, dann muss ich jedoch aus dem zweiten Stock einer

Villa springen. Außerdem überblickt dieses Zimmer eine Schlucht. Sie ist wunderschön, die Beifußbüsche und Felsen am Boden werden mich allerdings brechen, bevor sie meinen Sturz stoppen.

Meine Hand wandert zu meinem Handy. *Bitte hab Empfang.* Da ist ein Blinken, das mir verrät, dass ich nur ein schwaches Signal reinkriege, aber ein Anruf vermutlich durchgehen wird. Doch wen soll ich anrufen? 911? Was soll ich sagen? „Hilfe, ich bin wie eine Idiotin zu einem Jobinterview in einer Villa gegangen und jetzt eingesperrt?"

Wenn das eine normale Situation wäre, würde ich Tabitha und Charlie anrufen, damit sie mich hier rausholen. Sie würden einfach an die Tür hämmern. Charlie würde ihren Ausweis der US-Post-Behörde vorzeigen, als hätte sie eine „Du kommst aus dem Gefängnis frei"-Karte. Sowie die Tür geöffnet werden würde, würde Tabitha den Wirbelwind entfesseln, der sie ist. Sadie ist zu nett für eine Konfrontation, aber sie würde den Fluchtwagen fahren.

Wenn jedoch Dieter hinter dem hier steckt, steht mehr auf dem Spiel. Und ich kann meine Freundinnen nicht in etwas Gefährliches reinziehen. Es gibt nur eine Person, die ich anrufen kann. Den Mann, dem ich vertrauen kann. Den Mann, der mir immer den Rücken freigehalten hat.

Rafe.

* * *

Rafe

Ich fahre vor Adeles Haus, doch ihr Truck ist nicht da.

Mein Handy vibriert. *Adele.*

Ich drücke so fest auf den „Anruf annehmen"-Knopf, dass ich ihn beinahe kaputt mache.

„Oh mein Gott, Rafe. Gott sei Dank bist du drangegangen." Ihre Stimme ist schwach und panisch.

Ich umklammere das Lenkrad mit einer Hand und bin sofort in Alarmbereitschaft. „Baby, wo bist du?"

„In diesem Haus." Sie rasselt die Adresse runter. „Ich dachte, es sei ein Jobangebot. Es schien zu gut zu sein, um wahr zu sein. Und…" Sie keucht und ist außer Atem.

„Mach mal langsam, Prinzessin. Rede mit mir."

„Sie haben mich eingesperrt. Ich kann nicht raus. Die Fenster sind zu weit oben. Rafe, der Kerl sagte, dass es Gabriel Dieters Haus sei, und jetzt bin ich eingesperrt."

Ich habe den Motor schon wieder angelassen und bin auf dem Weg zum Hauptquartier. „Halte durch, Adele. Warte auf mich, bleib ruhig."

„Rafe, ich brauche dich."

„Ich bin schon auf dem Weg Baby, warte auf mich. Halte durch."

Fünfzehn Minuten später habe ich meinen Wagen beim Hauptquartier geparkt, mich mit den Jungs kurzgeschlossen und sitze jetzt mit Deke in seinem Wagen. Er fährt, während ich mich übers Telefon mit Lance unterhalte. Ich halte sowohl Dekes als auch mein Handy in der Hand – ich ließ den Anruf mit Adele laufen, habe mein Mikrofon jedoch stumm geschalten, damit ich Befehle erteilen kann, ohne ihr Angst einzujagen. Ich kann noch immer Adeles panische Atmung hören.

„Ich lasse Kylie die Dark Web Kanäle überwachen", knistert Lances Stimme durch Dekes Wegwerfhandy. „Sie hat das Tucson Rudel mobilisiert. Sie fliegen als Ersatz her. Oberst Johnson kommt auch, um die Bodentruppen zu leiten."

„Sie müssen das nicht tun…"

„Soweit wir wissen, hat Dieter eine Armee mitgebracht. Wir nehmen das nicht auf die leichte Schulter. Wir sind Adeles Familie. Wir werden alle kämpfen, um sie zurückzuholen."

Meine Kehle schnürt sich zu. Ich kann nicht sprechen.

Lance hört mein Schweigen und versteht es. Seine Stimme wird sanft. „Kylie sagt, dass ich dir diese Botschaft ausrichten soll: ‚Rafe, wir stehen das gemeinsam durch. Du musst das nicht allein tun.'"

„Danke, Bruder", sage ich schließlich.

„Jederzeit. Geh und hol deine Gefährtin."

Ich wechsle die Handys und schalte den Stumm-Modus aus. „Adele?"

„Ich bin hier." Sie klingt ruhiger.

„Wir sind auf dem Weg zu dir. Pass auf dich auf. Wir sind bald da."

„Dankeschön."

Deke flucht, als er eine enge Kurve nimmt und Schotter unter den Reifen wegspritzt.

„Rafe?" Adeles Stimme wird lauter.

„Es ist okay, Prinzessin." Ich spreche mit ruhiger Stimme. „Hast du Dieter gesehen?"

„Nein. Kurz bevor er mich eingesperrt hat, meinte der Butler, er würde kommen."

Kaltes Feuer brennt in meinen Adern. Ich beruhige meinen Wolf, damit ich einen klaren Kopf bewahren kann.

Adele sagt: „Ich verstehe das nicht. Was will Dieter von mir?"

„Ich weiß es nicht", antworte ich ehrlich. „Aber es spielt keine Rolle. Du bist momentan sicher und wir werden dich dort rausholen."

„Okay."

„Bleib am Telefon. Falls unser Gespräch beendet wird, ist es aber auch okay. Wir haben deinen Standort und kommen dich holen."

Ich schalte mein Mikrofon gerade rechtzeitig auf stumm – Deke hält mit quietschenden Reifen vor riesigen, kunstvollen Toren. Er fährt mit seinem G63 einige Meter rückwärts und rast mit dem Mercedes wieder nach vorne. Ich packe den Angstgriff eine Sekunde, bevor wir gegen das Eisen krachen. Die Tore sind mehr als nur Zierrat, geben jedoch mit einem durchdringenden Kreischen nach.

„Deutsche Ingenieurskunst." Deke hat ein irres Grinsen im Gesicht. Er liebt den Psycho-Scheiß. „Das sag ich dir."

Der Mercedes röhrt vorwärts und rast die Privatstraße zu einer weitläufigen Villa im Tudorstil entlang. Der vordere Kotflügel ist verbogen, aber die Räder funktionieren noch.

„Warte." Ich hebe eine Hand, als wir näher kommen. Zwischen uns und dem Haus befindet sich ein schicker Springbrunnen, der von Zierbüschen umgeben ist. Die Landschaftsgestaltung passt überhaupt nicht in die Hochebene. Es wäre allerdings nicht das erste Mal, dass eine wohlhabende Familie ihre Quelle ausgetrocknet hat, um einen Garten im britischen Stil in einer trockenen Gegend anzulegen.

Hinter dem lächerlichen Garten befinden sich Reihen um Reihen an Soldaten in vollständiger Militärausrüstung. Flakwesten, Helme. Klobige AK-47er, die garantiert so modifiziert wurden, dass sie mit Silberkugeln schießen.

Dieters Armee.

„Ich sehe sie", sagt Deke. Er stellt den Mercedes quer auf die Straße, damit wir dahinter Schutz suchen können.

Ich hebe Dekes Wegwerfhandy an mein Ohr. „Channing?"

„Hier, Sarge. Ich habe Lance abgeholt. Wir sind direkt hinter euch." Ich höre das Dröhnen des Humvees, der hinter uns die Privatstraße entlangkommt.

„Wir haben ein Problem", blaffe ich. „Ein ganzer Zug von Dieters Privatarmee. Genauso wie in der Schweiz."

„Scheiße", flucht Lance. Channing muss mich auf Lautsprecher geschaltet haben. „Wie sollen wir das angehen?"

„Adele ist in einem Zimmer auf der Rückseite des Hauses, das die Schlucht überblickt. Wir könnten für eine Ablenkung sorgen und jemand schleicht sich hinters Haus." Derjenige müsste sich an einem Seil runterlassen und Adele dabei an sich schnallen. Nicht ideal.

„Wir bekommen Unterstützung aus der Luft", ergänzt Channing. „Teddy ist auf dem Weg und er hat seine Brüder dabei."

„Scheiße, dann bringen wir das hier besser zu einem Abschluss, bevor sie ankommen." Sieben wütende Werbären in Kampfflugzeugen sind das Letzte, was diese heikle Situation braucht.

Ich spähe aus dem Fenster auf Dieters Privatarmee. Sie haben sich nicht bewegt oder gesprochen. Sie sehen wie verdammte Sturmtruppen aus. Gruselig.

„Ich hab Jackson in der Leitung", berichtet Lance. „Er sagt, er kann einige Panzer herschicken."

„Genial", brummt Deke. „Ich hab Granaten." Er hat wieder verrückte Wolfaugen – der Blick, den er vierundzwanzig Stunden sieben Tage die Woche trug, bevor er Sadie kennenlernte.

„Nein, nein." Ich reibe mir übers Gesicht. „Wir können nicht in den Krieg ziehen, nicht so. Das ist Zivilisten-Gebiet. Außerdem ist Adele dort drin. Wir können uns nicht einfach durch die Truppen rammen und riskieren, die strukturelle Integrität des Hauses zu zerstören."

„Rafe?", durchschneidet Adeles sanfte Stimme alles. Ich schalte mein Mikrofon ein und halte das Handy an mein Ohr.

„Ich bin hier, Adele. Wir sind vor dem Haus. Wir müssen nur zu dir gelangen. Dieter hat seine Männer vor dem Haus."

„Passt auf euch auf", fleht sie.

„Das werden wir. Ich verspreche es."

An der Eingangstür regt sich etwas. Ein Mann ohne Helm marschiert durch die Mitte des Zugs. Ein befehlshabender Offizier, darauf würde ich mein Leben verwetten. Er hält etwas hoch. Eine Granate? Ein Gerät?

„Sergeant Lightfoot", ruft er. „Herr Dieter wünscht mit Ihnen zu sprechen." Der Mann hat einen starken deutschen Akzent. Er hat wahrscheinlich in der Schweiz auf mich geschossen, als wir versuchten, Dieters privaten Adlerhorst auszuspionieren.

Ich funkle ihn finster an, er bewegt jedoch keinen Muskel mehr. Er wartet geduldig und hält das Gerät hoch. Ein Handy. „Anruf für Sie", sagt er.

„Warten Sie", brumme ich, öffne die Beifahrertür und steige langsam aus.

„Sarge", warnt Deke.

„Ich schaffe das."

„Rafe, nein", protestiert Lance. „Das ist ein Trick…"

„Ich weiß. Dieter spielt Spielchen. Aber vielleicht kann ich mit ihm verhandeln." Adele im Austausch für mich. Ich stecke mein Handy ein und zwinkere Deke zu. „Wenn Adele in Sicherheit ist, kannst du das Haus mit all der Feuerkraft angreifen, die du hast. Zünde es an. Ich werde es überleben."

Deke schüttelt den Kopf, lässt mich jedoch aus dem Auto steigen. Ich laufe langsam und strecke meine Hände an den Seiten aus, um zu zeigen, dass ich unbewaffnet bin.

Der Leutnant steht still da und hält das Handy hoch und sonst nichts. Keine Waffen. Nicht, dass er eine Waffe braucht. Seine Männer sind bis an die Zähne bewaffnet. Doch keiner hebt sein Gewehr, als ich mich nähere. Ein gutes Zeichen.

Als ich dem befehlshabenden Offizier von Angesicht zu Angesicht gegenüberstehe, erwacht das Handy knackend zum Leben.

„Hallo, Mr. Lightfoot", sagt Dieter in einem freundlichen Tonfall. „So nett, dass du mich besuchen konntest."

Ich schüttle den Kopf. „Du bist nicht einmal hier, oder?"

„Leider muss ich mich um andere Geschäfte kümmern."

„Du hast Adele. Lass sie gehen."

„Ich dachte, wir hätten einen Deal. Deine Gefährtin im Austausch für die Information, die du für deine Rache willst."

„Ich bin keinen derartigen Deal eingegangen. Gib mir Adele."

„Warum? Was für eine Rolle spielt das Leben eines Menschen…"

„Sie ist meine Gefährtin." Mein Brüllen schallt über den Garten. „Mein. Mir ist scheißegal, wie viele Männer ich niedermähen muss, ich hole sie mir zurück."

„Was ist mit deiner Rache?"

„Was für ein krankes Spiel spielst du hier?"

* * *

ADELE

Ich kauere in dem Büro und presse das Handy an mein Ohr. Halte die Luft an.

Rafe hat mich in der Leitung und sein Mikrofon nicht wieder stumm geschalten. Ich kann alles deutlich hören.

„Sie ist meine Gefährtin", knurrt er erneut.

Wärme breitet sich in mir aus.

Ein langsames, gruseliges Glucksen erklingt von Dieter. „Also ziehst du sie deiner Rache vor?"

„Ich ziehe sie allem auf diesem Planeten vor. Du kannst deine Information nehmen und sie dir in den…"

„Verstanden. Sehr schön. Meine Männer haben Befehle, die Füße stillzuhalten."

„Was zum Henker?", blafft Rafe, doch dann entsteht eine Pause. „Keine Tricks?", hakt er misstrauisch nach.

„Keine Tricks. Du hast deine Entscheidung getroffen. Geh und hol deine Gefährtin."

Und dann ist da nur noch ein Knurren, gefolgt von Rafes gleichmäßigem Atem.

Ich stehe auf. „Rafe", schreie ich. Ich höre durch das

Handy, wie er rennt und seine Stiefel über den Schotter knirschen. Noch ein Knurren und ein Grunzen.

„Ich bin drin", ruft er und ich höre seine Stimme durch das Handy und ganz schwach durch die Tür. „Adele!"

„Rafe", brülle ich und hämmere gegen die Tür, um auf Nummer Sicher zu gehen. „Hier hinten! Folge dem Gang ganz bis zum Ende!"

Seine Stiefel trommeln über die Hartholzböden. Ich packe den Türknauf, drehe ihn und versuche, daran zu rütteln, obwohl er abgeschlossen ist und meinen Bemühungen standhält.

„Adele!", erklingt Rafes Stimme auf der anderen Seite der Tür.

„Es ist abgeschlossen", rufe ich.

„Geh zurück, Baby", befiehlt er.

Ich stolpere rückwärts und ducke mich zur Sicherheit hinter einen Sessel.

Ein Brüllen und ein Knall. Der Raum erzittert. Noch ein Brüllen, ein Knall. Bücher fallen von den Regalen. Ich schütze meinen Kopf mit den Händen, muss aber einfach über den Sessel spähen. Der Raum erbebt. Es kracht einige weitere Male und dann ist die Tür kaputt.

Eine Hand greift durch das Holz. Splitter fliegen in alle Richtungen. Daraufhin bricht Rafe durch die zerbrochene Tür.

„Adele!"

„Rafe." Ich stehe auf wackligen Beinen auf und er hebt mich hoch. Ich halte mich an ihm fest und lege meinen Kopf auf seine Schulter, während er mich wie eine Braut durch Dieters Haus und hinaus in die Winterluft trägt.

* * *

Adele

„Du kannst mich jetzt absetzen", beharre ich, als mich Rafe über die Türschwelle seiner Lodge trägt. Er hat mich nicht losgelassen, seit wir Dieters Haus verlassen haben. Wir fuhren auf der Rückbank von Dekes Mercedes mit – der aussieht, als wäre er im Gelände gefahren und mit dem vorderen Kotflügel voran von einem Berg gestürzt.

„Nein", grunzt er. „Nein, das kann ich nicht tun, Prinzessin. Ich lasse dich nie wieder los."

Ich blinzle ihn an. „Was heißt das?"

Er weiß, was ich frage. „Es heißt, dass ich ein Idiot war. Der größte Idiot, der jemals auf dieser Erde wandelte. Ich dachte, ich könnte dich besser beschützen, indem ich mich von dir fernhalte. Doch ich habe es lediglich geschafft, uns beiden das Herz zu brechen und zuzulassen, dass du noch einmal entführt wurdest."

Ich runzle die Stirn. „Wurde ich entführt? Ich verstehe noch immer nicht, worum es bei dem Ganzen ging. Was wollte Dieter?"

„Ich weiß es nicht, aber ich werde ihn nie wieder in deine Nähe lassen. Ich verspreche es."

Rafe trägt mich in sein Schlafzimmer und tritt die Tür zu. Mein ganzer Körper kribbelt vor Bewusstsein. Aufregung. Jetzt, da ich weiß, was Rafe ist, fühle ich mich wie eine Jungfrau, die gleich zum ersten Mal Sex haben wird.

Mit einem Wolf.

„Beanspruchst du mich, Rafe?"

Seine Augen blitzen grün auf. „Verdammt richtig." Er springt mit mir in den Armen auf das Bett und wir federn beide einmal auf und fallen gegeneinander. „Ich meine, wenn du mich willst."

„Ja." Ich war mir noch nie in meinem Leben bei irgendetwas sicherer. „Du bist mein."

Ich werde mit einem von Rafes jungenhaften Lächeln belohnt – dem, das ihn zehn Jahre jünger aussehen lässt, weil das Gewicht der Welt von seinem Gesicht gelöscht zu werden scheint. „Ich bin definitiv dein. Und du bist mein."

„Wirst du wieder eine herrische Nervensäge sein?", frage ich.

Er dreht mich auf den Rücken und fixiert meine Handgelenke neben meinem Kopf. „Darauf kannst du wetten." Er reibt seine Nase an meinem Hals und knabbert an der Haut dort.

„Hast du keine Angst, dass ich zu zerbrechlich bin?" Ich muss das einfach ansprechen. Diese Worte tun noch immer weh.

Er schneidet eine Grimasse. „Du bist nicht zu zerbrechlich. Du bist der stärkste Mensch, den ich kenne, Adele. Das Einzige, das zerbrechlich ist, ist das hier." Er tippt sich an der Stelle über seinem Herzen auf die Brust. „Du hast es bereits gefangen, also versuche, mich nicht zu zerquetschen."

„Ich werde dich nicht zerquetschen. Ich denke allerdings, dass du mich zerquetschst." Ich tue so, als würde ich mich gegen den Griff wehren, mit dem er meine Handgelenke festhält. Die Wölbung seines Schwanzes presst sich zwischen meine Beine. Ich schaukle mit den Hüften, um seinen entgegenzukommen.

Er hebt mich so weit hoch, dass er mir die Jacke von den Armen zerren und anschließend meine Bluse ausziehen kann. Ich habe einen pflaumenfarbigen Satin-BH an, bei dessen Anblick er anerkennend knurrt.

„Heißt das, dass du nicht mehr so wahnsinnig überbehütend sein wirst?"

Er verteilt Küsse auf meinem Bauch, ehe er den seitlichen Reißverschluss meines Rocks öffnet. „Keine Chance, Prinzessin. Du wirst dich meinem herrischen Schutz unterwerfen oder die Konsequenzen tragen."

Ich mache mich an dem Knopf seiner Jeans zu schaffen. „Was für Konsequenzen sind das?"

Sein Lächeln wird wild. „Ich denke, du erinnerst dich vielleicht noch daran..." Er rollt mich auf den Bauch und zieht den Rock über meine Hüften. „Mmm, ein passendes Höschen. Fast zu hübsch, um es auszuziehen." Er zieht es nach unten. „Aber ich muss über deine Bestrafung nachdenken."

Ich spreize die Beine und hebe meinen Po an. „Stecke ich in Schwierigkeiten?"

Seine Hände krachen auf meine Pobacke, was brennt. Sofort massiert er den Schock des Hiebs weg. „Große Schwierigkeiten, Adele." Noch ein Schlag, dieses Mal auf die andere Pobacke. Als er diese massiert, fühlt sich seine Hand wunderbar warm an. Er hebt meine Hüften hoch und zieht mich auf die Knie, sodass meine Brust noch immer auf das Bett gepresst ist, mein Hintern aber ihm präsentiert wird.

„Wenn du mir nicht gehorchst, wird das Konsequenzen nach sich ziehen."

„Mmm." Ich wackle leicht mit den Hüften.

Rafe gluckst und beginnt, mir richtig den Hintern zu versohlen, indem er mir ein halbes Dutzend Hiebe verpasst, bevor er aufhört und mich wieder streichelt.

Es brennt, fühlt sich jedoch ebenfalls gut an. Auch wenn ich mich Rafes Dominanz außerhalb des Schlafzimmers widersetze, liebe ich sie hier. Es ist genau das, wonach ich mich am meisten sehnte, von dem ich jedoch nie wusste, dass ich es brauche.

„Ich muss wissen, dass du in Sicherheit bist, Adele. Ich gehe einem gefährlichen Beruf nach und du bist für mich das Wichtigste auf der ganzen Welt." Er verpasst mir drei weitere schnelle Hiebe.

Tränen schießen mir in die Augen, allerdings nicht wegen der Schläge – sondern wegen seiner Worte.

„Ich werde mich von dir beschützen lassen, Rafe", verspreche ich.

„Natürlich hast du mich heute angerufen, was eine Belohnung verdient." Er drückt mich wieder auf den Bauch, beugt sich über mich und knabbert an meinem Ohr. „War es so schwer, um Hilfe zu bitten, Adele?" Seine Stimme ist kräftig und verführerisch. Wunderbar rau und glatt zugleich.

„Nein." Es ist die Wahrheit. Welche Probleme ich auch immer damit habe, um Hilfe zu bitten, sie gelten nicht mehr für Rafe. Ich habe ihn reingelassen. „Ich wusste, dass du kommen würdest. Ich wollte, dass du mich rettest."

Rafe drängt sich von hinten an mich und die Wölbung seines Schwanzes reibt zur gleichen Zeit über meine Pospalte, in der seine Zähne meine Schulter streifen. „Beim Schicksal, Adele, ich habe dich beinahe markiert. Das zu hören... ist das, was ein männlicher Wolf braucht."

Ich drehe mich, um ihn anzuschauen, und er dreht mich wieder auf den Rücken. „Was braucht ein männlicher Wolf sonst noch?", säusle ich.

„Ich muss dich markieren." Er sagt es, als sei es etwas Schlechtes, aber ich habe keine Angst. Sadie und Charlie haben es mir bereits erklärt. Auf diese Weise erhebt er Anspruch auf mich – so bettet er seinen Geruch dauerhaft in meiner Haut ein, damit jeder andere Wolf weiß, dass ich vergeben bin.

„Ich kann es nicht erwarten", erzähle ich ihm und ziehe sein Henley-Shirt hoch, um seine definierten Bauchmuskeln zu enthüllen.

Er grinst und reißt das Shirt über seinen Kopf. „Zuerst muss ich von dir kosten." Er krabbelt rückwärts und zieht mein Höschen nach unten über meine Beine, während ich meinen BH öffne. Als er sieht, dass der Verschluss geöffnet ist, packt er die Vorderseite und zieht mir den BH von den Armen, ehe er ihn durch die Luft auf den Boden in der Ecke schleudert.

Seine Nasenflügel blähen sich und seine Augen leuchten grün, als er einfach nur auf meinen nackten Körper starrt.

„Rafe", ermutige ich ihn und greife nach ihm.

Er senkt den Kopf und saugt meinen dunklen Nippel in seinen Mund. Ich spüre die elektrisierende, pulsierende Hitze, die von meinem Nippel direkt in meine Mitte schießt. Auf der Suche nach mehr rolle ich mit den Hüften unter seinen.

„Warum hast du deine Jeans noch an?", keuche ich.

„Still. Du hast hier nicht das Sagen, Prinzessin." Rafe krabbelt tiefer und hakt seine Hände hinter meine Knie, die er weit spreizt. Er leckt in mich, seine Zunge spreizt meine Schamlippen und wirbelt um das Innere. Ich zucke vor Wonne. Mein Bauch erbebt, meine Innenschenkel spannen sich an und zittern, doch er spreizt sie weiterhin. Ich hebe meine Mitte, um seinem Mund entgegenzukommen, und er saugt überall, leckt, knabbert und treibt mich in den Wahnsinn.

„Rafe", stöhne ich.

„Das ist richtig, Prinzessin. Rafe ist hier, um dir zu helfen."

„Oh Grundgütiger", keuche ich und mein Verstand fließt aus meinen Ohren, während er mich mit seiner geschickten Zunge ganz wild macht. „Mehr. Oh Gott, Rafe." Er findet meinen Kitzler und schnalzt mit der Zunge in dem Moment dagegen, in dem er einen Finger in mich stößt. „Rafe."

Er führt einen zweiten Finger in mich ein und benutzt die Spitzen, um meine innere Wand zu streicheln.

Ich schreie auf und der Schock der Wonne ist beinahe zu viel für mich, doch er ist unnachgiebig, streichelt meinen G-Punkt und saugt an meiner Klit. Ich stöhne laut und vergesse, dass er mit anderen unter einem Dach lebt. Ich kann es nicht zurückhalten. Der Druck, der sich in mir aufbaut, macht mich verrückt. „Oh Gott!" Ich komme und bocke während meines Höhepunktes gegen seinen Mund und Finger. Er verändert die Bewegung seiner Finger zu einem schnellen Pumpen und fickt mich mit ihnen, während ich seinen Mund mit krampfhaften, wellenförmigen Hüftbewegungen reite.

„Oh mein Gott. Heilige… wow. Einfach wow", japse ich unfähig, den Mund zu halten. Ich bin zugleich erschöpft und noch immer begierig auf ihn.

„Hat dir deine Belohnung gefallen, Adele?" Rafes Augen sind jetzt ganz und gar wolfähnlich. Er ist umwerfend.

„Beanspruche mich", flehe ich.

Er dreht mich auf den Bauch und streift seine Hose samt Boxerbriefs ab. „Ich werde vorsichtig sein", verspricht er.

„Ich weiß, dass du das sein wirst." Ich vertraue ihm. Dies ist ein Mann, der sich Sorgen darum macht, dass ich auf Eis ausrutsche. Er wird mir nicht wehtun.

Er steigt hinter mich auf das Bett und reibt mit seiner Schwanzspitze über meinen Eingang. Ich bin bereits feucht und geschwollen, bereit, ihn aufzunehmen. Ein Stoß und er ist drin. Wir stöhnen beide unsere Lust hinaus.

„Adele, du fühlst dich so gut an", krächzt er hinter mir.

Ich hebe die Hüften, um ihn tiefer aufzunehmen. Er gleitet in mich rein und raus. Nichts hat sich jemals richtiger angefühlt. Erfüllender. Meine Augen rollen zurück in meinen Kopf, weil es so perfekt ist.

Wir verstummen und nichts außer dem Krächzen unserer schneller werdenden Atemzüge, dem Klatschen von Haut auf Haut sowie dem Rascheln der Bettwäsche ist zu hören. Ich stemme meine Hände gegen das Kopfbrett, damit ich nicht wegrutsche.

„Adele", stöhnt Rafe. Ich höre die zunehmende Verzweiflung in seinem Tonfall. Spüre die Dringlichkeit in seinen Stößen.

„Ich liebe dich, Rafe." Ich weiß nicht, warum ich diesen

Moment wähle, um ihm das zu sagen, doch er dreht hinter mir durch und stößt sich so hart in mich, dass das Bett gegen die Wand kracht. Unsere Körper hüpfen auf dem Bett.

„Adele... *Adele!*"

Es ist zu grob, aber ich würde ihn um nichts in der Welt aufhalten, insbesondere nicht, als ich höre, wie er seinen Höhepunkt hinausbrüllt. Er stößt sich in mich, fällt nach unten, um meinen Körper mit seinem zu bedecken, und drückt mich fest in eine Umarmung. Seine Zähne streifen meine Schulter, dann durchbrechen sie die Haut. Ich zucke zusammen und versteife mich wegen des Schmerzes, er gibt mich jedoch sofort frei.

„Oh beim Schicksal, geht es dir gut? Adele, sag mir, dass es dir gut geht. Es tut mir so leid." Mein Körper ist bereits entspannt, betäubt von Endorphinen oder vielleicht von dem Serum, das er in meine Haut abgesondert hat. Er leckt über die Stelle, wo er mich gebissen hat.

„Es ist perfekt. Mir geht's spitze. Ich liebe dich", versichere ich ihm.

Er zieht sich aus mir, rollt mich auf den Rücken und erobert meinen Mund. „Ich liebe dich so sehr, Adele." Er verteilt auf meinem ganzen Gesicht Küsse. „Nicht nur Wolfliebe. Auch verrückte, verdammte Menschenliebe. Ich kann nicht ohne dich leben."

Ich lache über den Wahnsinn seiner Zuneigung und nehme alles in mir auf. „Ich liebe dich, Rafe. Ich liebe dich, ich liebe dich, ich liebe dich."

„Es tut mir leid, ich habe am Ende irgendwie die Beherrschung verloren. Bist du okay? Habe ich dir wehgetan?"

Ich lache. „Es war fantastisch."

Er lässt sich zwischen meinen Beinen nieder. „Nun, ich habe noch mehr als das auf Lager, Prinzessin." Und unfassbarerweise stelle ich fest, dass er schon wieder bereit ist und sein Schwanz gegen meinen Eingang stupst. Ich schlinge meine Beine um seinen Rücken, verschränke meine Knöchel und ziehe ihn auf mich, sodass er in mich sinkt.

Ich bin wund, dennoch will ich mehr. Alles, was Rafe anzubieten hat, will ich annehmen.

* * *

Rafe

Ich bringe Adele noch drei weitere Male zum Kommen, bevor ich ihren Magen knurren höre und realisiere, dass die Abendessenszeit längst vorbei ist.

„Du hast Hunger", stöhne ich, sauer auf mich, dass ich mich nicht um die Bedürfnisse meiner Gefährtin gekümmert habe. Ich steige aus dem Bett und hole einen Waschlappen, um sie zu säubern.

„Ich wette, du auch. Jetzt weiß ich, warum du mir wegen der Fleischsache so auf die Nerven gegangen bist. Wölfe sind definitiv Fleischfresser."

Ich fahre mit dem warmen Waschlappen zwischen ihren Beinen entlang, obwohl ich sie lieber mit meinem Sperma überzogen herumlaufen lassen würde. Doch sie ist jetzt für immer markiert. Es besteht kein Grund dazu, meinen Anspruch erneut deutlich zu machen.

„Nein, ich bin dir auf die Nerven gegangen, weil es meinen Wolf wahnsinnig gemacht hat, in deiner Nähe zu sein, und ich sauer war, da ich dachte, ich könnte dich nicht haben. Ich würde alles dafür geben, wenn ich es noch einmal tun, mich hinsetzen, deine roten Bohnen essen und deine Zuneigung mit meinem Lob gewinnen könnte, wie es Channing getan hat."

„Channing", sagt sie lachend. „Du warst tatsächlich eifersüchtig auf Channing, oder?"

„Sprich nicht einmal davon", warne ich. Ich fühle mich

RENEE ROSE & LEE SAVINO

nicht mehr bedroht, nicht wirklich, aber die Erinnerung
schmerzt dennoch.

„Komm schon. Er ist kaum älter als zwanzig, oder?"

„Frauen finden ihn attraktiv."

Adele lacht und steigt aus dem Bett, schlingt ihre Arme
um meine Taille und drückt ihren weichen Körper an
meinen. „Du benimmst dich lächerlich. Das weißt du, oder?"

„Ja", murre ich. „Ich weiß es." Ich lege eine Hand auf ihren
Hinterkopf, um ihr Gesicht zu meinem zu heben. Dann
streichle ich mit dem Daumen über ihre weiche braune Haut.
„Vergib mir. Dich nicht zu haben, hat mich verrückt
gemacht."

Sie geht auf die Zehenspitzen und gibt mir einen zärtli-
chen Kuss. Die Sorte, die damit anfängt, dass sich ihre
Lippen auf meinen bewegen, und der sich dann zu etwas
mehr vertieft. Meine Zunge gleitet zwischen ihre Lippen,
meine Hand fällt auf ihren Hintern und drückt zu.

Ich höre ihren Magen erneut knurren. „Sorry!" Ich
springe zurück. „Es tut mir leid, du hast Hunger. Ich kann
einfach nicht genug von dir kriegen."

„Lass uns nachsehen, ob ich Fleisch für dich finden kann",
schlägt sie lachend vor, zieht eines meiner T-Shirts aus einer
Schublade und schlüpft hinein.

„Ähm, nicht so."

Sie verdreht die Augen.

„Hast du deine Beine gesehen, Prinzessin? Mit diesen
Beinen bringst du Männer um. Hier, zieh die an." Ich werfe
ihr eine meiner Jogginghosen zu, die sie anzieht und an der
Taille mehrere Male umstülpt.

„Nicht wirklich mein Stil, aber für dich mache ich eine
Ausnahme."

Ich verpasse ihrem Hintern einen Klaps, als sie mit
wiegenden Hüften an mir vorbeiläuft und die Treppe hinab
zur Küche, wo sie mit ihrer Magie beginnt.

Zwanzig Minuten später hat sie aus den Resten ihrer Schweinebraten, die sie im Gefrierschrank fand, eine komplette Mahlzeit gemacht. Sie öffnet eine Flasche Weißwein und gießt uns beiden ein Glas ein. Ich krame unsere Notfallkerzen hervor und zünde sie an, ehe ich sie in der Tischmitte arrangiere.

Die Jungs müssen außer Haus sein, ansonsten hätte der Essensgeruch sie sofort angelockt. Vielleicht haben sie uns für Adeles Markierung etwas Privatsphäre gegeben.

Wir setzen uns an den Tisch, nur wir beide. Sie hebt ihr Weinglas. Ihre Haut leuchtet im Kerzenschein, ihr Blick ist nur mir bestimmt, ihr Lächeln warm und einladend.

Mein. Mein Wolf ist selbstgefällig.

„Auf uns", sagt Adele.

Ich stoße mein Glas an ihres. „Auf dich, Adele. Du bist mein ein und alles."

KAPITEL 12

A^{dele}

Taos ist während der Weihnachtszeit so festlich. In den vergangenen Wochen wusste ich die Dekorationen nicht sonderlich zu schätzen, doch jetzt, als ich an der Plaza vorbeilaufe und Rafes Hand halte, würdige ich die Schönheit meiner Stadt immer mehr, die als Motiv einer Weihnachtskarte dienen könnte.

„Also was machen wir hier?", frage ich ihn. „Sag mir nicht, dass du noch in letzter Minute Weihnachtsgeschenke kaufen musst."

„Nein, das ist bereits erledigt. Alle erhalten ihre eigene Mülltonnenskulptur."

Ich verdrehe die Augen und Rafe gluckst. Er hat das in letzter Zeit häufiger getan – lachen und lächeln. Neulich hat Channing abends einen dämlichen Witz gerissen und Rafe hat ihn dafür nicht einmal böse angeschaut.

„Nun, was machen wir dann hier? Ich muss zurück zum Haus." Ich bereite alles für morgen vor, wenn ich in der Lodge das Weihnachtsessen für alle kochen werde. Es wird für uns alle sein abgesehen von Tabitha, die an dem Tag abgereist ist, an dem mich Dieter entführt hat, um auf Antiquitätenjagd zu gehen. Wir hoffen, dass wir später ein Videogespräch mit ihr führen können.

„Ich gebe dir dein Geschenk."

„Es ist doch noch gar nicht Weihnachten", protestiere ich, obwohl das Rudel Weihnachten vier Tage früher feiert, damit Lance und Charlie zu ihren Eltern fahren können.

Ich wirble zu ihm herum, wobei meine Stiefel ein Stück Eis erwischen. Ich rutsche aus, nur um in einer dramatischen Tangopose in Rafes Armen zu landen.

„Hab dich." Er küsst meine Stirn.

„Meine hochhackigen Stiefel schlagen wieder zu", murre ich.

„Trag diese Stiefel, so oft du willst, Prinzessin", murmelt er, als er mich vorsichtig wieder auf die Füße stellt. „Ich werde an deiner Seite sein und dich auffangen, wenn du fällst."

Er ahnt ja nicht, dass ich die Stiefel nur deswegen angezogen habe.

„Hier lang." Er nimmt meine Hand und führt mich über die Straße zu einer Nebenstraße, die nur für Fußgänger ist.

„Oh nein." Ich ziehe an seiner Hand. „Ich will nicht in diese Richtung gehen." Der Weg wird mich direkt an *The Chocolatier* vorbeiführen. Ich kann es nicht ertragen, meinen Laden geschlossen und mit dunklen Fenstern zu sehen, während die Leute die letzten Weihnachtsgeschenke kaufen.

„Adele", sagt er sanft, dreht mich zu sich herum und umfängt mein Gesicht mit seinen rauen Händen. „Vertraust du mir?"

Ich schlucke. „Ja."

Doch ich halte die Luft an, als wir die Gasse entlanglaufen. Ich könnte die Augen schließen, aber ich stütze mich bereits auf Rafes Arm. Als er an mir zupft, damit ich mich zum Laden umdrehe, wird meine Beklommenheit zu Verwunderung.

Mein kleiner Laden ist beleuchtet und Licht ergießt sich aus dem Inneren auf die Schneehaufen. Der Weg vor der Eingangstür ist geschippt und die Nachricht des Vermieters von der Tür verschwunden. Die Fenster sind geputzt und glänzen. Der Laden sieht aus, als könnte er sofort Kunden empfangen, auch wenn niemand drinnen ist.

„Was ist das?" Ich schlucke, denn falls der Vermieter bereits einen neuen Mieter für das Gebäude gefunden hat, kann ich mich dem noch nicht stellen.

„Das ist dein Weihnachtsgeschenk", erklärt Rafe.

Ich runzle die Stirn. „Was meinst du?"

„*The Chocolatier* ist bereit für Kundschaft. Die Jungs haben alle mit angepackt und deine Sachen aus dem Lager des Vermieters hergebracht. Sadie und Charlie sagten mir, wo alles hingehört, und halfen beim Putzen."

„Aber was ist mit dem Vermieter? Dem Mietrückstand?"

„Alles geklärt."

„Rafe, hast du ihn bezahlt?"

„Das musste ich nicht. Ich habe mich mit dem Vermieter unterhalten. Du wirst feststellen, dass ich sehr überzeugend sein kann."

Meine Knie wackeln und er fängt mich um die Hüfte ein, um mich zu stützen. „Fröhliche Weihnachten, Prinzessin."

„Rafe, das ist zu viel." Mir ist egal, was er sagt, mein Vermieter hat mir niemals den gesamten Mietrückstand erlassen. Rafe muss etwas bezahlt haben und wenn er das getan hat, werde ich in seiner Schuld stehen.

„Adele, du arbeitest hart. Ich konnte zuschauen, wie du Tag und Nacht schuftest, um zurückzubekommen, was dir dein Geschäftspartner gestohlen hat, oder ich konnte es in Ordnung bringen. Und ich will nicht, dass du ständig arbeitest. Das bedeutet weniger Zeit für mich." Er zuckt mit den

Achseln. „Und ich will so viel Zeit mit dir, wie ich kriegen kann."

„Es ist zu viel." Ich schüttle den Kopf.

„Nicht einmal der Bruchteil dessen, was du mir gegeben hast. Also Prinzessin, wirst du mein Geschenk annehmen?"

Ich beiße mir auf die Lippe. Mémère wäre die Erste, die mir sagen würde, dass ich keinen Mann brauche, um erfolgreich zu sein. Hätte sie Rafe kennengelernt, hätte sie ihn allerdings sofort gebilligt. „Da hast du dir einen Guten geschnappt", hätte sie zu mir gesagt und gezwinkert.

„Ich werde es dir zurückzahlen", verspreche ich.

Rafe drückt einen Finger auf meine Lippen. „Wir werden uns etwas überlegen", erwidert er. Er präsentiert mir einen glänzenden Goldschlüssel. „Neue Schlösser an jeder Tür." Er lässt ihn vor mir baumeln und ich strecke langsam die Hand aus.

„Ich nehme ihn unter einer Bedingung an. Du musst mir erzählen, was du zu dem Vermieter gesagt hast, damit er erlaubt hat, dass ich den Laden wiedereröffne."

Er schüttelt seufzend den Kopf, seine Wangen biegen sich jedoch nach oben. „Na schön. Ich habe das Gebäude gekauft."

„Was?", kreische ich so laut, dass Schnee von einer der Laternen fällt. „Oh mein Gott. Rafe, ich kann das nicht fassen."

„Nein?" Er zuckt mit den Achseln. „Für dich würde ich alles tun."

Ich stürze mich auf ihn. In der letzten Sekunde rutschen meine Stiefel aus, doch es spielt keine Rolle, weil mich Rafe auffängt.

Er wird mich immer auffangen.

Der Schnee beginnt zu fallen, als wir einen Kuss teilen, der einer romantischen Komödie würdig wäre. Es ist der dunkelste Tag des Jahres, aber die Dunkelheit lässt die Sterne heller scheinen. Sie funkeln wie die Diamanten meiner Mémère und ich weiß, dass sie auf mich herablächelt.

* * *

Rafe

Der Weihnachtstag hat mir noch nie so viel bedeutet. Gestaltwandler feiern Weihnachten eigentlich nicht und wenn, dann nur, um unter den Menschen nicht aufzufallen. Nachdem unsere Eltern tot waren, feierten wir gar nichts. Es gab keinen Grund dazu, außerdem war ich zu sehr damit beschäftigt für Lances und meine Sicherheit zu sorgen und uns am Leben zu halten.

Adele bringt jetzt all das zu mir. Die Freude. Das Licht.

Und ich weiß, dass wir einige gute Streite ausfechten werden, wenn sie realisiert, dass ich keine Miete von ihr verlangen werde. Und noch ein Streit, wenn sie herausfindet, wie viele von ihren Zartbitter-Karamell-Pralinen Channing gegessen hat, als er ihre Sachen umgezogen hat. Man sollte meinen, dass Werwölfe gegen Schokolade allergisch wären, aber nicht er.

„Hat jemand etwas von Tabitha gehört?", will Charlie wissen, die mit einem Stapel Plätzchen für den Wohnzimmertisch aus der Küche kommt. Sie stellt sie ab und schüttelt ihr Handy. „Ich versuche ständig, ihr Handy zu erreichen, aber die Anrufe landen direkt auf der Mailbox."

„Sie hat gemeint, dass sie durch einen Haufen Bereiche ohne Empfang fahren würde, oder?", wirft Sadie ein.

„Ja, aber wir haben eine Uhrzeit für ein Videogespräch vereinbart, weil sie nicht hier bei uns sein kann." Charlie zuckt mit den Achseln und steigt über den Haufen zerrissenen Geschenkpapiers, um sich auf Lances Schoß zu setzen.

Ich lasse den Blick durch das Wohnzimmer schweifen. Das ganze Rudel und unsere Gefährtinnen sind hier. Ich hätte nie gedacht, dass mein Wolf so zufrieden darüber sein würde, uns alle an einem Ort versammelt zu sehen, doch das ist er.

Die Einzige, die fehlt: Meine Gefährtin. Sie ist in der Küche und rührt einen Topf Gumbo um.

Channing hat allen Geschenke gegeben, die etwas mit Elchen zu tun haben. Irgendein Witz. Deswegen trägt Adele eine Schürze, auf der *Fröhliche Elchnachten* steht.

„Ich kann nicht fassen, dass du tatsächlich dieses Teil anhast", brumme ich. Früher wäre mein Wolf verärgert darüber gewesen, dass Adele ein Geschenk von einem anderen Mitglied meines Rudels trägt. Seit ich sie beansprucht habe, ist er jedoch um einiges ruhiger geworden.

„Was? Ich mag sie." Sie kehrt mir den Rücken zu und steckt einen Holzlöffel in einen blubbernden Topf. Sie bläst auf die rote Soße, um sie abzukühlen, und kostet davon. „Braucht noch Zucker." Sie macht Anstalten, davon zu huschen, um diesen zu holen, und ich ziehe sie eng an mich.

Ich berühre ihren Mundwinkel. „Du hast ein wenig Soße am Mund."

„Ehrlich?" Sie zieht die Nase kraus.

„Nein", gestehe ich und küsse sie.

„Mmm." Sie windet sich in meinen Armen. „Ich bin noch immer sauer auf dich", flüstert sie an meinen Lippen.

„Ach?"

„Wenn du das Gebäude gekauft hast, bedeutet das, dass du mein Vermieter bist. Ich dachte, wir wären mit dem ganzen Chef/Angestellte Machtkampf fertig."

„Willst du damit fertig sein? Denn dann werde ich die Papiere hier und jetzt unterschreiben, um dir das Gebäude zu übertragen." Ich deute in die Richtung meines Büros.

Ihre Augen weiten sich.

„Oder..." Ich schiebe eine Hand um ihre Taille und drehe sie so, dass sie dem Spülbecken zugewandt ist und ich mich an ihren Rücken presse. „Wir könnten weiterhin unser Spiel spielen." Ich schiebe meine Hand unter den Bund ihres Rocks und meine Finger finden Satin und Spitze. „Unsere vierteljährlichen Inspektionen könnten wirklich interessant werden."

„Rafe, nicht hier", beschwert sie sich, ihre Stimme ist allerdings atemlos. Einige leichte Berührungen und ihre Feuchtigkeit überzieht meine Finger.

„In mein Büro", befehle ich, als sei sie eine Angestellte, die gleich eine Strafpredigt erhält. Ich ziehe meine Finger aus ihr und feixe.

Sie schaltet den Herd runter, wirft ihre dunklen Haare zurück und stolziert an mir vorbei, um mitzuspielen.

In meinem Gang liegt definitiv eine gewisse Arroganz, als ich ihr folge. Ich schließe die Tür hinter mir ab, dann fege ich mit dem Unterarm über den Schreibtisch, um ihn von allen Materialien zu befreien.

„Rafe!" Adele fängt meinen Laptop auf, bevor er zu Boden kracht. „Du bist verrückt."

„Verrückt nach dir, Prinzessin." Ich hebe sie an der Taille hoch und setze sie auf den Schreibtisch. „Was hast du heute unter diesem hübschen Kleid an?" Ich schiebe den Saum nach oben und meine Hände über ihre Schenkel. Ich treffe auf den Strumpfgürtel und mein Schwanz drängt sich gegen meine Hose, die ihn schmerzhaft einsperrt.

„Warte kurz, Boss." Sie öffnete den Knopf meiner Cargohose. „Ich habe vielleicht eine kleine *Blase den Boss* Fantasie."

Ich stöhne und helfe ihr mit dem Reißverschluss, um meine Erektion zu befreien.

Sie rutscht vom Schreibtisch und hält meinen Blick, während sie sich auf die Knie senkt.

Ich knurre in dem Moment, in dem sie meine Schwanzwurzel packt und den Schaft zu ihren Lippen führt. Sie schnalzt mit der Zunge gegen den Schlitz, aus dem Lust-tropfen quellen, und ich stöhne.

Ich vergrabe meine Hand in ihren Haaren, dann lasse ich sie los und massiere ihren Schädel, ehe ich die Hand wieder anspanne, als sie ihre Lippen öffnet und meine Länge in ihrem Mund aufnimmt. „Fuck, ja, Baby. Das ist so heiß."

„Sir, ich wollte mit Ihnen über eine Lohnerhöhung spre-chen", schauspielert sie und klimpert mit ihren langen Wimpern, als sie meinen Schwanz freigibt.

Ich packe ihre Haare erneut und schiebe meinen Schwanz zwischen ihre Lippen. „Lassen Sie uns erst einmal sehen, wie Ihr nächstes Mitarbeiterbeurteilungsgespräch ausfällt." Meine Stimme ist ganz rau.

Sie nimmt mich tief bis in den Rachen auf und nutzt ihre Zunge, um jedes Mal über die Unterseite zu gleiten, wenn sie zurückweicht.

Ich stöhne und knurre, mein Atem beschleunigt sich und geht abgehackt.

Sie massiert meine Hoden und dreht ihre Hand um meinen Schwanzansatz. Ich werde jetzt jede Sekunde kommen. Es ist zu gut. Aber ich muss sie zum Höhepunkt bringen. Und der Topf steht noch auf dem Herd.

„Das reicht", presse ich in diesem herrischen Tonfall hervor, den sie zu hassen liebt. „Ich brauche dich auf meinem Schreibtisch. Jetzt."

Sie lacht, ploppt von meinem Schwanz und erlaubt mir, sie auf die Füße zu heben und auf den Schreibtisch. Ich schiebe sie nach hinten. Meine Bewegungen sind zittrig und drängend. Ich reiße ihr das Höschen von den Beinen. Mein gieriger Mund legt sich auf ihre Mitte. Ich bin viel zu erregt, um viel Raffinesse einsetzen zu können, aber ich sauge mit einer Dringlichkeit an ihr, die sie dazu veranlasst, ihre Schenkel um meine Ohren zu schließen und ihre Nägel in meine Schultern zu bohren.

Ihre Augen rollen vor Wonne in ihren Kopf zurück, doch sie stößt mich weg. „Gib mir diesen großen, herrischen Schwanz."

„Oh, ich werde ihn dir geben." Ich lege einen Arm hinter ihre Hüften, um sie an die Tischkante zu ziehen, und führe meinen Schwanz an ihren Eingang. Mit einem Stoß bin ich in ihr und bewege mich auf eine Weise, die sich lebensbejahend anfühlt. Notwendig.

Ich habe sie beansprucht, aber ich kann nie genug von ihr bekommen. Sie ist so perfekt. Mein für immer. Mein Schicksal. Mein alles. Es fühlt sich noch immer wie ein Wunder an.

Der Schreibtisch rutscht über den Boden, als ich mich in sie hämmere. Ich dämpfe den Aufprall für sie jedoch mit meinem Arm und beschütze sie wie immer. Ihr Kopf fällt nach hinten, ihre Augen schließen sich. Ihre Lippen teilen sich, damit die verzweifelten Schreie aus ihrem Mund strömen können.

Wir kommen gemeinsam zum Höhepunkt, während meine Lippen an ihrem Hals liegen und ihre Beine in meinem Rücken verschränkt sind.

„Ich liebe dich, Rafe."

„Ich weiß, Baby." Ich ziehe mich aus ihr und schnappe mir einige Taschentücher, um sie zu säubern.

Sie schlägt mir auf die Schulter.

„Ich liebe dich auch", ergänze ich, hole ihr Seidenhöschen und helfe ihr, es wieder anzuziehen. „Ich brauche dich. Und du brauchst mich. Wir brauchen einander." Ich rücke ihre Kleider gerade, dann meine.

Sie schlingt ihre Arme um meine Taille und legt ihren Kopf auf meine Brust. „Du hast deine Rache für mich aufgegeben."

„Nicht ganz." Ich weiche zurück.

„Rafe, was ist los? Stimmt etwas nicht?" Sie schluckt. „Ist es Dieter?"

„Nein. Er ist verschwunden. Wir wissen nicht, wo er ist, aber er hat die Villa verkauft. Daher glaube ich nicht, dass er hier bleiben oder uns nachstellen wird."

Sie atmet geräuschvoll aus. „Also hat er die Wahrheit erzählt, als er sagte, dass er alle Ansprüche auf mich abtreten würde."

„Sieht so aus." Arroganter Scheißkerl. Er ist immer noch dort draußen. Aber er hat sein Wort gehalten und mir erlaubt, Adele zurückzuholen.

Und dann schickte er uns ein Informationspaket – die zweite Hälfte der Akte, die er bei dem Kartellbrand hinterlassen hatte. Namen und Portraits der Männer, die unsere Eltern ermordeten, sowie eine Liste mit Daten. Lance und ich ließen alles von Kylie überprüfen und wie sich herausstellte waren die Männer alle Teil von Data X. Die Daten in Dieters Akte – die Daten ihres Todes?

Ich erzähle das Adele.

„Was ist Data X?", fragt sie.

„Eine mittlerweile stillgelegte Operation, die Gestaltwandler entführte. Data X existiert nicht mehr, aber sie steckten hinter dem Angriff. Die Männer, die meine Familie jagten, wollten Lance und mich. Unsere Eltern starben für uns."

„Es tut mir so leid, Baby."

„Es ist okay." Wir trauern mittlerweile seit Jahren. Jahrzehnten. Und jetzt habe ich einen Abschluss. Data X wurde vor langer Zeit geschlossen und von Gestaltwandlern zerstört, angeführt von einem mutigen Löwen – Nash Armstrong.

Was erledigt ist, ist erledigt. Es ist an der Zeit, dass ich ein neues Leben und eine neue Familie beginne.

Ich werde Adeles Familie an Mardi Gras kennenlernen und wenn alles gut geht, werde ich ihr am Valentinstag einen Ring anstecken. Und in einigen Jahren, wer weiß? Wenn

Adele damit einverstanden ist, werden wir Lances Welpen vielleicht einige Cousins schenken.

Ich senke den Kopf und streife Adeles Lippen. Sie geht auf die Zehenspitzen und gibt sich mir hin. Ihre Küsse sind Balsam.

Ein heller Klingelton veranlasst mich dazu, die Tür aufzureißen, woraufhin ich Channing vorbeilaufen sehe. Er hat einen Elfenhut auf dem Kopf und lächerliche rote Slipper mit Glöckchen an den Spitzen an. Die Frauen finden, dass er niedlich ist, die Glöckchen sind jedoch absolut unerträglich. Deke wird Channing jede Sekunde angreifen und seine Slippers zerreißen.

„Hey, Sarge, dein Handy wird nur so mit Nachrichten bombardiert. Du hast es im Wohnzimmer liegen gelassen. Dachte, du würdest es wissen wollen." Er reicht es mir und der verpasste Anruf ist auf dem Display zu sehen – Oberst Johnson.

„Nimm du den Anruf an. Ich muss nach dem Schinken sehen", sagt Adele.

Ich küsse ihre Wange und beobachte ihr kurviges Hinterteil, bevor ich zurück in mein Büro gehe.

Der Oberst geht beim ersten Klingeln dran. „Hallo, Sergeant. Fröhliche Weihnachten", blafft er.

„Ihnen auch, Sir."

„Ich hasse es, die Festlichkeiten zu unterbrechen, aber ich habe neue Informationen zu Dieter."

Ich spanne mich an und wende mich von der geöffneten Tür ab. „Ist er zurück in Taos?"

„Nein, ganz und gar nicht. Er hat sein Haus in Taos verkauft. Er ist definitiv nicht in der Stadt. Sein Verhalten hat mich allerdings zum Nachdenken gebracht."

„Sie meinen seine beschissenen Spielchen? Dieses Verhalten?"

„Genau. Ich verstand nicht, was er tat, doch das brachte

mich dazu, mir anzuschauen, was wir wissen: Er ist reich. Lebt zurückgezogen. Baut sich eine Privatarmee auf. Sammelt Schätze."

„Vergessen Sie nicht, dass *er Spiele mit seinen Feinden spielt*", füge ich in einem bitteren Tonfall hinzu.

„Genau. Außerdem hat er Insiderwissen über Gefährten und Gestaltwandler."

„Was wollen Sie damit sagen, Sir? Ist Dieter ein Gestaltwandler?"

„Alle Zeichen deuten darauf hin, dass er einer ist. Die Frage ist, welche Art? Doch dann war da diese letzte Information, die Sie mir gegeben haben. Es war in Utah, kurz bevor Sie ihn als Wolf herausforderten. Sie haben mir von seinen Augen erzählt. Die goldene Farbe. Die geschlitzten Pupillen. Er könnte ein Katzengestaltwandler sein, der Rest passt jedoch nicht dazu. Es gibt nur ein Wesen, das Sinn ergibt."

„Fick mich", hauche ich, weil ich das Puzzle zusammensetze, gerade als Oberst Johnson sagt, „Ich denke, ich weiß, was Dieter ist…"

EPILOG

Tabitha

„Komm schon, komm schon", feuere ich meinen uralten VW-Bus an, die Bergstraße zu erklimmen. Er holpert über die unbefestigte Straße aus Dreck und Steinen.

Ich werfe zum tausendsten Mal einen Blick auf mein Handy, habe allerdings noch immer keinen Empfang. Zum Glück habe ich mir die Wegbeschreibung zu der Haushalts-auflösung ausgedruckt. Wer auch immer beschloss, seine Villa hier draußen in den Sangre de Cristo Bergen zu bauen, war wahnsinnig, allerdings nicht die erste reiche Person, die Privatsphäre wollte.

Endlich erreicht mein Bus den höchsten Punkt der Straße und fährt auf eine flache, leere Lichtung. Ich fahre langsam im Kreis darum herum, doch es ist das Ende der Straße. Was zum Teufel? Ich bin mitten im Nirgendwo.

Ich überprüfe meine Wegbeschreibung. Ich schätze, ich bin irgendwo falsch abgebogen. Falls ich an der richtigen Adresse bin, ist hier nichts außer einer großen Lichtung.

So viel zu dieser Haushaltsauflösung. Es war eine private Einladung auf einer der Apps, der ich folge, aber ich habe sie überprüft und es schien alles in Ordnung zu sein. Es gab wunderschöne Bilder von antikem Schmuck – Granate und Achate und Türkise – die bis zu den Sultanen des Osmanischen Reichs zurückreichten, was von einer Auktionsfirma bestätigt wurde und allem. Ich hatte sogar schon einen Käufer für eine der Broschen an der Hand.

Oh tja. Meine Landkarten-App zeigte mir ein Satellitenbild eines schicken Hauses im Tudorstil an diesem Standort. Wenn dieser Beifußbusch keine Villa verbirgt, war das Satellitenbild falsch.

Ich steige aus dem Auto, um mir die Beine zu vertreten. Ich bin stundenlang gefahren und das letzte Lebewesen, das ich sah, waren vor zwanzig Meilen einige Bussarde, die ein totes Tier von der Straße rupften.

Mein rosa Bus ist mit rotem Schmutz gestreift. Ich schüttle meinen Rock aus und mache um die Lichtung herum einige Ausfallschritte. Noch ein paar Yogaposen, um mein Kreuz zu dehnen, und dann werde ich weiterfahren. Ich habe gerade noch genug Benzin, um zurück zum Highway und zu einer Tankstelle zu kommen.

Ich strecke die Arme über meinen Kopf, als meine Haut kribbelt. Ich bin allein hier, aber meine Instinkte drehen durch und sagen mir, dass noch jemand anderes hier ist. Doch wo?

Ich drehe mich in einem langsamen Kreis. Ein großer Schatten kriecht über die Wüste in meine Richtung. Muss ein Flugzeug oder so etwas sein. Als ich hochschaue, sehe ich jedoch nichts. *Komisch.*

Der Wind nimmt zu und bläst mir Dreck ins Gesicht. Ich schirme meine Augen ab, aber es ist, als hätte jemand einen riesigen Ventilator über mir angeschaltet. Meine Haare werden von einer plötzlichen Windböe nach hinten gepeitscht und der Bauernrock schmiegt sich an meine Beine.

Der Schatten hat mich beinahe erreicht. Einen Moment lang sieht er wie ein Paar ausgestreckter Flügel aus. Und dann gleitet eine riesige Gestalt über mich und verdeckt die Sonne...

<small>Demnächst erhältlich</small>: *Alphas Feuer*: **mit Tabitha & Gabriel Dieter**

MÖCHTEST DU NOCH MEHR?

Alphas Feuer

*Ich habe 1000 Jahre auf meine Gefährtin gewartet. Wenn sie
mich ablehnt, werde ich die Welt niederbrennen.*

Sie weckte den Drachen auf.

Jede Maid träumt davon, von einem gut aussehenden
Prinzen vor einem tödlichen Drachen gerettet zu werden.
Aber ich bin Prinz und Drache.

Uralte Balzrituale verlangen, dass ich meine Braut
entführe. Sie in meinem hohen Turm einsperre. Ihr meine
Schätze, meine gewaltigen Ländereien und Armeen zeige.

Ich habe all das getan und dennoch lehnt sie mich ab. Sie
sagt, sie sieht sich nicht mit einem Mann, der noch immer
denkt, dass Istanbul Konstantinopel ist.

Ich muss sie umwerben und weiß nicht wie. Doch unter
meinem schlagenden Menschenherz schläft ein Drache. Und
wenn er erwacht, kann ihn niemand daran hindern, die Welt
zu zerstören.

Niemand außer *ihr*.

MEHR WOLLEN?

Bad-Boy-Alphas-Serie

Alphas Versuchung

Alphas Gefahr

Alphas Preis

Alphas Herausforderung

Alphas Besessenheit

Alphas Verlangen

Alphas Krieg

Alphas Aufgabe

Alphas Fluch

Alphas Geheimnis

Alphas Beute

Alphas Blut

Alphas Sonne

Alphas Mond

Alphas Schwur

Alphas Rache

Alphas Feuer

HOLEN SIE SICH IHR KOSTENLOSES BUCH!

Tragen Sie sich in meine E-Mail Liste ein, um als erstes von Neuerscheinungen, kostenlosen Büchern, Sonderpreisen und anderen Zugaben zu erfahren.

https://geni.us/jungfrauunddervampir

RENEE ROSE: HOLEN SIE SICH IHR KOSTENLOSES BUCH!

Tragen Sie sich in meine E-Mail Liste ein, um als erstes von Neuerscheinungen, kostenlosen Büchern, Sonderpreisen und anderen Zugaben zu erfahren.

https://www.subscribepage.com/mafiadaddy_de

BÜCHER VON RENEE ROSE

Chicago Bratwa

Der Direktor

Gefährliches Vorspiel

Der Mittelsmann

Besessen

Der Vollstrecker

Unterwelt von Las Vegas

King of Diamonds: Was in Vegas passiert, bleibt in Vegas, Band 1

Mafia Daddy: Vom Silberlöffel zur Silberschnalle, Band 2

Jack of Spades: Gefangen in der Stadt der Sünden, Band 3

Ace of Hearts: Berühmtheit schützt vor Strafe nicht, Band

4

Joker's Wild: Engel brauchen auch harte Hände (Unterwelt von Las Vegas 5)

His Queen of Clubs: Russische Rache ist süß (Unterwelt von Las Vegas 6)

Dead Man's Hand: Wenn der Tod mit neuen Karten spielt

Wild Card: Süß, aber verrückt

Master Me

Ihr Königlicher Master

Ja, Herr Doktor

Wolf Ranch

ungebärdig - Buch 0 (gratis)

ungezähmt– Buch 1

ungestüm - Buch 2

ungezügelt - Buch 3

unzivilisiert - Buch 4

ungebremst - Buch 5

unbändig - Buch 6

Wolf Ridge High

Alpha Bully - Buch 1

Alpha Knight - Buch 2

Bad Boy Alphas

Alphas Versuchung

Alphas Gefahr

Alphas Preis

Alphas Herausforderung

Alphas Besessenheit

Alphas Verlangen

Alphas Krieg

Alphas Aufgabe

Alphas Fluch

Alphas Geheimnis

Alphas Beute

Alphas Blut

Alphas Sonne

Alphas Mond

Alphas Schwur

Alphas Rache

Die Meister von Zandia

Seine irdische Dienerin

Seine irdische Gefangene

Seine irdische Gefährtin

Seine irdische Rebellin

Seine irdische Frau

ÜBER RENEE ROSE

USA TODAY Bestseller-Autorin RENEE ROSE liebt dominante, verbalerotische Alpha-Helden! Sie hat bereits über eine Million Exemplare ihrer erotischen Liebesromane mit unterschiedlichen Abstufungen verruchter sexueller Vorlieben und Erotik verkauft. Ihre Bücher wurden außerdem in *USA Todays Happily Ever After* und *Popsugar* vorgestellt. 2013 wurde sie von *Eroticon USA* zum nächsten *Top Erotic Author* ernannt und freut sich ebenfalls über die Auszeichnungen Spunky and Sassy's *Favorite Sci-Fi and Anthology Autor*, The Romance Reviews *Best Historical Romance* und Spanking Romance Reviews *Best Sci-fi, Paranormal, Historical, Erotic, Ageplay and Couple Author.* Bereits fünfmal gelang ihr eine Platzierung in der USA-Today-Bestsellerliste mit verschiedenen literarischen Werken.

Besuchen Sie ihren Blog unter www.reneeroseromance.com

LEE SAVINO: KOSTENLOSE NOVELLE

*H*ol dir ein kostenloses Exemplar von Gezeugt von den Berserkern und Eine Berserker-Geburt, indem du dich für meinen Newsletter anmeldest.

Der dritte Teil von Daegans, Brennas und Samuels Geschichte. Lies den ersten Teil in **Verkauft an die Berserker** *und den zweiten in* **Gepaart mit den Berserkern**. *Diese Novelle ist kostenlos, ein Geschenk.*

https://BookHip.com/PKRMGC

EBENFALLS VON LEE SAVINO

Übersinnliche Liebesromane

Verkauft an die Berserker
Diese wilden Krieger schrecken vor nichts zurück, um ihre
Partnerin zu erobern.

Alphas Versuchung: Eine Milliardär-Werwolf-Romanze mit
Renee Rose
Date niemals einen Werwolf.

Romantische Science Fiction

Brutale Verbindung mit Tabitha Black
Mein Retter macht mir klar, dass er für meine Befreiung eine
Gegenleistung will ...
... eine Omega.
Mich.

Gefangene von Außerirdischen mit Golden Angel
Er wird mich zu seinem perfekten kleinen Lustobjekt machen ...

Draekons mit Lili Zander (Eine Sci-Fi Dreierbeziehung
Romanze)
Draekon Gefährtin
*Abgestürztes Raumschiff. Ein Gefangenen-Planet. Zwei große,
hünenhafte, bronzefarbene Aliens, die sich in Drachen verwandeln.
Und das Beste daran? Die Drachen bestehen darauf, dass ich ihr
Kumpel bin.*

Zeitgenössische Liebesromane

Königlich Verdorben
Milliardär. Playboy. Prinz. Und mein neuer Boss.

Die Schöne und die Holzfäller
Nach dieser Holzfällersaison gebe ich den Sex auf. Aus... Gründen.

Der Soldat, der mich verführt
Mein heißer Marine-Held will, dass ich ihn Daddy nenne ...

Ihre Daddys – zwei Rivalen
Zwei Väter sind besser als einer.

Cowboy's Babygirl (Eine dunkle Western-Romanze) mit
Tristan Rivers
*Sie braucht Schutz. Disziplin. Eine feste Hand. Sie hat die richtige
Ranch ausgewählt.*

Unschuld (Eine dunkle Liebesgeschichte) mit Stasia Black
*Ich bin der König der kriminellen Unterwelt. Ich bekomme immer,
was ich will.*
Und sie ist meine Besessenheit.

Die Gefangene des Biestes (Die Liebe des Biestes) mit Stasia
Black

Vor Jahren hat mich Daphnes Vater bestohlen.
Jetzt ist es Zeit für sie, die Schuld ihrer Familie zu begleichen ... mit
ihrem Körper

ÜBER LEE SAVINO

Lee Savino ist eine USA Today-Bestsellerautorin von Smexy-Romanzen. Smexy, wie in "smart und sexy". Finden Sie sie in der Goddess Group auf Facebook und laden Sie ein kostenloses Buch unter www.leesavino.comherunter!

Sie finden sie unter:
www.leesavino.com

Sie lieben knurrige Alphas? Dann schau dir die Berserker-Saga an. Beginne mit *Verkauft an die Berserker.*